HEYNE <

Das Buch
Marly, meine liebe Marly,
heute ist unser Tag. Pack deinen Koffer,
lass dich von Rici zum Flughafen bringen
und fliege los.
Das Ticket findest du in dem Umschlag.
Denk nicht nach, Marly, tu es einfach!
Halte dich links, wenn du gelandet bist.
Du wirst auf jeden Fall abgeholt.
Ich freue mich sehr auf dich!
Ben

Die Autorin
Andrea Russo, geboren 1968 in Hanau, lebt und schreibt in Oberhausen. Zu ihrer Familie gehört neben Ehemann und Tochter auch eine blonde Labradordame, die regelmäßig von einem grauen Kater verfolgt wird. Die Gewinnerin des Perfekten Dinners liebt gutes Essen, Pippi Langstrumpf, SingStar (obwohl sie überhaupt nicht singen kann), Nutella, Laufen (wegen des guten Essens) und ihren besten Freund (den sie geheiratet hat).

Lieferbare Titel
Gefühlsecht
War ich gut, Schatz?
Irren ist himmlisch

Andrea Russo

Im Himmel mit Ben

Roman

Wilhelm Heyne Verlag
München

Verlagsgruppe Random House FSC-DEU-0100
Das für dieses Buch verwendete FSC®-zertifizierte
Papier *Holmen Book Cream* liefert
Holmen Paper, Hallstavik, Schweden.

Originalausgabe 04/2013
Copyright © 2013 by Andrea Russo
Copyright © 2013 by Wilhelm Heyne Verlag, München
in der Verlagsgruppe Random House GmbH
Redaktion: Eva Philippon
Printed in Germany 2013
Umschlaggestaltung: Eisele Grafik-Design, München
Umschlagabbildung: © plainpicture/Bildhuset
Satz: KompetenzCenter, Mönchengladbach
Druck und Bindung: GGP Media GmbH, Pößneck
ISBN: 978-3-453-54538-0

www.heyne.de

Für meinen besten Freund.
Ich liebe dich.

Inhalt

1. Der Kater verfolgt mich *9*
2. Katzenpisse riecht fürchterlich streng *23*
3. Wächst Ananas auf Bäumen oder Sträuchern? *30*
4. Katzen suchen sich ihr Zuhause selbst aus *40*
5. Vielleicht kann Caruso auch seinen Namen tanzen *52*
6. Das bin eindeutig ich – und ich sehe gar nicht gut aus *64*
7. Meinst du, es könnten Liebesbeweise von Ben sein? *73*
8. Sie ist einfach viel zu sensibel *82*
9. Er soll bleiben, wo der Pfeffer wächst *92*
10. Es gibt Dinge, die möchte ich mir lieber nicht vorstellen *101*
11. Bestimmt ist Tilda eifersüchtig *109*
12. Ben konnte Herbert Grönemeyer nicht ausstehen *119*
13. Wenn du meinen Rat haben willst: Schnapp ihn dir! *131*
14. Schmetterlinge sind gut *141*
15. Geschieht dir recht, Picasso! *151*
16. Ein guter Liebesfilm läuft etwa hundert Minuten *160*
17. Denk nicht nach, Marly, tu es einfach! *169*

18. So einen schrägen Traum hatte ich noch nie   *179*

19. Heißt das, ich bin ein Hauptgewinn?   *190*

20. Ich wusste, dass Gott eine Frau ist   *203*

21. Später möchte ich auch gerne Schutzengel
werden   *216*

22. Ich war nicht Herr meiner Sinne   *229*

23. Charlie hatte leider keine Zeit   *243*

24. Irgendwie verhalten sich hier alle verdammt
menschlich   *252*

25. Nimmt man im Himmel eigentlich zu?   *260*

26. Wer hat schon mal in einer Schutzengel-WG
übernachtet?   *270*

27. Ist das eine himmlische Neuzüchtung?   *280*

28. Und wenn wir erwischt werden?   *288*

29. Das Leben geht weiter, auch im Himmel   *299*

30. Ich war wirklich oben   *311*

1 Der Kater verfolgt mich

Es stimmt nicht, dass die Zeit alle Wunden heilt.

Ich vermisse Ben von Tag zu Tag mehr.

Am liebsten würde ich mich ständig ins Bett verkriechen, die Decke über meinen Kopf ziehen und nicht wieder aufstehen. Aber ich habe mir vorgenommen, wenigstens jeden Morgen zu duschen, zu frühstücken und dann ein wenig Zeit an der frischen Luft zu verbringen.

Mit einer Tasse Kaffee stehe ich am Fenster in meiner Küche und schaue hinaus in den Garten. Er könnte ein wenig Pflege gebrauchen. Die Beete stehen voller Unkraut, und der Rasen müsste gemäht werden. Lustlos seufze ich auf. Da taucht plötzlich der graue Kater auf, der seit Tagen immer wieder in meinem Garten herumlungert. Er schleicht durch das hohe Gras bis zum Apfelbaum, springt den Stamm hinauf und klettert in die Baumkrone. Dort nimmt er auf seinem Lieblingsast Platz und schaut zu mir in die Küche.

»Du schon wieder …«

Dass der Kater wieder mal in meinem Baum sitzt, passt mir ganz und gar nicht. Er erinnert mich an Ben – und daran, dass ich ihn niemals wiedersehen werde. Außerdem konnte ich Katzen noch nie leiden.

Bens Kater machte da absolut keine Ausnahme. Dem verwöhnten Tier war normales Katzenfutter nicht gut genug, lieber verspeiste er Fleischpastete oder Thunfischfilets. Hatte er Durst, stolzierte er immer frech über die Arbeitsplatte zum Geschirrspülbecken und blieb so lange davor sitzen, bis Ben endlich den Wasserhahn aufdrehte. Caruso fand es anscheinend langweilig, aus einem stinknormalen Napf zu trinken. Lieber kämpfte er minutenlang mit seinen Pfoten gegen den Wasserstrahl und trank erst, wenn die ganze Umgebung unter Wasser stand. Das schien Ben jedoch kein bisschen zu stören. Er überlegte tatsächlich, dem Kater zuliebe die alte Armatur gegen eine moderne mit Sensor auszutauschen. Er war sich sicher, Caruso würde sehr schnell herausfinden, wie er ohne fremde Hilfe seinen Durst löschen könnte. Meinen Einwand, dies würde innerhalb kürzester Zeit zu einer Überschwemmung der gesamten Küche führen, ignorierte Ben.

Den ungebetenen Gast in meinem Garten einfach ebenfalls zu ignorieren, gelingt mir leider nicht. Energisch stelle ich meine Kaffeetasse ab, reiße das Fenster auf und rufe hinaus: »Hau endlich ab, du blödes Vieh!« Danach klatsche ich mehrmals laut in die Hände, aber der Kater bleibt seelenruhig auf dem Baum sitzen und beobachtet mich unbeirrt weiter. So geht das schon seit Tagen.

Aufgebracht greife ich nach dem Telefon und rufe meine Freundin an.

»Rici? Der Kater verfolgt mich, ganz sicher. Er ist schon wieder da. Und er sieht Caruso verteufelt ähnlich. Vielleicht ist er es sogar.«

»Sehen die Viecher nicht alle irgendwie gleich aus? Bestimmt ist es irgendein Kater aus der Nachbarschaft. Hast du dich mal umgehört?«

»Nein, habe ich nicht. Und wenn er es doch ist?«

»Dann ist der gute Caruso den ganzen Weg von Düsseldorf bis nach Neuss gelaufen, nur um ausgerechnet bei dir sein zu können. Das glaubst du doch selbst nicht! Er konnte dich genauso wenig leiden wie du ihn. Außerdem, wie soll er dich denn gefunden haben? Man sagt zwar, dass Katzen über einen guten Orientierungssinn verfügen und immer den Weg zurück nach Hause finden. Aber Caruso war nicht bei dir zu Hause. Dazu kommt, dass du erst vor zwei Monaten umgezogen bist.«

»Hm ...«

»Ruf doch Bens Eltern an, wenn es dir wirklich keine Ruhe lässt. Vielleicht wissen die was. Wenn es tatsächlich Caruso ist, müssten sie ihn eigentlich vermissen. Es sei denn, sie haben ihn direkt vor deiner Tür ausgesetzt. Das kann ich mir zwar beim besten Willen nicht vorstellen, aber man weiß ja nie. Wenigstens hättest du dann Gewissheit. Wo ist der Kater denn jetzt?«

»Er sitzt immer noch im Baum und starrt zu mir rüber.«

»Komm schon, Marly, gib dir einen Ruck. Das wolltest du doch sowieso längst schon machen und hast es immer wieder aufgeschoben. Irgendwann bereust du es vielleicht.

Jetzt hast du wenigstens einen Grund, dort anzurufen. Karin freut sich bestimmt, wieder mal etwas von dir zu hören. Du hast selbst gesagt, du warst immer wie eine Tochter für sie.«

»Das kann ich nicht, Rici, auch wenn ich es gern würde, ehrlich. Ich nehme es mir jeden Tag vor, aber dann fang ich schon an zu heulen bei dem Gedanken, Karins Stimme auch nur zu hören. Ich bin einfach noch nicht soweit. Ich glaube, es war alles ein bisschen viel die letzte Zeit. Und jetzt, wo langsam Ruhe einkehrt, ist es nur noch schlimmer geworden.«

»Das ist doch ganz normal. Du hast dein Referendariat gemacht, dann die ganzen Prüfungen. Du hattest gar keine Möglichkeit, richtig zu trauern. Es erwischt uns doch meistens erst dann, wenn der ganze Stress vorbei ist. Sieh es doch mal so: Du darfst dich jetzt richtig hängen lassen und dich von morgens bis abends schlecht fühlen. Das geht nicht mehr, wenn die Schule wieder anfängt. Denn dann musst du funktionieren. Und ich bin mir sicher, dass du dich bis dahin wieder gefangen hast und dir dein Job sehr viel Spaß machen wird. Die Kids lieben dich.«

»Trotzdem, es ist jetzt bald ein Jahr her. Und von Besserung keine Spur.«

»Das liegt bestimmt daran, dass Bens Todestag näher rückt. Soll ich nächste Woche mal ein Weilchen zu dir kommen?«

»Ja, das wäre schön.«

»Ich kann auch gleich vorbeischauen. In einer halben Stunde könnte ich da sein.«

»Nein, lass mal. Ich komm schon klar.«

»Und wenn ich für dich anrufe?«

»Nein. Das möchte ich auch nicht. Ich brauche einfach noch etwas mehr Zeit. Nächste Woche vielleicht ...«

Ohne meine beste Freundin hätte ich das letzte Jahr nicht überstanden. Ich habe Rici damals in der U-Bahn kennengelernt, auf der Fahrt zur Uni. Sie ist die Treppe hinuntergesprintet, doch die Bahn drohte ohne sie abzufahren. Kurz entschlossen habe ich die Tür blockiert, sodass die U-Bahn nicht losfahren konnte. Als sie atemlos in den Wagon sprang, grinste sie mich dankbar an. Von da an haben wir uns fast täglich um die gleiche Uhrzeit in der U-Bahn getroffen und uns immer mehr angefreundet. Vor den Semesterferien haben wir dann Handynummern ausgetauscht, und statt in der Bahn trafen wir uns nun auch am Nachmittag oder abends. Ich studierte damals auf Lehramt, Kunst und Deutsch. Rici war Medizinstudentin. Das ist jetzt etwa sechs Jahre her. Sie hat das Studium aber nicht abgeschlossen, ist heute verheiratet und Mutter einer vierjährigen Tochter. Wir sehen uns nicht mehr so häufig, telefonieren aber regelmäßig.

Nachdem ich aufgelegt habe, runzele ich verärgert die Stirn. Der blöde Kater sitzt immer noch in unveränderter Position auf dem Ast.

»Kannst du nicht einfach verschwinden?«, frage ich leise und fühle mich erschöpft und kraftlos.

Ich setze mich an den Küchentisch, lege meinen Kopf auf das kühle Holz, schließe meine Augen und kämpfe gegen die Tränen an. Ben ist tot. Seit fast genau einem Jahr. Und ausgerechnet jetzt taucht dieser Kater hier auf, um mich ständig daran zu erinnern. Dabei genügt schon eine Kleinigkeit, mich an Ben denken zu lassen, wie zum Beispiel der Duft von Pfefferminze. Ben lutschte ständig diese scharfen, weißen Minzbonbons, die man nur in der Apotheke kaufen kann. Er war geradezu süchtig nach den kleinen Dingern und hatte die Tütchen an allen möglichen Stellen deponiert, um sie immer griffbereit zu haben.

In anderen Momenten ist es ein Lied. Ben hatte einen ausgefallenen Musikgeschmack. Von den *Tindersticks* habe ich erst durch ihn erfahren. Auch Bands wie *The Frame* kannte ich vorher nicht. Aber Ben stand auch auf *U2*. Letztens habe ich im Autoradio zufällig *Beautiful Day* gehört. Ich hatte meine Mutter besucht und war zum Glück schon fast zu Hause, als es gespielt wurde. Ich war mit meinen Gedanken noch bei den Geschichten gewesen, die meine Mutter mir gerade über ihre etwas tollpatschige Freundin erzählt hatte, und schmunzelte vor mich hin. Der Song traf mich völlig unvorbereitet und mitten ins Herz. In meiner Wohnung angekommen, zerfloss ich dann vor Selbstmitleid, und ich hörte ihn dann mindestens zwanzig Mal hintereinander. Dabei wünschte ich mir, so wie Bono es besang, mich auch wieder an den kleinen Dingen des Lebens erfreuen zu können.

Auch Filme erinnern mich oft an Ben, so wie *Robin Hood*, über den ich gestern auf der Suche nach einem guten Fernsehprogramm gestolpert bin. Die Neuverfilmung mit Russell Crowe und Cate Blanchett war der letzte Film, den ich mit Ben gesehen habe. Das war vor zwei Jahren. Ben hat mich noch Wochen danach wegen meiner Schwärmerei für Russell Crowe aufgezogen. Er habe nicht gewusst, dass ich auf ältere, dickliche Männer stehe, foppte er mich. Er rief mich spät am Abend an und erzählte mir, er habe einen Film mit Nicolas Cage gesehen. Der habe auch ordentlich zugelegt und dürfte nun genau nach meinem Geschmack sein. Daraufhin habe ich gekontert, Ben sei nur neidisch, da er, obwohl er ständig ins Fitness-studio rannte, einfach keine Muckis bekommen würde. Aber die wollte Ben auch gar nicht. Er war eher der drahtige, leicht athletische Typ, der regelmäßig lief. Auch im Studio trainierte er überwiegend Ausdauer. Mindestens einmal im Jahr lief er einen Marathon. Sein Traum war, irgendwann in New York mitlaufen zu können – und ich wollte ihn dabei anfeuern.

Jetzt nicht wieder heulen, nehme ich mir ganz fest vor. Denk an etwas anderes, schau nach vorne. Aber das fällt mir verdammt schwer. Immer wieder schweifen meine Gedanken ab, und ich lande bei Ben.

Als etwas Haariges meinen Arm streift, schrecke ich überrascht auf. Vor mir sitzt der dicke graue Kater.

»Caruso?«, frage ich ungläubig und greife nach dem roten Halsband, an dem ein kleines Blechschildchen baumelt. Wir haben es damals aus einem alten Whiskyuntersetzer gebastelt, und Ben hat Carusos Namen mit einem Nagel eingestanzt, sodass sich der Schriftzug aus vielen aneinandergereihten Löchern zusammensetzt.

Vorsichtig fahre ich mit der Fingerkuppe über das Namensschild. Ich kann nicht glauben, was ich da gerade sehe. »Du bist es nicht wirklich, oder?«

Ich betrachte eingehend das linke Ohr und entdecke die leicht eingerissene Ecke. Jetzt habe ich keine Zweifel mehr. Es ist tatsächlich Caruso! Als Ben ihn damals aus dem Wasser gefischt hat, sah das Ohr auch schon so aus.

Ben rettete Caruso an einem Freitag, dem Dreizehnten, das Leben. Das war vor zehn Jahren. Es war auch der Tag, an dem ich zufällig mitbekam, wie mein Vater eine andere Frau küsste. Ich hatte Nachmittagsunterricht gehabt und war auf dem Weg nach Hause. Da sah ich, wie mein Vater auf der anderen Straßenseite vor einem Hauseingang stand. Ich wollte ihn gerade rufen, als plötzlich die Tür aufging und eine dunkelhaarige Frau auf der Bildfläche erschien. Sie lachte ihn an – und dann küssten sie sich. Ich war siebzehn Jahre alt. Wie versteinert blieb ich stehen und beobachtete die Szene. Die beiden stiegen in das Auto meines Vaters und fuhren davon. Mich bemerkten sie nicht …

Ich lief nach Hause, legte mich ins Bett und fing hemmungslos an zu weinen. Meine Mutter arbeitete, sodass ich mir erst einmal Gedanken darüber machen konnte, was ich mit meinem Wissen anstelle. Dass mein Vater was mit einer anderen Frau laufen hatte, war auf jeden Fall klar. Der Kuss war eindeutig gewesen. Was würde passieren, wenn ich meiner Mutter davon berichtete? Sollte ich es ihr vielleicht lieber verschweigen? Eine unbändige Wut auf meinen Vater machte sich in mir breit.

Ich erzählte es ihr. Sie war nicht überrascht, sackte nur auf ihrem Stuhl zusammen und weinte. Und dann tat es ihr leid, dass ich mitbekommen hatte, was sie schon längere Zeit vermutete. Mein Vater hatte eine Geliebte. Am Abend stellte sie ihn zur Rede. Mich ließ sie dabei aus dem Spiel. Sie sagte ihm einfach nur, sie wüsste von der anderen Frau. Ich hatte meine Zimmertür einen Spalt breit aufgelassen, sodass ich alles hören konnte. Mein Vater leugnete es nicht. Er packte noch am selben Abend seine Sachen.

Als er sich von mir verabschieden wollte, sagte ich es ihm. »Ich habe gesehen, wie du sie geküsst hast.« Mit diesen Worten ließ ich ihn stehen, ging zum Telefon und rief Ben an. Etwa zehn Minuten später stand Ben vor unserer Tür.

Ich stehe nicht auf rotes Haar, auf Locken schon gar nicht, zumindest nicht bei Männern. Aber bei Ben gefiel es mir. Seine kupferrote Mähne stand kreuz und quer in alle Himmelsrichtungen ab und bildete einen krassen Kontrast zu seinem blassen Gesicht und den fast himmelblauen Augen.

Als ich Ben damals in der Schule kennenlernte, war ich fünfzehn Jahre alt. Er war mit seinen Eltern von Frankfurt nach Düsseldorf gezogen und saß eines Morgens eine Reihe vor mir in unserer Klasse.

Er trug nur schwarze Kleidung. Dadurch wirkte seine Haut mit den vielen Sommersprossen noch heller.

»Ich bin Existenzialist«, erklärte er mir, als ich mich nach mehreren Wochen traute und ihn auf seine Klamotten ansprach. Ich hatte keine Ahnung, wovon er sprach, wollte es aber nicht zugeben. »Ach so, ich dachte schon, du würdest um jemanden trauern«, sagte ich.

Das war das erste Mal, dass ich Ben herzhaft lachen hörte. Und es war der Beginn unserer Freundschaft. Ich bewunderte Ben, der so ganz anders als meine Freunde war. Er erzählte mir mit glänzenden Augen von Sartre, Camus und Simone de Beauvoir und dass er später einmal Drehbuchautor werden wolle. Ich hatte mir bis dahin noch nie großartige Gedanken über meine Zukunft gemacht. Aber Bens Berufswunsch gefiel mir. Ich änderte ihn ein wenig ab und beschloss, Schriftstellerin zu werden. Und ich befand, mir stünden schwarze Rollkragenpullis besonders gut, und ließ mein langes, blondes Haar zu einem kurzen, akkuraten Bob schneiden.

Zwei Jahre später wählten wir beide einhellig das Fach Deutsch als Leistungskurs. Mein zweiter Schwerpunkt war Kunst, Ben entschied sich für Informatik. Hätte ich nur ansatzweise Talent im Umgang mit dem Computer gehabt, hätte ich es ihm wahrscheinlich gleichgetan. Einfach nur, weil ich mich gerne in Bens Nähe aufhielt. Er war der schlauste Kerl der ganzen Schule, musste aber kaum etwas dafür tun. Es fiel ihm einfach so zu. Aber er war deswegen kein bisschen überheblich. Im Gegenteil, mit Ben gab es immer etwas zu lachen. Er hatte ständig verrückte Ideen und erzählte die unglaublichsten Geschichten. Für mich stand damals fest, dass er nicht einfach nur Drehbücher schreiben würde. Die entsprechenden Filme würden ganz sicher Kassenschlager werden.

Wir verbrachten jede Pause und häufig auch die Nach-
mittage miteinander und wurden schnell beste Freunde.
Ein Paar wurden wir nie. Als Ben sich in Lisa verliebte,
verliebte ich mich in Murphy. Trotzdem traf ich mich fast
täglich mit Ben, meistens direkt nach der Schule auf einen
schnellen Kaffee in der *Kaffeeschmiede*, unserem Lieb-
lingscafé. Wenn wir Stress in Liebesangelegenheiten hatten, schütteten wir uns gegenseitig das Herz aus und gaben
einander Ratschläge. Ben tröstete mich, als Murphy sich
in Caro verknallte. Zwei Wochen später hielt er mich davon ab, Murphy zu verzeihen, als dieser reumütig wieder
bei mir anklopfte.

Gegen Bens Freundin Lisa war nichts zu sagen. Sie war
nett. Nachdem ich das eingesehen hatte, blieb mir nichts
anderes übrig, als sie gut leiden zu können. Sie zeigte sich
jedoch mit der Zeit weniger einsichtig, da Ben für ihren
Geschmack zu viel Zeit mit mir alleine verbrachte. Lisas
Eifersucht war letztendlich auch der Grund dafür, warum
Ben sich von ihr trennte. Selbstlos erklärte ich Ben damals, seine Liebe zu Lisa sei wichtiger als unsere Freundschaft, weswegen wir uns nicht mehr treffen könnten.

Schon nach einem Tag vermisste ich Ben ganz fürchterlich, blieb aber standhaft. Als er nach drei Wochen wieder
bei mir vor der Tür stand, fiel ich ihm um den Hals und
weinte vor Freude. Eine Liebschaft kann man ersetzen,
stellten wir fest, eine Herzensfreundschaft nicht. Dass ich
gar nicht so selbstlos gewesen war, sondern ein baldiges
Ende ihrer Beziehung erhofft hatte, erzählte ich Ben
natürlich nicht.

Nachdem ich Ben die Sache mit meinem Vater am Telefon erzählt hatte, setzte er sich wie gesagt sofort ins Auto und machte sich auf den Weg zu mir. Er hatte vor vier Wochen den Führerschein bestanden und von seinen Eltern einen alten, beigefarbenen Ford geschenkt bekommen. Die alte Rostlaube war Bens ganzer Stolz. Um mich von meinem Kummer abzulenken, waren wir nur kurze Zeit später in Richtung Düsseldorfer Rheinufer unterwegs. Dort trafen wir uns regelmäßig mit unseren Freunden zum Grillen, Feiern oder einfach nur, um gemeinsam abzuhängen und Probleme zu wälzen. Als wir ankamen, waren alle schon ausgiebig am Feiern, doch ich konnte das fröhliche Gelächter nicht gut ertragen. Deswegen suchten wir uns ein ruhiges Plätzchen etwas flussaufwärts in der Nähe der Rheinbrücke, wo ich mir die Seele aus dem Leib weinte. Ben versprach mir, mich niemals zu verlassen und für immer und ewig mein bester Freund zu bleiben. Gerade als ich mich etwas beruhigt hatte und nicht mehr so laut schluchzte, hörten wir nicht weit entfernt mehrere laute Platscher nacheinander. So, als hätte irgendjemand von der Brücke aus etwas ins Wasser geworfen. Es war schon dunkel, aber trotzdem konnten wir die kleinen Fellknäuele erkennen, die hilflos paddelnd im Wasser trieben. Ohne weiter darüber nachzudenken, stürzte Ben sich ins Wasser.

Die Rheinströmung ist manchmal unberechenbar. Voller Sorge stand ich am Ufer und rief nach Ben, doch er ließ sich nicht davon abhalten, mit kräftigen Zügen auf die kleinen Knäuele zuzuschwimmen. Er war gerade beim ersten angekommen, da sah ich aus dem Augenwinkel einen großen Frachter auftauchen. Er war ohne Ladung unterwegs und kam entsprechend schnell voran.

»Ben«, schrie ich verzweifelt. »Ben!«

»Es sind Kätzchen, Marly! Eins hab ich schon ...«

Es blieb bei dem einen. Als Ben den Frachter bemerkte, schaute er noch einmal kurz in Richtung der anderen Tiere, doch dann musste er sich schnellstens auf den Rückweg machen. Als er endlich das Ufer erreichte, atmete ich erleichtert auf.

»Hast du gelesen, wie das Schiff hieß?«

»Spinnst du?«, entgegnete ich aufgebracht. »Ich wäre fast gestorben vor Angst um dich! Da werde ich kaum noch eine Lesestunde einlegen.«

Doch Ben grinste nur und drehte das kleine, tropfnasse Tier auf den Rücken. »Es ist ein Kater, guck doch mal. Ich will ihn behalten. Und er soll Caruso heißen, so wie das Schiff eben.«

»Und was, wenn dir etwas passiert wäre? Erst mein Vater und dann du ...« Bei dem Gedanken, ich könnte Ben auch eines Tages verlieren, fing ich wieder an zu weinen.

»Ich werde immer für dich da sein, Marly«, versprach Ben.

»Und wenn du woanders studierst und wegziehst, was dann?« Ben hatte mir von seinen Plänen erzählt, nach dem Abi erst einmal ins Ausland gehen zu wollen. Den Gedanken fand ich unerträglich.

»Dann treffen wir uns immer an einem Freitag, dem Dreizehnten. Ganz egal, wo wir uns zu diesem Zeitpunkt gerade befinden. Und zwar mindestens einmal im Jahr. Wir besuchen uns abwechselnd, auch wenn wir schon steinalt und grau sind. Was hältst du davon?«

Nicht in allen Ländern ist dieser besondere Freitag ein Unglückstag. In Japan, so erklärte mir Ben damals, bringe dieser Tag sogar Glück. Außerdem sei es ein schöner Gedanke, dass wir beide uns ein Leben lang genau dann treffen würden.

Ich starrte auf das winzige Kätzchen in seinen Händen und beschloss, nicht abergläubisch zu sein. Noch am selben Abend durchforstete ich mehrere abgelaufene Kalender und stellte fest, dass mindestens ein Freitag und maximal drei im Jahr auf einen Dreizehnten fielen. Bei den Mehrfachterminen, so einigten wir uns später, wollten wir für die nächsten zehn Jahre einen Freitag vereinbaren, der möglichst im Sommer liegen sollte.

Nach dem Abi machte Ben eine Reise durch Südamerika, dann ging er nach München, um dort zu studieren. Danach fand er einen Job in Genf, dann ging er auf Brasilienreise, anschließend zog er nach London. Wir sahen uns meistens zu den Feiertagen, wenn Ben seine Eltern in Düsseldorf besuchte. Außerdem telefonierten wir sehr häufig oder schrieben uns Mails. Und Jahr für Jahr freute ich mich auf meinen persönlichen Glückstag – und Ben. Bis er im letzten Jahr zum ersten Mal nicht zu unserem vereinbarten Treffen erschien.

2 Katzenpisse riecht fürchterlich streng

»Eigentlich hätte Ben dich Camus oder Sartre nennen müssen. So verbunden, wie er sich mit den Existenzialisten fühlte.« Vorsichtig strecke ich meine Hand nach Caruso aus. Dabei rechne ich mit einem mir bestens bekannten Fauchen und einem flinken Hieb mit ausgefahrenen Krallen, aber der erwartete Schmerz bleibt aus. Caruso senkt etwas den Kopf und drückt ihn gegen meine Hand. Dann maunzt er auffordernd und legt sich auf den Rücken.

»Du willst doch nicht etwa gestreichelt werden?« Aber so ist es, der Kater lässt sich von mir kraulen. Dabei schnurrt er lautstark, reckt und streckt sich wohlig in die Länge. Das hat er früher nie gemacht. Überrascht über Carusos ungewohntes Vertrauen verwöhne ich ihn ausgiebig mit Streicheleinheiten. Eigentlich kann er persönlich auch gar nichts für meinen Widerwillen. Plötzlich aber richtet sich der Kater auf und blickt konzentriert zur Küchentür, so, als hätte er etwas gehört.

»Glaubst du, Ben kommt zurück?« Aufgewühlt schaue ich mich in der Küche um. Irgendwie habe ich auf einmal das Gefühl, er könnte tatsächlich auch im Raum sein. Aber Ben ist nicht hier, ich bin ganz alleine mit dem Kater, der eindeutig Caruso zu sein scheint, auch wenn er sich von mir streicheln lässt, anstatt mich wie sonst zu kratzen und anzufauchen. Bevor mir wieder die Tränen aufsteigen, stehe ich schnell auf, nehme eine Flasche Milch aus dem Kühlschrank und schütte etwas davon in ein Schüsselchen. Dazu gebe ich eine Handvoll Schoko-pops.

»Hier, das mochtest du doch immer so gerne«, locke ich den Kater und stelle es ihm auf den Boden. »Fleisch-pastete oder Thunfischfilets gibt es bei mir leider nicht.«

Caruso bewegt sich nicht. Er sitzt immer noch auf dem Tisch, von wo aus er meine Bewegungen beobach-tet.

»Ach ja, ich weiß«, sage ich, »der Herr ist gewohnt, wie ein Mensch zu speisen. Warte, ich serviere dir das Fest-mahl auf dem Tisch ...«

Nur wenige Sekunden später hat der Kater das Schüs-selchen ratzekahl leer geputzt. Er streicht sich in aller Ruhe mehrmals mit der Pfote übers Maul, springt vom Tisch und aus dem Fenster. Ich beobachte, wie er den Garten durchstreift und wieder auf seinem bevorzugten Ast Platz nimmt, ohne mich aus den Augen zu lassen. Ich bin immer noch so dermaßen überrascht über seinen Be-such, dass ich gar nicht auf die Idee gekommen bin, ihn aufzuhalten. »Caruso«, rufe ich nun leise und versuche, meine Stimme möglichst zärtlich klingen zu lassen. Aber all meine Versuche, ihn wieder zu mir in die Küche zu locken, schlagen fehl. Er bleibt bewegungslos sitzen.

Wie er wohl den Weg zu mir gefunden hat? Ein verrückter Zufall wird es bestimmt nicht gewesen sein. Ob Bens Eltern ihn etwa doch in meinem Garten ausgesetzt haben, weil sie ihn genauso wenig ausstehen konnten wie ich? Ich weiß, es ist kindisch, aber tief in mir habe ich es dem kleinen Fellknäuel damals übel genommen, dass Ben so dermaßen leichtsinnig sein Leben für ihn aufs Spiel gesetzt hat. Caruso war als kleines Kätzchen ja noch ganz süß und putzig, aber je älter er wurde, desto eigenwilliger verhielt er sich. Genau das liebte Ben allerdings an dem Kater. Er wollte kein Haustier, das vor ihm kuscht und für eine Leckerei seine Seele verkaufen würde. Ein Hund wäre für ihn niemals infrage gekommen.

Caruso hatte sozusagen in der Beziehung zu Ben die Hosen an, wenn man das so sagen kann. Und ich hatte dabei überhaupt nichts mehr zu melden.

Wenn ich Ben besuchte, durfte ich mich nicht mehr auf den Sessel in seinem Zimmer setzen, auf dem ich es mir sonst immer gemütlich gemacht hatte. Caruso maunzte jedes Mal so lange herum, bis ich genervt aufstand, damit er sich darauf breit machen konnte. Irgendwann sah ich es ein und wagte keinen neuen Vorstoß mehr. Daraufhin schien der Kater das Interesse am Sessel zu verlieren. Bis ich den Versuch unternahm, mich eines Tages wieder darauf niederzulassen, und das Rumgemaunze aufs Neue begann.

Nur einmal hat Ben den Kater mit zu uns nach Hause mitgebracht. Das Biest hatte sich frech auf meinen Sessel gelegt – wie nicht anders zu erwarten gewesen war –, als wir uns einen Kaffee in der Küche kochten. Ich hatte damit gerechnet und vorsorglich ein altes Handtuch als Unterlage auf die Sitzfläche gelegt. Als wir aber zurück ins Zimmer kamen, lag das Handtuch auf dem Boden und Caruso in meinem Bett. Der Sessel war ihm anscheinend zu ungemütlich erschienen. Kurz darauf fand ich auch den Grund dafür heraus. Katzenpisse riecht fürchterlich streng. Und fast genauso schrecklich wie das scharfe Reinigungsmittel gegen Urinstein, das meine Oma früher immer benutzt hat.

Ich war stinksauer, weil der Mistkater einfach auf meinen Sessel gepinkelt hatte. Befand ich mich etwa schon wieder in einer Dreieckskonstellation, wie zuvor mit Lisa? Aber diesmal war ich mir sicher, den Kürzeren zu ziehen. Also machte ich gute Miene zum bösen Spiel, wusch Carusos Hinterlassenschaft kommentarlos aus und bestand darauf, dass Ben in Zukunft ohne ihn hier aufkreuzte.

Bens Mutter Karin mochte den Kater auch nicht wirklich, wie sie mir damals anvertraute, nachdem ich ihr von Carusos absichtlicher Pinkelattacke erzählt hatte. Sie kam nicht klar mit den vielen Katzenhaaren, die Caruso geschickt in der ganzen Wohnung verteilte. Außerdem hatte er die Angewohnheit, Karin schlicht und ergreifend zu ignorieren, so wie mich auch. Anscheinend durften sich nur Männer dem Kater nähern. Wenn Ben nicht zu Hause war, machte es sich Caruso neben Bens Vater auf der Couch bequem, was Karin überhaupt nicht gefiel.

Aber jetzt, wo Ben nicht mehr da ist, würde Karin den Kater doch bestimmt behalten wollen, überlegte ich. Zumindest hätte sie ihn nicht einfach so ausgesetzt…

Es hilft alles nichts, ich muss sie anrufen. Bei dem Gedanken macht sich auf der Stelle ein mulmiges Gefühl in mir breit. Nach Bens Beerdigung war ich noch ein paar Mal bei Karin und habe versucht, ihr ein wenig Trost zu spenden. Aber danach ging es mir selbst immer sehr schlecht. Zudem steckte ich mitten im Examen und musste viel lernen. Also stellte ich meine Besuche ein. Vorerst, wie ich mir sagte. Vor drei Monaten hat Karin mich angerufen. Sie wollte einfach wissen, wie es mir geht. Und dann bot sie mir an, mich in Bens altem Zimmer umzuschauen. Vielleicht würde ich etwas finden, an dem mein Herz hing und das ich an mich nehmen wollte. Sie würde sich jedenfalls freuen. Aber ich hatte Angst davor, mich dieser Situation zu stellen. Ich sagte Karin, ich würde mich wieder melden, wenn ich soweit sei. Aber das war bis heute nicht der Fall.

Ich mochte Bens Eltern immer sehr gern. Zu jeder Zeit durfte ich sie besuchen, auch wenn Ben mal nicht da war. Karin wusste, dass ich Probleme mit meinem Vater hatte. Nachdem er uns verlassen hatte, verkauften meine Eltern das Haus, und ich zog mit meiner Mutter in eine kleine Dachgeschosswohnung.

In der ersten Zeit war ich sehr unglücklich. Ich dachte, nie wieder unbeschwert lachen zu können. Insgeheim fühlte ich mich schuldig, weil ich meinen Vater erwischt und meiner Mutter davon erzählt hatte. Als ob die neue Situation auf meinem Mist gewachsen wäre. Es war Karin, die mich in langen Gesprächen davon überzeugte, dass ich nicht für die Trennung meiner Eltern verantwortlich war.

Mein Vater zog zu der Frau aus der Nachbarschaft, die zehn Jahre jünger war als er. Nach nur fünf Monaten hatte sie jedoch genug von ihm. Er hat alles ganz fürchterlich bereut und wieder Kontakt zu meiner Mutter gesucht, aber sie hat ihm nicht verziehen – und ich auch nicht. Er hat sich eine eigene Wohnung gesucht. Unser neues Zuhause im Dachgeschoss war gemütlich, und langsam begann ich, mich dort wohlzufühlen. Gemeinsam mit meiner Mutter beschloss ich, dass so schnell kein Kerl bei uns einziehen würde. Und das haben wir bis heute beide beherzigt.

Nach meinem Umzug von Düsseldorf nach Neuss habe ich Bens Eltern, die mit Nachnamen Berger heißen, ganz hinten unter »Z« abgespeichert, damit ich niemals zufällig am Anfang meiner Telefonliste über Bens Nachnamen stolpere.

Als ich nun die entsprechende Taste drücke, höre ich mein eigenes Herz klopfen, fast so laut, dass ich das Freizeichen gar nicht wahrnehme, bis …

»Berger.«

»Hallo, Karin, ich bin es … Marly …«, bekomme ich mühsam heraus. Und schon fange ich an zu schluchzen. »Es tut mir so leid, dass ich mich erst jetzt wieder bei dir melde. Ich wollte ja … aber ich konnte einfach nicht … Ich war einfach so fertig, dass ich …«

Eine gefühlte Ewigkeit später sitze ich fassungslos am Küchentisch. Karin war zwar weder böse auf mich noch habe ich sie enttäuscht, wie sie mir versichert hat. Sie hat sich einfach nur wahnsinnig gefreut, dass ich mich endlich gemeldet habe, ganz so wie Rici es vermutet hatte. Aber eigentlich verwundert mich ihre Reaktion auch nicht. Bens Mutter war die Gutmütigkeit in Person. Sie hatte schon immer für alles Verständnis.

Womit ich allerdings überhaupt nicht gerechnet habe, ist die Neuigkeit, die sie mir eben, so ganz nebenbei, mitgeteilt hat. Die muss ich erst einmal verdauen. Irritiert werfe ich einen Blick auf den Zettel in meiner Hand, auf dem ich einen Namen und eine Handynummer notiert habe. Kurz darauf greife ich wieder zum Telefon.

»Rici«, bringe ich mühsam hervor, »kannst du doch noch bei mir vorbeikommen? Stell dir vor, Ben war verlobt. Er wollte tatsächlich diese Nathalie heiraten.«

3 Wächst Ananas auf Bäumen oder Sträuchern?

Das letzte Lebenszeichen, das ich von Ben bekommen habe, kam einen Tag vor unserem geplanten Freitags-Treffen vor einem Jahr. Ich lag schon im Bett, als die SMS von ihm kam: »Marly, morgen ist es wieder soweit. Ich muss dir etwas sehr Wichtiges erzählen … Ach, ich bin schon so aufgeregt. Und ich freue mich so!« Völlig überraschend spürte ich ein wohliges Kribbeln im Bauch bei dem Gedanken, Ben, der mittlerweile in London lebte, endlich wieder zu treffen.

In der gleichen Nacht habe ich dann von ihm geträumt.

Wir standen vor Bens Haustür. »Ich fahr jetzt, es ist schon spät«, sagte ich.

»Ach, und ich habe gedacht, du würdest noch auf einen Sprung mit hochkommen.«

»Willst du mich etwa verführen?«

»Wer weiß?« Ben hielt mir die Tür auf, und ich ging vor ihm die Treppen hoch.

Dann haben wir uns geküsst. In seinem Schlafzimmer fiel ein Kleidungsstück nach dem anderen. Mein Herz klopfte wie wild, als er mich nah an sich heranzog.

Hier endete mein Traum, und ich wachte auf – und lag dann fast die ganze Nacht wach. In der Art hatte ich noch nie von Ben geträumt. Mir wurde klar, dass ich ihm endlich sagen musste, dass ich mehr für ihn empfand als Freundschaft.

»Ich muss dir auch etwas Wichtiges erzählen«, schickte ich eine SMS-Botschaft auf die nächtliche Reise zu Ben.

Warum habe ich Ben nicht gleich angerufen und ihm gesagt, dass ich ihn liebe?

»Erzähl schon!«, fordert Rici mich auf.

»Er war verlobt, ganz sicher. Caruso sei schon lange nicht mehr bei ihnen, hat Karin gesagt. Er sei bei Nathalie geblieben, weil sie einen Garten habe. Außerdem hätte er es auf dem Land eh viel schöner. Rici, ich habe jedes einzelne Wort gedanklich mehrmals wiederholt, damit ich mir auch sicher bin, mich doch nicht verhört zu haben. Und jetzt kommt's: Caruso hätte Bens Verlobte von Anfang an akzeptiert, obwohl sie eine Frau sei.«

»Sie hat wirklich *Verlobte* gesagt? Das klingt so altmodisch.«

»Ja, hat sie. Ich dachte auch erst, ich hätte mich verhört, also fragte ich noch einmal nach. Karin ist die ganze Zeit davon ausgegangen, dass ich davon gewusst habe, sonst hätte sie nicht wie ganz selbstverständlich davon erzählt.«

»Und du hast wirklich absolut keine Ahnung gehabt? Ihr habt euch doch sonst immer alles erzählt!«

»Dass Ben mit Nathalie zusammen war, wusste ich. Aber richtig ernst genommen habe ich die Sache nicht. Vielleicht habe ich es aber auch einfach verdrängt. Ben hatte doch dauernd irgendeine Liebschaft am Start. Du weißt doch, wie er war. Es waren immer kürzere Beziehungen, die sich irgendwann von alleine erledigt haben. Was richtig Ernstes war nie dabei. Dazu hatte er ja auch gar keine Zeit. Er war ein Reisender. Und er … Ach, ich weiß auch nicht. In seiner letzten SMS hat er mir geschrieben, er wolle mir etwas Wichtiges erzählen. Vielleicht habe ich instinktiv gefühlt, dass es etwas mit Nathalie zu tun hat. Ich kenne Ben jetzt schon so lange, habe mir meine Gefühle für ihn aber in all den Jahren nie eingestanden. Vielleicht hat mich seine SMS irgendwie aufgerüttelt. Es wundert mich nur, dass Nathalie nicht auf der Beerdigung war. Sie wäre mir mit Sicherheit aufgefallen. Ich hatte mir auf jeden Fall vorgenommen, ihm zu sagen, dass ich ihn liebe. Weißt du was? Jetzt bin ich doch irgendwie froh, dass ich es ihm nicht schon vorher gesagt habe. Auf der anderen Seite …«

»Was?«

»Vielleicht wäre er noch am Leben, wenn ich ihn gleich in der Nacht noch angerufen hätte. Dann hätte er mir nämlich garantiert von seinen Heiratsplänen erzählt. Ich wäre enttäuscht und verletzt gewesen und hätte das Treffen unter einem Vorwand abgesagt. Dann wäre Ben nicht in den Blumenladen gefahren, hätte den Kübel Margeriten nicht für mich gekauft, wäre nicht von dieser blöden Biene gestochen worden, hätte keinen allergischen Schock erlitten und wäre nicht … wäre nicht …«

Ben ist tot, aber ich schaffe es nicht, das auch auszusprechen. Ich wünsche mir, dass alles nur ein großer Irrtum ist. Und ich versuche mir einzureden, dass er sich einfach wieder im Ausland befindet.

Oft haben wir wochenlang nichts voneinander gehört. Und dann klingelte plötzlich mitten in der Nacht das Telefon, und Ben begrüßte mich mit den Worten: »Sag mal ehrlich, findest du mich eigentlich egoistisch?« Oder »Marly, wie viele Löffel Honig muss ich für das Rezept mit den Bergischen Waffeln nehmen?« Oder »Was meinst du, wächst Ananas auf Bäumen oder Sträuchern? Sag schnell, wir haben hier eine coole Wette laufen.« Dabei war es Ben egal, dass er in dem Moment gerade in Brasilien und es dort erst zehn Uhr abends war, aber in Deutschland schon drei Uhr morgens.

Ben war nicht egoistisch, aber manchmal etwas gedankenlos. In das Rezept für die Waffeln gehören eigentlich drei Esslöffel Honig, aber ich nehme immer fünf. Dadurch schmecken sie nicht nur süßer, sie werden auch knuspriger. Und Ananas wächst einfach so aus dem Boden heraus, die Felder sehen aus wie große Salatanbaugebiete. Das wusste ich allerdings nicht. Meine Vermutung war, die Dinger wüchsen an großen Stauden, ähnlich wie Bananen. Dass ich damit unrecht hatte, erfuhr ich damals nur etwa eine halbe Stunde später, nachdem ich gerade wieder eingeschlafen war und mein Handy mich erneut aus dem Schlaf riss.

»Marly, das glaubst du jetzt bestimmt nicht, aber die Dinger wachsen mit ihren Wurzeln einfach so aus dem Boden raus …«

Nach Genf kam London, und der Zeitunterschied war längst nicht mehr so gravierend. Allmählich wurden auch die nächtlichen Anrufe seltener.

Nach seinem Informatikstudium in München, das Ben in kürzester Zeit und mit Auszeichnung abgeschlossen hatte, war er als Projektleiter für IT-Sicherheit kreuz und quer in der Welt unterwegs, so wie er sich das immer gewünscht hatte. Ich ließ mir etwas mehr Zeit mit meinem Lehramtsstudium, für das ich ganze zwölf Semester studiert habe. Meine Mutter konnte mich finanziell nicht unterstützen, und meinen Vater hätte ich auf Unterhalt verklagen müssen, was ich nicht wollte. Also finanzierte ich mir mein Studium durch Nebenjobs, vernachlässigte dadurch das Lernen und benötigte ein paar Semester mehr. Trotzdem habe ich mein Studium durchgezogen und es immerhin mit der Note 1,7 abgeschlossen. Im Februar habe ich mein zweijähriges Referendariat beendet. Und nach den Sommerferien im August werde ich meine erste Stelle als Lehrerin antreten.

Aber erst einmal muss ich mein Leben wieder auf die Reihe kriegen. Die letzten Monate war ich damit beschäftigt, um Ben zu trauern und zu weinen. Oder ich habe mir ausgemalt, wie mein Leben mit ihm verlaufen wäre. Nachts bin ich aufgewacht, habe stundenlang wach gelegen und mir vorgestellt, wie es sich angefühlt hätte, Ben vor dem Schlafengehen zu küssen, in seinen Armen einzuschlafen, um morgens neben ihm aufzuwachen und ihn erneut zu küssen. Dabei war Ben bereits verlobt und hatte vor, für den Rest seines Lebens neben Nathalie aufzuwachen.

»Sie ist auch Lehrerin, allerdings an einer Waldorfschule in Duisburg«, sage ich zu Rici. »Ich habe sie schon gegoogelt.«

»In Duisburg? Hast du nicht erzählt, Ben war zuletzt in London? War er doch, oder?«

»Ja, ganz sicher. Eigentlich wäre ich an der Reihe gewesen, ihn zu besuchen. Aber er wollte unbedingt zu mir kommen. Das war das erste Mal, dass wir die Reihenfolge nicht richtig eingehalten haben. Hätte ich mich nur nicht darauf eingelassen! Ursprünglich hatten wir vorgehabt, dass wir kurz in London bleiben und dann weiter zusammen nach Schottland fahren, um dort Urlaub zu machen. Aber dann rief Ben an und schmiss den Plan über den Haufen. Er wollte erst für eine Woche nach Düsseldorf kommen, und dann wären wir gemeinsam mit meinem Auto wieder hochgefahren. Und wenn ich meine alte Karre nicht zur Generalüberholung in die Werkstatt gebracht hätte, hätte ich Ben vom Flughafen abgeholt. Oder wäre mit der S-Bahn dorthin gefahren, dann wäre er jetzt bestimmt noch am Leben. Aber ich war so dermaßen aufgeregt, dass ich mich stattdessen mindestens fünfmal umgezogen und dreimal neue Frisuren gemacht habe. Und dann habe ich ...«

»Marly, du musst endlich damit aufhören, dir die Schuld an Bens Tod zu geben! Du kannst wirklich nichts dafür. Vielleicht wäre er noch am Leben, vielleicht auch nicht. Vielleicht wärt ihr zusammen in den Blumenladen gefahren. Vielleicht hättest du mit im Auto gesessen, als ihn die Biene gestochen hat. Vielleicht wärst du jetzt auch tot. Und das, glaube mir, würde mir ganz und gar nicht gefallen.«

»Aber vielleicht ...«

35

»Nein, kein Vielleicht mehr! Es ist nicht deine Schuld! Hör auf, dir Vorwürfe zu machen.«

»Das würde ich ja gerne. Aber warum ist der blöde Kater ausgerechnet jetzt nach fast einem Jahr hier aufgetaucht? Was meinst du, ob *sie* ihn zu mir gebracht hat? Irgendwie muss er ja hier hergekommen sein.«

»Frag sie doch einfach selbst … Ihre Nummer hast du.«

»Ja, schon, aber anrufen werde ich sie ganz bestimmt nicht.«

»Und Caruso? Was machst du nun mit ihm?«

»Ich wollte ihn einfangen und wieder zu ihr zurückbringen. Ich setze ihn einfach wieder in ihren Garten. Hat sie doch auch gemacht!«

»Wenn du meinst. Wo wohnt sie denn? Ich meine, arbeitet sie nur in Duisburg oder lebt sie dort auch?«

»Keine Ahnung. Das Einzige, was ich über sie gefunden habe, ist ein kleiner Film auf der Homepage ihrer Schule. Daher weiß ich auch, dass sie dort unterrichtet. Sie berichten in dem Video über ein Eurythmiefestival. Sie scheint mit ihrer Klasse daran teilgenommen zu haben.«

»Was ist das denn?«

»Eurythmie. Sie unterrichtet doch an einer Waldorfschule, so mit Namen tanzen und so.«

»Das heißt?«

»Das wusste ich bisher auch nicht so genau, aber ich habe mich schlaugemacht. Es ist eine expressive Form der Tanzkunst, bei der …«

»Das meine ich nicht«, unterbricht meine Freundin mich. »Mich interessiert, wie es jetzt weitergehen soll.

Willst du Bens Mutter noch mal anrufen und nach der Adresse fragen?«

»Also, ehrlich gesagt dachte ich daran, dass wir beide so bald wie möglich nach Duisburg fahren«, erkläre ich meinen Plan und warte auf Ricis Reaktion. Aber sie sagt nichts, also wage ich mich weiter vor. »Wir warten vor der Waldorfschule – und dann fahren wir ihr einfach hinterher. Ich weiß ja, wie sie aussieht. Man konnte sie auf dem Film ganz gut erkennen.«

Nathalie ist relativ klein und sehr zierlich. Aber zuerst ist mir ihr langes rotes Haar aufgefallen, das etwas dunkler ist als das von Ben. Bestimmt hat sie mit Henna nachgeholfen. Es fällt auf jeden Fall in leichten Wellen über ihren schmalen Rücken. In ihrem hellgrünen Kleid wirkte sie fast wie eine Elfe. Sie sprühte geradezu vor Energie. Wenn ich es nicht besser wüsste, könnte man fast annehmen, sie sei Bens Schwester.

»Wir könnten auch Emma mitnehmen und behaupten, du würdest dich ihretwegen für die Schule interessieren. Dann haben wir gleich eine Erklärung, falls uns jemand fragt, warum wir vor der Schule rumlungern. Was hältst du davon?«

»Marly, meine Tochter ist knapp vier Jahre alt.«

»Na und. Viele Mütter planen die Schulzeit ihrer Kinder schon weit im Voraus. Ich würde dir natürlich empfehlen, Emma auf einer normalen Schule anzumelden. Trotzdem kannst du dir doch eine Waldorfschule mal ansehen. Vielleicht gefällt es dir ja.«

»Ganz bestimmt nicht …«

»Bitte!«

»Na gut. Aber nur, weil du mir wirklich am Herzen liegst. Und jetzt lass uns den Kater fangen. Wo ist er denn, der gute Kerl?«

»Er sitzt wie immer im Apfelbaum. Vom Küchenfenster aus kannst du ihn sehen.«

»Ich weiß, von welchem Raum ich in deinen Garten schauen kann, Marly.«

»Ja, schon klar. Aber ich bin irgendwie total durcheinander und kann gar keinen klaren Gedanken mehr fassen. Ich mach noch schnell den PC aus, dann komme ich nach. Es dauert nicht lange …«

Nathalie Birnbaum mit ihrer Klasse auf dem Eurythmie-Festival … Noch einmal werfe ich einen Blick auf die aparte Person, die zwischen einem Dutzend Mädchen in rosa Tüllgewändern steht. Nathalie sieht offen gestanden sehr sympathisch aus. Die beiden hätten ein schönes Paar abgegeben. Es fällt mir überaus schwer, mir das einzugestehen, aber ich hätte nie im Leben eine Chance gegen sie gehabt. Ganz plötzlich macht sich Eifersucht in mir breit. Das Gefühl gefällt mir nicht. Lieber möchte ich mich darüber freuen, dass Ben in den letzten Tagen seines Lebens anscheinend sehr glücklich mit ihr war. Aber es gelingt mir nicht. Ein kleiner Stachel hat sich in meinem Herzen eingenistet. Und ich schaffe es nicht, ihn einfach herauszuziehen.

Aufgewühlt fahre ich den Computer herunter und gehe zurück in die Küche, wo meine Freundin vor dem Fenster steht und angestrengt nach draußen sieht.

»Ich sehe nix. Auf dem Baum sitzt kein Kater.«

»Hm, vorhin war er noch da.«

»Vielleicht ist er auf Beutezug, ein paar fette Mäuse fangen.«

»Caruso? Mäuse fangen? Nie im Leben! Dafür müsste er sich ja bewegen. Und wenn überhaupt, dann müssten sie für ihn filetiert, dezent gewürzt und auf den Punkt genau gebraten auf einem Teller angerichtet werden.«

»Gute Idee. Versuch ihn, mit etwas Essbarem zu locken. Wenn er sich sein Futter nicht selbst erlegt, wird er hungrig sein.«

Fleischpastete und Thunfischfilets, das ist eine sehr gute Idee. Gleich morgen früh werde ich beides besorgen. Seinen Leibspeisen wird Caruso bestimmt nicht widerstehen können.

Vielleicht habe ich aber auch Glück, und ich werde den Kater gar nicht erst einfangen müssen. Weil er sich zum Beispiel von ganz alleine wieder aus dem Staub gemacht hat. Oder weil ich mir doch nur alles eingebildet habe und langsam anfange durchzudrehen.

Was, wenn der Kater eben gar nicht hier bei mir in der Küche war? Wenn ich eingeschlafen bin und alles nur geträumt habe? Was aber haben dann das leere Schüsselchen auf dem Küchentisch und die Schachtel Schokopops auf der Anrichte zu suchen? Ich werde ja wohl kaum eine Portion von den Dingern ohne Löffel verdrückt haben. Oder vielleicht doch?

4 Katzen suchen sich ihr Zuhause selbst aus

Da habe ich mich wohl ganz gewaltig getäuscht. Caruso scheint sehr wohl in der Lage zu sein, sich sein Abendmahl selbst zu organisieren. Und so wie es aussieht, meint er, er müsse mich gleich mit versorgen. Vorsichtig umwickele ich den Mäuseschwanz mit einem Papiertuch und trage das Tier mit ausgestrecktem Arm in den Garten.

»Caruso«, rufe ich barsch, »wo steckst du? Ich weiß, dass du dich hier irgendwo rumtreibst.«

Auf einmal kommt der Kater seelenruhig durch die Blumenbeete marschiert. Dabei würdigt er mich keines Blickes. Er springt den Baumstamm hinauf und nimmt auf seinem Lieblingsast Platz.

»Wie bist du nur ins Haus gekommen?«, schimpfe ich laut. Die Maus lag vor meiner Wohnungstür, mitten auf dem Schmutzabtreter mit der Aufschrift *Danke!*, den Rici mir zum Einzug geschenkt hat. In den letzten Tagen habe ich die toten Tiere nur vor meinem Küchenfenster gefunden. Beim ersten Fund glaubte ich noch an einen Zufall. Aber nachdem ich am darauffolgenden Tag wieder ein erlegtes Mäuschen entdeckte, war mir klar, dass Caruso dahintersteckt.

Ich wohne seit vier Monaten in einer Altbauwohnung im Erdgeschoss eines Vierfamilienhauses. Und gleich bei der ersten Wohnungsbesichtigung habe ich mich in die Räumlichkeiten verliebt. Ich war begeistert von den hohen Wänden und den kunstvollen Stuckdecken. Von der Küche aus konnte man auf einen Baum schauen, der dünn mit Schnee überzogen war. Das sah wunderschön aus, obwohl er mir jetzt im Mai noch besser gefällt. Die Äste hängen momentan voller kleiner Blüten, aus denen irgendwann mal große Äpfel wachsen werden.

Wie sich herausstellte, hatte ich eine gehörige Portion Glück bei der Wohnungsvergabe. Der Vermieter war früher selbst Schüler auf genau der Schule gewesen, an der ich anfangen würde zu unterrichten. Als er hörte, dass ich dort als Lehrerin arbeiten würde, ließ er eine wüste Schimpftirade über seine verkorkste Schulzeit ab, die sich gewaschen hatte. Ich sah meine Hoffnungen schwinden, da es sehr viele andere Bewerber für die Wohnung gab. Also wunderte ich mich nicht, als ich noch am selben Abend eine Absage bekam. Doch eine Woche später klingelte mein Telefon, und der Vermieter war dran. Der Anwalt, der die Wohnung eigentlich hatte mieten wollen, war im letzten Moment abgesprungen. Und nun fiel die zweite Wahl auf mich. Zum ersten Mal seit Bens Tod empfand ich wieder so etwas wie Freude. Ich freute mich darauf, aus Düsseldorf wegzuziehen. Nicht sehr weit weg, nur ein Sprung über den Rhein, aber weit genug weg von den alten Erinnerungen und immer noch nah genug, um regelmäßig meine Mutter besuchen zu können.

»Bist du durch den Keller rein?« Ich stehe im Garten und suche mit den Augen die kleinen Souterrainfenster ab. Aber sie sind alle vergittert und geschlossen.

Schon seit Tagen versuche ich, Caruso zu mir in die Küche zu locken, um ihn einfangen zu können. Das Fenster steht deswegen ständig offen. Ich stelle dem Kater Pastete auf den Tisch, Thunfisch oder Schokopops, doch er ignoriert meine Lockversuche. So, als würde er ahnen, was ich dadurch bezwecken möchte. Im Gegenzug dazu finde ich jeden Morgen eine tote Maus im Garten, die ich mit spitzen Fingern entsorge. Dass sie heute allerdings vor meiner Wohnungstür lag, finde ich gar nicht nett. Ich wäre beinahe auf sie draufgetreten, als ich mal eben schnell barfuß nach der Post schauen wollte. *Danke!*

»Wenn du darauf wartest, dass ich dir die Viecher in der Pfanne brate, hast du dich aber gewaltig getäuscht, mein Lieber«, schimpfe ich laut weiter.

»Sie müssen sie loben.«

Überrascht drehe ich mich um. Am Gartentor steht die alte Frau Schuster, die in der Wohnung neben mir wohnt. Mit dem Zeigefinger deutet sie auf Caruso.

»Die Katze, Sie müssen sie loben«, wiederholt sie und lächelt mich an. Unsere Gespräche haben sich bis jetzt in Grenzen gehalten. Kurz nachdem ich eingezogen war, habe ich mich bei allen Nachbarn vorgestellt und ein paar Worte gewechselt, dabei war es geblieben. Über mir wohnt ein Pärchen mittleren Alters, das ich so gut wie nie zu Gesicht bekomme. Ich habe sie letztens beim Einkaufen getroffen und erst gar nicht erkannt. Schräg über mir, in der anderen Wohnung, wohnt ein Professor, der als Gastprofessor in Lugano unterrichtet und nur ab und zu an den Wochenenden vorbeischaut. Wenn er da ist, kann ich das unten ganz gut hören, weil von morgens bis abends klassische Musik bei ihm läuft.

Mit Frau Schuster hatte ich bisher noch den meisten Kontakt. Sie hat mir netterweise erklärt, wie das mit den Waschmaschinen im Keller funktioniert. Seitdem treffen wir uns häufiger in der Waschküche, da sie aus irgendeinem Grund immer dann zu waschen scheint, wenn ich das auch vorhabe. Ich vermute aber, dass sie mich abpasst, was vollkommen okay für mich ist. Wahrscheinlich ist sie einsam und freut sich, wenn sie mal ein paar Worte mit jemandem austauschen kann. Außerdem finde ich unsere Plaudereien im betonierten Souterrain mittlerweile sogar ganz nett.

Als Frau Schuster nun den Garten betritt und auf mich zukommt, wedele ich vorsichtig mit der Maus hin und her und erkläre: »Die Katze ist ein Kerl, und außerdem gehört er mir nicht.«

»So, so, ein Kater ist es also. Dann sollten Sie ihn erst recht loben. Er schenkt Ihnen seine Beute. Dadurch zeigt er Ihnen seine Achtung. Es ist der größte Liebesbeweis, den er Ihnen machen kann.«

»Er gehört mir doch gar nicht«, versuche ich es erneut. Insgeheim freue ich mich aber über die Erklärung mit dem Liebesbeweis.

»Katzen suchen sich ihr Zuhause selbst aus. Der Kater hat sie sozusagen adoptiert. Ich hatte auch mal solch ein

Prachtexemplar. Einmal hat er mir gleich sechs Mäuse und zwei Ratten auf einmal angebracht. Sie lagen alle in Reih und Glied auf unserer Veranda. Das war ein Anblick! Aber damals wohnten wir noch weiter draußen auf dem Land und hatten ein großes Haus. Lebendige Mäuse gab es dort quasi gar nicht. Sie waren immer alle tot, mausetot sozusagen.«

Ich könnte die Feuerwehr anrufen. Die sind doch zuständig, wenn es darum geht, irgendwelche Tiere von Bäumen zu retten. Aber Caruso braucht ja augenscheinlich keine Hilfe. Und würde jemand mit einer Leiter in seinem Baum auftauchen und seine Hand nach ihm ausstrecken – würde er die Krallen ausfahren. Danach würde er in aller Seelenruhe vom Baum springen und frech maunzen, und ich müsste die Rechnung der Feuerwehr begleichen. Irgendwie gefällt mir der Gedanke, dass Caruso sich nicht so schnell einfangen lässt. Ben hätte bestimmt seinen Spaß daran, wenn er sehen würde, wie der Kater uns austrickst. Trotzdem wäre es wohl am besten, ich würde einfach zum Telefonhörer greifen und Nathalie bitten, den Kater hier abzuholen. Das fällt mir zwar schwer, aber es ist immer noch besser, als jeden Morgen irgendwelche toten Aufmerksamkeiten vor der Tür zu finden.

Ich verabschiede mich von Frau Schuster, entsorge die Maus in der Mülltonne und gehe zurück in meine Wohnung. Kurz darauf sitze ich mit meinem Handy am Küchentisch und starre es minutenlang an. Dabei überlege ich mir jedes einzelne Wort, das ich jetzt gleich sagen werde. Dann nehme ich all meinen Mut zusammen und rufe Nathalie an. Meine Nummer unterdrücke ich, damit sie nicht zurückverfolgen kann, wer sie angerufen hat. Es könnte ja doch sein, dass mich plötzlich der Mut verlässt und ich einfach auflege. Beherzt wähle ich ihre Nummer.

»Birnbaum.«

»Hallo, hier ist Marly«, möchte ich sagen. »Ich weiß nicht, ob Ben dir von mir erzählt hat …« Aber ich bin wie erstarrt und bringe kein einziges Wort heraus. Nur Sekunden später sitze ich gegen den Buffetschrank gelehnt auf dem Boden, meine Arme um die Knie gelegt, und spüre, wie die Tränen schon wieder laufen.

»Kannst du nicht einfach verschwinden?«, frage ich heulend und wische mir übers Gesicht. Auf der Fensterbank sitzt Caruso und schaut mit schief gelegtem Kopf auf mich herunter. »Ja, dich meine ich!« Aber der eigensinnige Kater denkt gar nicht daran, meiner Bitte Folge zu leisten. Wie selbstverständlich springt er zu mir auf den Fußboden, kommt langsam auf mich zugelaufen und lässt sich mit einem lauten Maunzen neben mir nieder.

»Das ist jetzt nicht wahr …« Ich beginne, Caruso zu kraulen. Als er in monotones, brummendes Schnurren verfällt, stehe ich vorsichtig auf, bewege mich unauffällig auf das Fenster zu und schließe es.

»Jetzt habe ich dich!«

Kurz darauf greife ich wieder zum Telefon.

»Rici, er ist da, bei mir in der Küche. Können wir heute noch fahren?«

Von Neuss bis nach Duisburg sind wir etwa vierzig Minuten unterwegs. Es ist kurz vor neun Uhr morgens.

Wenn Rici bis spätestens elf Uhr hier ist, müssten wir Nathalie auf jeden Fall in der Schule antreffen. Ich habe mich ein wenig umgehört und mich telefonisch schon als interessierte Mutter ausgegeben. Klassenlehrer unterrichten ihre Schüler jeden Tag bis zwölf Uhr fünfundvierzig. Wenn alles gut geht, werde ich gleich die Frau sehen, die Ben heiraten wollte. Der Gedanke macht mich nervös. Plötzlich bin ich mir nicht mehr sicher, ob ich mir das antun möchte. Die Nathalie im Video war einfach zu perfekt. Mir wäre es lieber, sie hätte eine krumme Nase oder wenigstens einen gut sichtbaren Pickel im Gesicht gehabt.

Wir haben gerade halb elf, als meine Freundin mit ihrer Tochter bei mir vor der Tür steht.

»Hallo, Emma, kleine Maus«, begrüße ich sie, doch prompt fallen mir Carusos Liebesbeweise wieder ein. »Komm rein, Schätzchen – hallo Rici.«

»Wo ist das Kätzchen denn?« Aufgeregt hüpft Emma den Flur entlang.

»Es ist in der Küche. Warte auf uns.«

Wenig später sitzen wir drei am Küchentisch, vor uns ein Katzentransportkäfig, den Rici sich von einer Nachbarin ausgeliehen hat.

»Keine Chance!«, sage ich. »Er bewegt sich kein bisschen. Er sitzt die ganze Zeit schon oben auf dem Schrank. Ich hab schon alles versucht.«

»Darf ich die Katze streicheln?«, fragt Emma.

»Ich glaube, die Katze möchte das jetzt gar nicht. Es ist übrigens ein Kater, und er heißt Caruso.«

Aber auch diesmal täusche ich mich. Caruso möchte sich sehr wohl von Emma streicheln lassen – und das sogar freiwillig. Als die Kleine ihn mit ihrer piepsigen Stimme ruft, springt er behände vom Schrank herunter und landet mit einem weiteren Satz wie selbstverständlich auf ihrem Schoß.

Perplex schaue ich erst zu Caruso, dann zu meiner Freundin.

»Kinder!«, lacht Rici.

»Darf Caruso neben mir im Auto sitzen?«, fragt Emma.

»Ja, klar!«

Die Kleine schafft es tatsächlich, den Kater in den Transportkäfig zu locken. Und den verfrachten wir nur kurz darauf auf den Rücksitz in Ricis Auto, gleich neben dem Kindersitz. Caruso verhält sich dabei sehr friedlich. Emma plappert die ganze Zeit auf ihn ein – und er ringelt sich ein und schließt die Augen.

Es ist genau zwölf Uhr dreißig, als wir in Duisburg vor der Waldorfschule parken. Von außen sieht sie ganz genauso aus wie jede andere normale Schule auch.

»Eine Viertelstunde haben wir noch, bevor es klingelt. Am besten, ich geh rein und guck mal nach. Nicht, dass es noch einen anderen Ausgang gibt und wir sie verpassen«, sag ich.

Das Schulgebäude wirkt von innen freundlich und einladend. Im Eingangsbereich hängt eine große Fotowand, auf der alle Lehrer und Lehrerinnen abgelichtet sind und mit ein paar Worten der Schüler beschrieben werden.

Ich muss nicht lange suchen. *Frau Birnbaum ist immer freundlich. Sie lächelt viel und isst gerne Nugat* steht in Kinderhandschrift unter Nathalies Foto, das ich mir eingehend betrachte. Freundlich wirkt sie wirklich. Aber ich habe auch nichts anderes erwartet. Immerhin war Ben mit ihr verlobt, für eine unsympathische Frau hätte er sich niemals entschieden. Dass sie zudem sehr gut aussieht, versetzt mir allerdings wieder einen unerwartet heftigen Stich in der Herzgegend. Ich bin immer noch eifersüchtig, auch wenn ich gar nicht so empfinden möchte. Als könnte ich das Bild dadurch wieder vergessen, schließe ich meine Augen und atme tief durch. So bleibe ich ein Weilchen stehen und versuche mich zu sammeln. Als ich die Augen wieder öffne, nehme ich etwas Graues, Pelziges wahr, das an meinen Beinen vorbeihuscht. Es erinnert mich an einen Kater, der mir seit Tagen das Leben schwer macht. Fast im selben Moment sehe ich Rici den Gang entlanglaufen.

»Marly, es tut mir ja so leid! Ich wollte nur etwas frische Luft ins Auto lassen. Deswegen habe ich das Fenster runtergekurbelt. Ich hab nicht mitbekommen, dass Emma den Käfig aufgemacht hat. Sie wollte ihn streicheln. Und der blöde Kater ist einfach abgehauen. Ich habe nicht gesehen, wo er hin ist, weil Emma so laut geschrien hat, dass ich dachte, ihr sei etwas passiert. Vielleicht finden wir ihn ja, wenn wir …«

»Da vorne sitzt er«, unterbreche ich meine Freundin und gehe langsam auf Caruso zu. Als er sich dessen gewahr wird, dreht sich maunzend um und läuft weg. Ich renne los, aber es ist schon zu spät, ich erwische den Kater nicht mehr. Wie der Blitz jagt er um die Ecke, und ich sehe noch, wie sein Schwanz verschwindet ...

»Und jetzt?«, frage ich Rici atemlos.

»Ich hole Emma. Sie sitzt allein im Auto. Ich bin gleich wieder mit ihr zurück. Dann helfen wir dir suchen. Vielleicht hört er ja auf Emma.«

Doch dazu kommen wir nicht mehr. Wir stehen zu dritt auf dem Gang, als die Klingel den Schulschluss anzeigt. Innerhalb von Sekunden füllt sich der Flur mit Schülern.

»Mist!« Ratlos schaue ich mich um, während die Kinder lautstark an uns vorüberziehen.

Da deutet Emma plötzlich nach vorne und sagt: »Caruso! Da, bei der Frau!«

Das darf doch nicht wahr sein! Der Kater rekelt sich in den Armen einer zierlichen Frau, die vor einem Klassenzimmer steht und lächelnd zu uns herübersieht.

Ich starre reglos auf die rote, leuchtende Mähne, deren Farbton mich auf geradezu unheimliche Weise an Bens Haar erinnert. Hatte sie nicht dunklere Haare als er auf dem Photo gehabt? Mir wäre jetzt jedenfalls wirklich lieber, Bens Schwester käme da auf uns zu. Aber Ben war Einzelkind, genau wie ich. Ein paar Sekunden verharre ich noch bewegungslos, doch dann kehrt Leben in mich zurück.

»Lass uns schnell gehen!« Auffordernd ziehe ich an Ricis Hand, aber es ist schon zu spät.

»Marly?« Nathalie setzt den Kater auf den Boden und kommt auf uns zu.

Da mein Hals wieder wie zugeschnürt ist, bleibt mir nichts anderes übrig, als freundlich lächelnd zu nicken. Mich zu verleugnen, wäre sowieso nicht sinnvoll, da Emma gerade in diesem Moment auf Caruso zuläuft und laut und deutlich sagt: »Tante Marly, da ist er ja wieder!«

»Ich habe dich gleich erkannt.« Nathalie strahlt mich an. »Ben hat mir ganz viel von dir erzählt und jede Menge Fotos gezeigt.«

Nathalie scheint sich wirklich zu freuen, mich zu sehen. In mir kämpfen jedoch heftig widersprüchliche Gefühle. Da ist immer noch die blöde Eifersucht, aber zugegebenermaßen finde ich die Frau wirklich sympathisch. Außerdem kämpfen wir hier nicht um die Gunst eines Mannes – denn wir haben ihn beide verloren. Morgen ist es genau ein Jahr her. Ich entscheide mich also für die Wahrheit.

»Ehrlich gesagt wusste ich bisher kaum was von dir. Also, ich meine, Ben hat mir nicht viel erzählt … Wir sind gekommen, um dir Caruso zurückzubringen, aber vor der Schule ist er uns dann ausgebüxt.«

»Dann war er also bei dir? Er bleibt öfter mal ein paar Tage weg, der alte Streuner, aber er kommt immer wieder zurück. Deswegen habe ich mir bis jetzt auch keine Gedanken gemacht.«

»Du hast ihn nicht zu mir gebracht?« Jetzt bin ich wirklich überrascht.

»Nein, wieso sollte ich?«

»Ich weiß auch nicht. Ich dachte nur … Immerhin sind es über vierzig Kilometer! Wie soll er denn den Weg zu mir gefunden haben?«

»Katzen haben einen tollen Orientierungssinn ...«, setzt Nathalie zu einer Erklärung an, aber ich unterbreche sie schnell.

»Ich bin aber erst vor vier Monaten nach Neuss gezogen«, kläre ich sie auf. »Und da ist er vorher ganz sicher noch nie gewesen.«

»Oh, ja dann ... Habt ihr vielleicht noch etwas Zeit? Wir könnten in mein Klassenzimmer gehen und uns ein bisschen unterhalten. Immerhin verbindet uns eine ganze Menge.«

Hilfe suchend schaue ich Rici an. Ich weiß nicht, was hier momentan passiert. Aber ich fühle, dass irgendwas nicht stimmt.

»Marly, wir gehen in der Zwischenzeit auf den Spielplatz. Ich hab einen nicht weit von hier gesehen. Das geht doch in Ordnung, oder?«

Die beiden haben bis eben still neben mir gestanden. Sogar Emma, die sonst ununterbrochen plappert, hält sich zurück. Sie scheint zu fühlen, dass hier etwas sehr Wichtiges geschieht.

»Das sind übrigens Emma – und Rici, meine Freundin.« Ich bin froh über die kleine Ablenkung. Nathalie begrüßt die beiden und erklärt ihnen, dass gleich in der Nähe auch ein schöner Wasserspielplatz ist. Ich atme unauffällig tief durch und versuche mich etwas zu beruhigen.

Nur wenig später bin ich mit Nathalie alleine.

5 Vielleicht kann Caruso auch seinen Namen tanzen

»Möchtest du vielleicht etwas trinken? Es gibt Wasser oder Kakao hier in der Klasse. Für einen Kaffee müssten wir ins Lehrerzimmer gehen.«

»Ein Wasser wäre nicht schlecht, danke.«

»Ben hat mir erzählt, dass du auch Lehrerin bist.«

Nathalie hört sich fast fröhlich an, als sie seinen Namen erwähnt. So, als wäre Ben gar nicht gestorben. Immerhin wollten die beiden heiraten! Dafür wirkt sie verdammt ungezwungen und ausgeglichen auf mich.

»Nach den Sommerferien beginne ich meine erste Stelle.« Abwartend schaue ich Nathalie an. Ich habe das Gefühl, dass sie mir irgendetwas sagen möchte. Und ich täusche mich nicht.

»Weißt du was? Ich denke, Ben hat dir Caruso geschickt.«

»Ben?« Damit habe ich nicht gerechnet.

»Wie soll Caruso sonst den Weg zu dir gefunden haben?«

»Ich weiß es nicht.«

»Du warst Ben sehr wichtig. Er hat so viel von dir erzählt, dass ich fast eifersüchtig geworden bin. Ehrlich gesagt, hatte ich sogar Angst, dass er sich das mit der Hochzeit noch anders überlegt. Als er mich an dem Tag angerufen hat und mir gesagt hat, dass er vom Flughafen aus zuerst zu dir fährt, bin ich fast geplatzt vor Wut. Und der Gedanke, dass er gemeinsam mit dir Urlaub in Schottland machen wollte, hat mich fast wahnsinnig gemacht.«

Mit so viel entwaffnender Offenheit habe ich nicht gerechnet. Nathalie war eifersüchtig auf *mich*? Ob sie etwa gespürt hat, was ich Ben sagen wollte? Und wie hätte Ben in diesem Gefühlschaos reagiert?

Vor mir sitzt eine Frau, die an sich zweifelt. Sie ist wunderschön, hat große Ausstrahlung und ist sehr offen. Trotzdem war sie eifersüchtig – auf mich! Der Gedanke gefällt mir irgendwie, und ich kann mich viel entspannter auf das Gespräch einlassen …

»Und? Erzähl schon!«

»Sie wohnt in Mettmann. Ihre Mutter ist eine Arbeitskollegin von Bens Mutter. Bei einer Weihnachtsfeier vor zwei Jahren hat Nathalie Taxi gespielt und die beiden Frauen spätabends nach Hause gefahren, weil sie ordentlich was gezwitschert hatten. Vor der Haustür haben sie irgendwie noch rumgeblödelt. Dabei hat sie Ben kennengelernt. Die Zeit um Weihnachten hat er ja meistens bei seinen Eltern verbracht. In diesem Jahr war er etwas früher da als sonst, weil er seine Brasilienreise plante. Da Nathalie, im Gegensatz zu mir, Katzen liebt, hat sie Ben angeboten, während seiner Abwesenheit auf Caruso aufzupassen. Weil die beiden, also Kater und Nathalie, sich so prima verstanden, hat sie das Katersitting-Angebot auch während des Londonaufenthaltes ausgeweitet. Ich bin immer davon ausgegangen, Caruso wäre bei seinen Eltern geblieben.

Bis dahin waren die beiden einfach nur befreundet. Sie hatten ausschließlich E-Mail-Kontakt, in der Nathalie ihm die neuesten Geschichten über Caruso erzählte. Mit der Zeit wurden die Mails privater – und dann, warte … wie hat sie es ausgedrückt … immer intimer. Wie intim genau möchte ich lieber nicht wissen. Schließlich hat sie sich in den Flieger gesetzt und Ben in London überrascht. Zum Abschied hat er ihr einen neongelben, blinkenden Plastikring geschenkt, was absolut zu ihm passt. Den wollte er bei Gelegenheit in einen echten umtauschen. Aber dazu kam es dann nicht mehr, weil Ben zuerst mich besuchen wollte. Rici, er wusste schon drei Monate lang, dass er Nathalie heiraten wird, hat mir aber nichts davon erzählt. Kannst du dir das vorstellen?«

»Wow!«

Meine Freundin hat mich, bis auf das *Wow*, kein einziges Mal unterbrochen. Und Emma auch nicht. Sie ist so erschöpft, dass sie sofort im Kindersitz eingeschlafen ist, nachdem wir uns auf den Rückweg gemacht haben. Als sie einmal tief ein- und ausatmet, spreche ich etwas leiser, was mir sehr schwerfällt, aufgewühlt, wie ich gerade bin.

»*Wow*? Das ist alles, was dir dazu einfällt? Warte mal, was ich dir jetzt noch erzähle. Das Beste weißt du nämlich noch nicht. Nathalie denkt nämlich ernsthaft, Ben hätte

Caruso zu mir geschickt, damit er auf mich aufpasst. Was sagst du dazu?«

»Das passt zu einer, die, wie heißt das noch, Eurythmie, unterrichtet. Vielleicht kann Caruso auch seinen Namen tanzen. Hast du sie das mal gefragt?«

Die Vorstellung gefällt mir, und ich muss kichern. Trotzdem, der Gedanke, Ben könne mir Caruso geschickt haben, fühlt sich irgendwie richtig an. Der Kater ist in den letzten Tagen immer nur dann zu mir in die Wohnung gekommen, wenn es mir sehr schlecht ging und ich geweint habe. Nicht mal von seinen Lieblingsleckereien hat er sich locken lassen. Das hatte ich zwar befürchtet, weil Ben immer behauptet hat, Caruso sei nicht bestechlich. Aber ich dachte, der Hunger würde ihn vielleicht doch noch zu mir treiben.

Und die toten Mäuse? Vielleicht hat Ben mich ja doch geliebt, und sie sollten ein später Liebesbeweis für mich sein, in Katersprache sozusagen? Aber das erwähne ich jetzt lieber nicht, sonst wird Rici mich tatsächlich für verrückt erklären. Unauffällig lenke ich das Gespräch in eine andere Richtung.

»Weißt du was? Waldorfschule hin oder her. Ich gebe es nur ungern zu, aber Nathalie ist genauso, wie Ben sich seine Traumfrau immer vorgestellt hat. Sie wirkt so standfest, so unerschütterlich, trotz dieses enormen Schicksalsschlages. Ich glaube, ich kann verstehen, dass er sie heiraten wollte.«

Ich habe mir noch nie großartig viel aus Wein, Bier oder gar irgendwelchen harten Sachen gemacht. Seit Bens Tod habe ich überhaupt keinen Tropfen Alkohol mehr getrunken. Aus Angst davor, dann richtig abzustürzen und die Kontrolle über mich zu verlieren. Aber heute ist mir das egal. Ich gieße mir das ganze Glas voll Wodka und nehme gleich ein paar große Schlucke hintereinander. Es schmeckt so fürchterlich, dass es mich schüttelt. Ich sehe im Kühlschrank nach, ob sich etwas Passendes zum Mixen findet. Orangensaft habe ich nicht, aber gemischt mit Multivitaminsaft und Vanilleeis wird das Zeug bestimmt erträglicher.

Heute habe ich Nathalie kennengelernt, Bens Verlobte und absolute Traumfrau. Dass sie seine Traumfrau war, weiß ich ganz genau. Es steht schwarz auf weiß auf dem Stück Papier, das ich gerade aus der großen Holzkiste gekramt habe, in der ich alle Erinnerungsstücke an Ben aufbewahre. Den Zettel hat Ben vor fünf Jahren geschrieben.

Damals bin ich mit dem Zug zu ihm nach München gefahren, wo er studiert hat. Ben hat mich vom Bahnhof abgeholt, aber anstatt in seine kleine Studentenbude zu fahren, sind wir bis nach Berchtesgaden durchgebraust. Er wollte unbedingt mit mir im Königssee schwimmen gehen. Für seine spontanen Einfälle habe ich Ben immer schon geliebt. Er kam manchmal auf die verrücktesten Ideen, die allerdings hin und wieder einen kleinen Haken hatten.

Auf dem Rückweg sind wir mitten in der Nacht irgendwo in der Landschaft stehen geblieben, weil die Tankanzeige seines alten Fords angeblich kaputt war. Zumindest hat

Ben das damals behauptet. Ich meine aber, er hat das Warnpiepen einfach überhört und wir hätten schon in Berchtesgaden tanken müssen. Auf jeden Fall haben wir die Nacht in einer abseits gelegenen Scheune verbracht, wo wir uns ganz fürchterlich betrunken haben.

Ben hatte zwar kein Benzin mehr, dafür aber jede Menge anderen Sprit geladen, den wir in einer kleinen Enzianbrennerei gekauft hatten. Bis dahin hatte ich von *Blutwurz* noch nie etwas gehört. Heute weiß ich, dass man das Zeug trinken kann und in kürzester Zeit davon ordentlich einen sitzen hat, was bei einem Alkoholgehalt von 48 Prozent nicht verwunderlich ist.

Ben überlegte an diesem ungewöhnlichen Ort, wie er seiner aktuellen Flamme Patrizia beibringen könne, dass es auf Dauer nichts mit ihnen werden würde. Ich versuchte ihn davon zu überzeugen, es ihr mit einfachen, sehr deutlichen Sätzen zu erklären, wie: *Ich liebe dich nicht. Deswegen trenne ich mich von dir* oder *Ich verlasse dich, weil du nicht die Richtige für mich bist.* Begründungen wie *Es liegt nicht an dir. Ich bin einfach noch nicht so weit*, seien feige, habe ich ihm erklärt. Außerdem würden sie falsche Hoffnungen wecken. Ben hat daraufhin Trennungsgespräche mit mir geübt und mich an diesem Abend gleich mehrmals verlassen. Am besten gefiel mir: »Patrizia, ich verlasse dich, aber vorher muss ich dich noch einmal küssen.« Dabei wäre ich beinahe schwach geworden, aber eben nur beinahe. Ich war zwar betrunken, aber noch nüchtern genug, um mich nicht in seine Arme zu werfen, weil ich viel zu viel Angst davor hatte, Ben dadurch als besten Freund zu verlieren. Liebhaber kann man relativ problemlos austauschen, hatten wir einmal festgestellt, beste Freunde nicht.

Da wir aber bisher immer Pech in Sachen Liebe gehabt hatten – mein damaliger Freund hatte mir vor drei Wochen nach immerhin einem halben Jahr Liaison den Laufpass gegeben –, beschrieben wir im Licht einer Taschenlampe unsere absoluten Traumpartner auf einem Zettel. Dann beschlossen wir, die einzelnen Punkte noch einmal leise vorzulesen und den Wunsch mit der Kraft unserer Gedanken nach oben in den Himmel zu funken. Ich war damals sicher, dass das Blödsinn ist. Außerdem war ich mittlerweile viel zu betrunken, um noch lesen zu können, nicht mal meine eigene Schrift. Ich wünschte mir nur noch den Schlaf herbei, und wenig später fielen mir auch die Augen zu. Am nächsten Morgen wachte ich auf, als mich der Bauer sanft mit seinem Stiefel in die Seite stupste.

Vor der Scheune grasten Kühe. Ben behauptete später, ich sei so betrunken gewesen, dass ich mich die halbe Nacht mit Rosalie, einer dicken Milchkuh, unterhalten hätte. Angeblich hat er mich auch muhen hören. Aber Ben hatte schon immer eine blühende Fantasie und den Hang dazu, maßlos zu übertreiben. Deswegen habe ich mich auch gewundert, dass er ausgerechnet Informatik studieren wollte. Irgendwie bin ich immer davon ausgegangen, aus ihm würde mal ein Drehbuchautor oder ein Regisseur werden.

Ich habe schon oft bereut, dass ich mich nicht mehr daran erinnern kann, was damals wirklich alles geschehen ist.

Ob Ben mich in jener Nacht vielleicht doch geküsst hat? Und ich habe es nicht mitbekommen, weil ich zu betrunken war?

Wehmütig seufze ich auf und schütte noch etwas Wodka in den Multivitaminsaft, auf dem eine Kugel Vanilleeis schwimmt. Die Mischung erinnert mich an die Schlammbowle aus der Abizeit, die damals der absolute Renner war.

Dann streiche ich Bens Zettel glatt und lese:

Meine absolute Traumfrau:
- *hat langes Haar und ein sehr schönes, feines Gesicht,*
- *hat Sommersprossen,*
- *hat Grübchen – im Gesicht natürlich,*
- *ist auf jeden Fall kleiner als ich,*
- *lacht viel und ist warmherzig,*
- *kann kochen und*
- *liebt Katzen.*

Kurz bevor ich nach Neuss gezogen bin, habe ich mir mutig einen Kurzhaarschnitt verpassen lassen, damit mein Neuanfang auch wirklich ein Neuanfang wird. Mein fransiger Pony ist etwas länger, sodass er vorne lässig ins Gesicht fällt. Die Haare am Nacken sind jedoch sehr kurz geschnitten, und da ich hinten viele Wirbel habe, stehen sie kreuz und quer in alle Richtungen ab. Rici meint, der Schnitt wäre sehr frech und würde zu mir passen. Komisch, dass Nathalie mich trotzdem sofort erkannt hat. Auf den Fotos, die Ben von mir besaß, habe ich zumindest immer halblanges Haar gehabt.

Mein Gesicht würde ich eher als breit und nicht als fein geschnitten bezeichnen. Ich habe schöne volle Lippen, große blaue Augen und eine etwas knubbelige Nase. Als Kind wurde ich oft mit E.T.s kleiner Freundin Gertie verglichen, die von Drew Barrymoore gespielt wurde. Vom Typ her bin ich ihr auch heute noch ähnlich. Ständig muss ich aufpassen, dass ich nicht zu viel Gewicht mit mir rumschleppe. Wenn ich zunehme, macht sich das extrem in meinem Gesicht bemerkbar. Es wird dann noch runder, und ich sehe aus, als hätte ich zehn Kilo zugenommen, obwohl es definitiv nur zwei waren. Aber über mein Gewicht muss ich mir momentan überhaupt keine Gedanken machen. Ich habe keinen richtigen Appetit mehr und muss mich oft dazu zwingen, überhaupt etwas zu essen. Bei einer Größe von 1,72 Meter wiege ich 63 Kilo. So schlank war ich schon lange nicht mehr.

Mit Sommersprossen und Grübchen im Gesicht kann ich leider gar nicht dienen. Und ich lache auch nicht oft. Ben hat häufig zu mir gesagt, ich sei viel zu ernst. Dann hat er Blödsinn gemacht und war erst zufrieden, wenn ich über seine Aufmunterungsversuche gelacht habe. Das empfand ich manchmal als sehr anstrengend. Mir wäre lieber gewesen, er hätte mich einfach so akzeptiert wie ich bin. So aber beschlich mich manchmal das Gefühl, einfach nicht lustig genug für ihn zu sein.

Meine Kochkünste sind ehrlich gesagt auch recht bescheiden. Ich kann ganz gut backen, wenn ich mich genau an das Rezept halte. Aber ich habe nie ein gesteigertes Interesse daran gehabt, irgendwelche besonders ausgefallenen Kochrezepte nachzukochen oder diese gar noch zu verfeinern, so wie Ben das gerne tat. Und Katzen liebe ich auch nicht. Ich habe überhaupt keinen besonderen Zugang zu Tieren. Genau genommen erfülle ich gerade mal einen einzigen Punkt von Bens Liste. Ich bin kleiner als Ben.

Ob Ben damals im Berchtesgadener Land seine Traumfrauwünsche wirklich nach oben in den Himmel gefunkt hat? Vielleicht gibt es dort ja irgendeine Art Wunschauffangstation, in der alle Wünsche gesammelt werden. Mein Wunsch, Schlaf zu finden und morgens ohne Kopfschmerzen aufzuwachen, wurde damals gleich erfüllt. Bei Ben hat es etwas länger gedauert, aber sein Wunsch scheint definitiv auch oben angekommen zu sein. Immerhin ist ihm letztendlich Nathalie, die so ganz dem gewünschten Traumexemplar zu entsprechen scheint, geschickt worden. Irgendwie tröstet mich der Gedanke, an der Sache könne was dran sein. Denn das würde bedeuten, dass es den Himmel wirklich gibt und Ben sich da oben gerade kringelig lacht, weil ich mich mit klebrigen Wodka-Cocktails betrinke – vorausgesetzt, man kann vom Himmel aus wirklich nach unten auf die Erde schauen.

»Bist du da oben?«, frage ich und linse schräg aus dem Fenster in den Nachthimmel. »Dann pass mal gut auf: Denn hier kommen die Wünsche für *meinen* absoluten Traummann.«

Diesmal bin ich noch nüchtern genug, um lesen zu können, habe aber genügend Alkohol intus, um mir nicht albern vorzukommen. Meine Liste von damals halte ich mittlerweile in den Händen. Laut und deutlich lese ich vor:

Mein absoluter Traummann:
❧ *nörgelt nicht an mir rum, sondern liebt mich einfach so wie ich bin,*
❧ *nimmt mich ernst, auch wenn ich mal wieder rumspinne und irgendwelche verrückten Pläne habe,*
❧ *würde für mich bis ans Ende der Welt gehen,*
❧ *hat dunkles, volles Haar,*
❧ *braune Augen,*
❧ *ist auf jeden Fall größer als ich und*
❧ *hat auf keinen Fall ein Auto mit kaputter Tankanzeige!*
❧ *Und er ist zuverlässig!!!*

»Ha!«, rufe ich laut. »Eins ist ja wohl klar, damit habe ich damals ganz sicher nicht dich gemeint! Du hast nämlich ständig an mir rumgenörgelt, weil ich dir nicht fröhlich genug war. Ernst genommen hast du mich auch nicht. Als ich nach dem Abi nach Schottland gehen wollte, um Schafe zu hüten, hast du mich ausgelacht. Ich solle nicht rumspinnen und endlich erwachsen werden, hast du mir an den Kopf geknallt. Keine vier Wochen später hast du mir dann erzählt, dass du irgendwann später mal einen Pub in Schottland aufmachen willst, der berühmt für *Bens homemade fish and chips* werden würde. Und was habe ich dazu gesagt? Dass es eine ganz tolle Idee ist! Und dass ich dein treuester Stammgast sein werde. Dann habe ich etliche Tage hintereinander deine gebackenen Fischkreationen probiert. Aber der Hammer war das heiße Guinness mit Glühweingewürz, das ich trinken musste. Das schmeckte fürchterlich! Ich war mir damals verdammt sicher, dass kein einziger Schotte die Brühe bei dir bestellen würde, auch nicht im Winter. Trotzdem habe ich dich immer in deinen Plänen unterstützt und bestärkt. Und was hast du gemacht?

Du warst in München, in Genf, Brasilien und London, aber ans Ende der Welt bist du nicht für mich gegangen. Über dunkles, volles Haar und braune Augen müssen wir beide uns gar nicht erst streiten, die hast du nämlich ganz bestimmt nicht. Und deine Unzuverlässigkeit war echt ätzend. Du hast mich ständig auf dich warten lassen!«

Als ich merke, dass ich die ganze Zeit, den Kopf hochgereckt, die Zimmerdecke anschreie, ist mir das Ganze doch ein bisschen peinlich, auch wenn ich mir sicher bin, dass mich niemand – auch nicht Ben – sehen kann. Trotzdem schicke ich noch leise ein: »Na ja, warum sollte es dir auch besser ergehen als mir?« hinterher. »Immerhin erfüllst du auch einen Punkt meiner Liste: Du bist größer als ich. Womit wir Gleichstand hätten.« Dann trinke ich in einem Zug den restlichen Wodka leer, wanke in mein Schlafzimmer und lasse mich in der Hoffnung ins Bett fallen, gleich einzuschlafen und morgens ohne Kopfschmerzen wieder aufzuwachen. Die Nummer hat damals schließlich auch schon funktioniert.

6 Das bin eindeutig ich – und ich sehe gar nicht gut aus

Es funktioniert nicht wirklich, seine Wünsche einfach so in den Himmel zu funken. Zumindest nicht bei mir. Zwar habe ich sehr schnell in den Schlaf gefunden, aber mitten in der Nacht wache ich aus einem Traum auf, der sich seltsam real anfühlt.

Ich bin mit Nathalie im selben Zimmer. Der Raum kommt mir irgendwie bekannt vor, obwohl ich mir sicher bin, dass ich mich noch nie zuvor darin aufgehalten habe. Nathalie hat ihr rotes Haar streng nach oben gesteckt. Sie trägt eine dunkelgrüne Brille, die ihr sehr weit vorne auf ihre Nase gerutscht ist. Sie sitzt bequem in einem Ohrlehnensessel und blättert in einem Kunstmagazin. In manche Seiten knickt sie Eselsohren.

Ich sitze ihr gegenüber mit angezogenen Beinen auf der Couch und schreibe etwas in ein schwarzes Notizbuch, das ich auf die Knie gelegt habe. Ab und zu werfe ich einen Blick auf Nathalie, die ganz versonnen in ihre Lektüre zu sein scheint. Plötzlich gähnt sie, streckt sich und steht auf. Sie geht in unser gemeinsames Schlafzimmer und legt die Zeitschrift auf das Doppelbett. Ich kann sie von meinem Platz aus beobachten. Als sie an einem großen Spiegel im Zimmer vorbeigeht, schrecke ich zusammen, weil ich darin einen Augenblick lang nicht ihr Spiegelbild, sondern mein eigenes entdecke. Irritiert frage ich mich, wie der Spiegel in unser Schlafzimmer gekommen ist, wo ich ihn doch vorher nie wahrgenommen habe. In den dunkelbraunen Holzrahmen des Spiegels sind kleine Figuren geschnitzt, die ich aus der Entfernung jedoch schlecht erkennen kann. Nathalie sitzt mittlerweile wieder im Sessel und sieht mich schweigend mit ihren unergründlichen grünen Augen an. Dabei wirkt sie so, als würde sie mir irgendetwas Wichtiges erzählen wollen. Gespannt warte ich darauf, dass sie beginnt. Doch dann wache ich auf – und drehe mich sofort im Kreis. Ich habe eindeutig zu viel Alkohol intus.

Nur wenige Augenblicke später hocke ich auf dem Boden vor der Toilette und wünsche mir inständig, meine eigenmächtig gemixten Wodka-Cocktails mögen möglichst schnell wieder ihren Weg nach draußen finden. Mir ist so übel, dass ich mir sehnlichst wünsche, mich richtig ordentlich übergeben zu können. So erbärmlich schlecht ging es mir nach Alkohol noch nie, obwohl ich gelegentlich schon mal mehr getrunken habe. Bestimmt hat sich der Wodka nicht gut mit dem Vanilleeis und dem Multivitaminsaft vertragen.

Ich habe Pech, der Fusel bleibt in mir. Seit ungefähr einer halben Stunde sitze ich im Bad und um mich herum dreht sich alles weiter. Also leide ich noch ein Weilchen vor mich hin, dann schleppe ich mich wieder

65

zurück ins Bett, neben das ich vorsichtshalber einen Eimer stelle.

Es ist drei Uhr morgens. Heute ist Bens Todestag. Mir ist schlecht, ich bin hundemüde, kann aber nicht einschlafen. Ich wünschte mir, ich hätte niemals von Bens Verlobung erfahren. Jetzt habe ich nicht nur tagsüber Nathalies Bild im Kopf, ich träume auch noch nachts von ihr. Und dann auch noch so ein derartig komisches Zeug. Im Traum haben Nathalie und ich uns verhalten, als seien wir ein eingespieltes altes Ehepaar, das auch ohne Worte miteinander kommuniziert. Wir schienen richtig glücklich und zufrieden zu sein und wirkten sehr vertraut miteinander.

Aber was war mit dem Spiegelbild? Und wo kam der Spiegel eigentlich her?

Meine Oma sagte immer, Träume wären eine Reise in die eigene Seele. Würde man träumen, würde das Unterbewusstsein einem etwas mitteilen wollen. Meine Großmutter ist vor zweieinhalb Jahren gestorben. Sie ist ganz friedlich in ihrem eigenen Bett bei sich zu Hause eingeschlafen. Meinen Großvater habe ich nie kennengelernt, da er schon im Krieg gestorben ist. Meine Mutter ist ohne Vater aufgewachsen, da Oma auch nie wieder geheiratet hat. Sie schwärmte auch im hohen Alter noch von meinem Opa, der sie mit einem einzigen Blick dahinschmelzen lassen konnte. Dafür habe ich meine Oma immer bewundert. Sie ist sich und der Liebe ihres Lebens immer treu geblieben.

Zu meinen anderen Großeltern, väterlicherseits, habe ich so gut wie keinen Kontakt mehr. Es kam damals zu einem großen Zerwürfnis zwischen uns, weil meine Mutter meinem Vater den Fehltritt nicht verzeihen konnte. Letztendlich haben seine Eltern meiner Mutter dann die Schuld für die Scheidung gegeben. In einer Ehe hält man schließlich zusammen – in guten, wie auch in schlechten Zeiten, meinte die andere Großmutter damals. Als ich wagte zu erwähnen, dass es unfair sei, dass mein Vater sich die guten ausgesucht habe und uns dafür die schlechten ließ, warf sie mir unverschämtes Verhalten vor. Wir hatten schon vorher nicht viel Kontakt zu den beiden, da sie in Karlsruhe lebten. Heute beschränkt er sich auf eine Karte zu Weihnachten und zum Geburtstag oder einen Gruß, den mein Vater mir ab und an ausrichtet – allzu häufig bekomme ich ihn selbst nicht zu Gesicht. Kurz nach der Trennung hat mein Vater sich noch bemüht, den Kontakt zu mir aufrechtzuerhalten. Aber damals war ich viel zu wütend, um ihm auch nur annähernd eine Chance zu geben. Ich habe ihn jedes Mal abblitzen lassen, wenn er etwas mit mir unternehmen wollte. Ins Kino bin ich lieber mit meinen Freunden gegangen. Unterhalten wollte ich mich mit ihm auch nicht, geschweige denn eine seiner Freundinnen kennenlernen, die im Lauf des ersten Jahres häufig wechselten. Schließlich hat mein Vater aufgegeben. Er hat mir gesagt, dass ich mich melden soll, wenn ich ihn sehen möchte. Ich habe es damals als fehlendes Interesse gedeutet und mich ganz zurückgezogen. Heute sehe ich die Sache ein wenig anders. Ich bemühe mich, den Kontakt zu ihm zu halten. Aber eine innige Verbindung ist zwischen uns nicht mehr entstanden.

Zu meiner Düsseldorfer Oma hatte ich bis zum Schluss ein sehr gutes Verhältnis. Meine Mutter hat oft zu mir gesagt, ich wäre ihr sehr ähnlich. Vielleicht haben wir uns deswegen so gut verstanden. Sie musste nie fragen, wie es mir geht, sondern hat es mir an der Nasenspitze angesehen, wie sie immer so schön sagte. Ich liebte ihre ruhige, ausgeglichene Art und ihre weisen Kommentare. Ich denke noch oft an meine Oma. Sie konnte auch Ben gut leiden. Jedes Mal, wenn wir bei ihr waren, hat sie irgendwelche Andeutungen gemacht und uns gefragt, ob wir denn nun endlich ein Paar wären. Einmal hat sie mich sogar gefragt, ob wir schon in die Kiste gehopst wären – und zwar so laut, dass Ben es hören konnte. Meine Oma fehlt mir, genau wie Ben.

Unglücklich rolle ich mich zur Seite und schließe die Augen. Langsam wird mein Körper wieder schwerer, ich schlafe fast ein, da sehe ich plötzlich wieder den Spiegel aus meinem Traum vor mir. Diesmal ist er die einzige Ausstattung in einem ansonsten ganz leeren großen Zimmer. Der Boden ist mit einem dicken, roten Teppich ausgelegt. Neugierig gehe ich näher, damit ich mir die schönen Schnitzereien genauer ansehen kann. Es sind unendlich viele Gesichter mit ganz unterschiedlichen Physiognomien, die sehr detailgetreu aus dem Holz herausgearbeitet sind. Fasziniert fahre ich mit dem Finger die filigranen Linien entlang. Als mein Blick in den Spiegel fällt und Nathalies Bild zurückwirft, zucke ich erschreckt zusammen. In der Erwartung Bens Verlobte hinter mir zu entdecken, drehe ich mich um. Aber es ist der graue Kater, der genau in diesem Moment durch den Raum stolziert und sich vor dem Spiegel zu meinen Füßen niederlässt.

Wenn sich jetzt Ben darin spiegelt, drehe ich durch, denke ich. Aber er ist es nicht. Ein mir unbekannter Mann lächelt mich aus dem Spiegel heraus verlegen an. Er ist groß, trägt Jeans und ein schwarzes Hemd. Sein Haar ist dunkel und an den Seiten mit grauen Fäden durchzogen. Mit braunen Augen zwinkert er mir zu. Verunsichert werfe ich einen Blick auf Caruso, dann wieder in den Spiegel. Der Mann verschwindet in dem Augenblick, als der Kater sich in Bewegung setzt und auf die Fensterbank springt.

»Warte!«, rufe ich. »Wo willst du denn hin?« Caruso springt mit einem Satz in den Garten, und als ich zum Fenster eile, sehe ich ihn schon im Gebüsch verschwinden. Unentschlossen bleibe ich noch einen Moment am offenen Fenster stehen, bis ich merke, dass ich friere.

Wir haben den 13. Mai. Vor genau einem Jahr ist Ben gestorben. Und ich stehe tatsächlich mitten in der Nacht in meiner Küche, weil ich anscheinend schlafwandle und völlig verrückte Sachen träume.

Das reicht! Ich schüttle entschlossen den Kopf und gehe in mein Arbeitszimmer. Ich knipse die Schreibtischlampe an und fahre den Computer hoch, dann gebe ich *Traumdeutung* und *Spiegel* in die Suchmaschine ein. Ich bin hellwach. Aufmerksam lese ich auf mehreren Seiten Erklärungen dazu durch. So in etwa sagen sie alle das Gleiche. Ich weiß jetzt, dass ein Spiegel im Traum, genau wie im Märchen, eine magische Bedeutung hat. In der Realität zeigt uns ein Spiegel unser Gesicht. Im Traum enthüllt uns der Spiegel allerdings unsere Seele. Der in den Spiegel schauende Träumer sieht sich sozusagen seitenverkehrt und kann damit wieder zu sich selbst zurückfinden.

Na toll, denke ich. Normale Leute sehen also ihre Seele, wenn sie im Traum in einen Spiegel schauen. Aber ich erblicke die Verlobte meines besten Freundes, den ich auch geliebt habe. Und es erscheint auch noch irgendein Kerl, mit dem ich wirklich gar nichts anfangen kann. Ich bin mir sicher, dass ich ihn noch nie zuvor gesehen habe, auch nicht in einem Film.

Ich wache auf, weil es wie verrückt bei mir an der Tür klingelt. Mich überfällt ein Schwindel, als ich vom Schreibtisch aufspringe. Bin ich doch tatsächlich über der Tastatur eingeschlafen! Ein Blick auf die Uhr zeigt mir, dass wir gerade mal halb neun haben. Um diese Zeit kommen normalerweise nur Rici oder meine Mutter auf die Idee, unangemeldet bei mir hereinzuschneien. Und auch die müssten eigentlich wissen, dass normale, nicht arbeitende Menschen um diese Uhrzeit noch schlafen. Genervt reiße ich die Tür auf.

»Gehört der graue Kater Ihnen?« Vor mir steht ein groß gewachsener Mann mit blondem Haar und schaut mich vorwurfsvoll an.

»Meinen Sie Caruso?«, frage ich automatisch, obwohl er definitiv *nicht* zu mir gehört. Außerdem ist er ja wieder bei Nathalie.

»Wie auch immer er heißt, können Sie Ihren Kater bitte nicht auf die Straße lassen, wenn ich mit meinem Hund morgens unterwegs bin? Jeden Tag liegt er unter einem Auto und wartet darauf, dass wir vorbeikommen. Und dann schießt er wie eine Furie mit spitzen Krallen auf meinen Hund los. Ich bin auch schon auf der anderen Straßenseite gegangen, aber das bringt nix. Irgendwie scheint das gerissene Kerlchen immer zu ahnen, wo wir langgehen werden – und zack, kommt er angeschossen. Er ist geradezu besessen von meinem Hund. Die arme Tilda ist schon ganz verstört.«

Ich verstehe nur Bahnhof. Und zu allem Überfluss wird mir schon wieder übel.

»Entschuldigung«, nuschele ich, schmeiße die Tür zu und sprinte zum Bad, in dem sich das rettende Klo befindet. Endlich kann ich mich von den undankbaren Cocktails des vergangenen Abends befreien. Danach gurgele ich ausgiebig mit einer Mundspülung und werfe einen Blick in den Spiegel. »Scheiße!« Das bin eindeutig ich – und ich sehe gar nicht gut aus. Trotzdem fühle ich mich besser, seitdem das Teufelszeug endlich aus mir raus ist.

»Sind Sie noch da?«, rufe ich in den Hausflur.

Keine Antwort. Mein Arbeitszimmer liegt nach vorne raus, zur Straßenseite. Schnell laufe ich zum Fenster und werfe einen Blick nach draußen. Vor dem Haus steht prompt noch der Typ, der eben noch bei mir wegen Caruso die Welle gemacht hat, und bindet seinen Hund von der Gartenpforte los. Ich bin mir nicht sicher, aber es könnte eine Dogge sein. Ob der riesengroße Hund die verstörte

71

Tilda ist? Und was hatte die Sache mit der Katzenattacke zu bedeuten? Ich sehe mir den Blonden von meiner erhobenen Position aus etwas genauer an. Er trägt eine ausgeleierte Jogginghose, Turnschuhe und eine schwarze Kapuzenjacke. Sieht mit seinen verstrubbelten Haaren gar nicht so übel aus, finde ich.

Ich überlege gerade, ob ich das Fenster öffnen soll, um die Sache zu klären, da sehe ich Frau Schuster auf ihn zukommen. Auf dem Arm trägt sie einen grauen Kater.

»Das darf doch nicht wahr sein!«, entfährt es mir. Aber es ist wahr. Es ist zweifelsohne Caruso. Der müsste doch eigentlich bei Nathalie sein!

Frau Schuster bleibt kurz bei dem Hundebesitzer stehen. Die beiden scheinen sich zu kennen und wechseln ein paar Worte, bis die Dogge beeindruckend laut zu bellen anfängt. Dann trennen sich ihre Wege, und es dauert nicht lange, da klingelt es erneut. Wie nicht anders zu erwarten, steht meine Nachbarin vor Tür. Wie ich durch den Türspion sehen kann, hält sie auf dem Arm noch immer Caruso. Ich denke kurz daran, einfach nicht zu öffnen und mich wieder ins Bett zu legen. Der Kater gehört schließlich nicht zu mir, aber das sieht Frau Schuster anscheinend anders. Und Caruso auch. Es klingelt wieder.

7 Meinst du, es könnten Liebesbeweise von Ben sein?«

Ich öffne die Tür nur einen Spaltbreit. »Hallo Frau Schuster«, nuschele ich. »Ich bin krank, habe einen ganz schlimmen Magen-Darm-Infekt. Ich möchte Sie nicht anstecken.«

Außerdem habe ich meinen Schlafanzug noch an, und in meiner Wohnung sieht es aus, als hätte eine Bombe eingeschlagen. Aber das muss sie ja nicht unbedingt wissen. Auf der Küchenanrichte steht noch eine halbe Packung geschmolzenes Vanilleeis. Auf dem Wohnzimmerboden liegen kreuz und quer verteilt verschiedene Stücke aus Bens Erinnerungskiste – und die fast leere Flasche Wodka.

»So schnell haut mich nichts um, Kindchen«, sagt die ältere Dame lachend und steht kurz darauf schon in meiner Diele. Ungeniert sieht sie sich um.

»Ich habe ihn gestern zurück nach Mettmann gebracht, wo er eigentlich hingehört«, erkläre ich und zeige auf den Kater, der mit einem eleganten Satz von Frau Schusters Arm springt. Okay, das stimmt nicht ganz, wir haben ihn bis nach Duisburg gebracht, aber Nathalie wollte ihn mit nach Hause nehmen. Wäre er wieder ausgebüxt, hätte sie sich doch bestimmt gemeldet. Aber vielleicht hat sie es noch gar nicht bemerkt, das war beim letzten Mal schließlich auch der Fall.

»Und nun? Was machen wir jetzt mit ihm? Er scheint bei Ihnen bleiben zu wollen, der feine Kerl.«

Der »feine Kerl«, wie Frau Schuster ihn nennt, scheint es auf riesige Doggen abgesehen zu haben, wenn ich das alles eben richtig verstanden habe. Und wie um Himmels willen hat er schon wieder bis zu mir gefunden?

»Das dürften so um die vierzig Kilometer sein von Mettmann bis hierher«, stelle ich fest. »Wie er das wohl zum zweiten Mal geschafft hat?«

Das hätte ich nicht erwähnen dürfen, denn es ermuntert Frau Schuster dazu, mir eine Geschichte nach der anderen über ganz besondere Kater zu erzählen, die sehr erstaunliche Dinge vollbracht haben. Einer soll angeblich über dreitausend Kilometer von Portugal bis nach Düsseldorf zurückgelegt haben, nur um wieder bei seinem alten Besitzer sein zu können.

Caruso hat sich mittlerweile auf den Weg in die Küche gemacht. Ungeduldig trete ich im Flur von einem Bein auf das andere. Ich möchte nicht unhöflich sein, und eine gute Nachbarschaft empfinde ich als sehr wichtig, aber ich habe heute Morgen eindeutig genug abenteuerliche Katzengeschichten gehört.

»Das mag ja alles stimmen«, falle ich Frau Schuster ins Wort, »aber Caruso gehört doch gar nicht zu mir. Er hat nie bei mir gelebt. Und leiden konnte er mich im Übrigen auch noch nie. Er gehörte meinem Freund.« Ich schiebe

74

schnell noch ein »Meinem besten Freund« hinterher, damit es sich nicht so anhört, als wären Ben und ich ein Paar gewesen.

»So?«, fragt meine wissbegierige Nachbarin. »Und wo steckt Ihr Freund jetzt? Er hat wohl keine Zeit mehr, sich um seinen Kater zu kümmern. Das kommt oft vor. Erst schaffen sich die Leute ein Tier an und dann ...«

»Er ist tot«, unterbreche ich sie. Zum ersten Mal habe ich es ausgesprochen.

Und sofort ist er wieder da, der Schmerz, hartnäckig durchdringt er jede einzelne Faser meines Körpers. Ich verliere alle Hemmungen und breche in Tränen aus. Dabei spielt es keine Rolle, dass ich nicht alleine bin. Ich schluchze so laut, dass ich fast keine Luft mehr bekomme. Kurz darauf sitze ich mit Frau Schuster auf der Couch.

»Schon gut, Kindchen, ist ja schon gut«, tröstet sie mich. »Lass alles raus. Danach wird es dir besser gehen.«

Es dauert eine ganze Weile, bis ich mich wieder beruhigt habe. Frau Schuster sitzt immer noch neben mir und streichelt meinen Rücken. Dankbar versuche ich, sie anzulächeln, aber der Versuch missglückt. Ich fange schon wieder an zu heulen. Auf einmal steht sie auf und sagt:

»So, und jetzt koche ich uns erst einmal einen guten Tee. Im Garten wächst frische Minze ...«

Minze? Sofort schluchze ich auf, weil mir die kleinen, weißen Bonbons wieder einfallen, die er so gerne gelutscht hat ...

Die Bepflanzung hat Frau Schuster seinerzeit gemacht. Ich hatte keine Ahnung, dass der Garten bis zu meinem

Einzug zu ihrer Wohnung gehört hat. Sie hat ihn abgegeben, weil ihr die Arbeiten zu beschwerlich geworden sind, erzählt sie mir. Es tut mir gut, ihr zuzuhören, während sie in der Küche hantiert, und langsam beruhige ich mich. Wir setzen uns an den Küchentisch, und ich umfasse die dampfende Teetasse.

»Das riecht gut!« Dicht halte ich meine Nase über den Tassenrand. »Was ist denn da noch drin?«

»Apfelblüten und ein wenig Zimt, das weckt die Lebensgeister – und hilft ganz ausgezeichnet gegen Übelkeit.«

Der Tee und der unerwartete Zuspruch scheinen zu wirken. Ich fühle mich schon etwas besser.

Fast kommt mir Frau Schuster vor wie eine alte Kräuterhexe, und ich denke einen kurzen Moment darüber nach, ob sie vielleicht doch noch irgendein anderes Zauberelixier in das heiße Getränk gemixt hat. Ich bin ihr gegenüber erstaunlich gesprächig, rede von Ben, unserer besonderen Freundschaft, seinem plötzlichen Tod – und von der geplanten Hochzeit. Sogar von Nathalies Vermutung, Ben könne mir Caruso geschickt haben, berichte ich ihr.

Hilde, die mir mittlerweile das Du angeboten hat, hat mich kein einziges Mal unterbrochen. Doch jetzt schmunzelt sie und wirft ein: »Das würde erklären, warum der Kater dir die Mäuse bringt.«

»Das habe ich mir auch schon überlegt. Meinst du, es könnten Liebesbeweise von Ben sein?« Hildes Mundwinkel fangen verräterisch an zu zucken. Sie kann sich kaum zurückhalten.

»Willst du mich auf den Arm nehmen?«

Wir lachen beide gleichzeitig los.

Caruso hat sich wieder nach draußen verzogen und auf seinem bevorzugten Ast Platz genommen. Reglos sitzt er da und schaut zu uns herüber.

Was mache ich nur mit ihm? Ich kann ja schlecht den ganzen Tag lang mein Küchenfenster auflassen, damit er hier ein- und ausspazieren kann, so wie es ihm gefällt. Ob ich Nathalie Bescheid geben soll, dass der Kater wieder bei mir ist? So wie es aussieht, bin ich ja nun doch irgendwie Katzenmutter geworden. Caruso würde mir wahrscheinlich sogar fehlen, wenn er plötzlich nicht mehr da wäre. Dass ich mal so über den grauen Kater denken würde, überrascht mich.

»Wahrscheinlich ist es schwieriger«, sagt Hilde plötzlich, »eine Liebe loszulassen, die man nie gelebt hat. Ich war fast fünfundfünfzig Jahre mit Lorenzo verheiratet, bis er im letzten Jahr von mir gegangen ist. Weißt du übrigens, woher Caruso seinen Namen hat?«

Caruso war nicht nur der Name des Frachters, von dem Ben damals fast über den Haufen gefahren worden wäre, so hieß auch ein bekannter italienischer Tenor. Das wusste ich natürlich. Dass Caruso aber als der berühmteste Tenor aller Zeiten gilt, war mir unbekannt. Auch dass es ein sehr schönes, aber zugleich trauriges Lied gibt, das ihm gewidmet wurde, ist mir neu.

»Es ist von Lucio Dalla«, erklärt Hilde mir. »Du kennst es bestimmt. Fast alle großen Tenöre haben es interpretiert: Luciano Pavarotti, Andrea Bocelli, Julio Iglesias …

Aber am besten hat es Lucio Dalla persönlich gesungen. *Caruso* war Lorenzos Lieblingslied.«

Hilde ist vierundsiebzig Jahre alt. Mit siebzehn hat sie sich in ihn verliebt, mit neunzehn hat sie ihn geheiratet. Er war also siebenundfünfzig Jahre lang Teil ihres Lebens – bis er letztes Jahr an Krebs gestorben ist.

Und ich sitze hier, denke nur an meinen Kummer, bemitleide mich selbst und jammere rum. Jetzt schäme ich mich fast ein bisschen dafür.

»Das tut mir leid«, bricht es aus mir heraus. »Die ganze Zeit habe ich nur an mich und meinen Kummer gedacht.«

»Das muss dir nicht leidtun. Lorenzo und ich, wir haben fast unser ganzes Leben miteinander verbracht. Wir haben unsere Liebe gelebt, auch wenn unsere Eltern zuerst dagegen waren. Du hättest mal meine Mutter hören müssen! Sie war immer sehr ausgeglichen, aber als sie mitbekommen hat, dass ich mich in einen Gastarbeiter verliebt habe, da ist sie richtig laut geworden … Es waren die Fünfziger! Und dann war er auch noch zehn Jahre älter als ich.«

Lorenzo war gelernter Schlosser, hat aber die erste Zeit in Deutschland als Landschaftsgärtner gearbeitet. In der Siedlung, in der Hilde damals gewohnt hat, hat sie ihn beim Legen von Entwässerungsrohren vom Fenster aus beobachtet. Immer wenn er zu ihr hochgesehen hat, ist sie schnell von ihrem Beobachtungsposten verschwunden, nur um sich wenig später wieder auf die Lauer zu legen. Nach drei Wochen täglicher »Spionage«, in die auch ihre beste Freundin Marianne involviert war, waren die Rohre alle gelegt und der gut aussehende Italiener verschwunden. Hilde war sehr unglücklich und suchte mit Marianne die Nachbarsiedlungen ab, aber die Suche blieb erfolglos. Doch als sie nach Hause ging, wartete eine Überraschung auf sie. Vor der Haustür stand Lorenzo, in der Hand hielt er einen Strauß weißer Rosen. Er traute sich offensichtlich nicht zu klingeln und nach Hilde zu fragen, weil er so gut wie kein Wort Deutsch sprach.

»Suchst du mich?«, fragte Hilde.

»Du bist eine ... sehr schöne Frau.« Den Satz hatte Lorenzo sich aus dem Wörterbuch zusammengesucht, das er fest mit der einen Hand umklammert hielt. Er war so aufgeregt, dass er den Strauß beinahe vergessen hätte. Als sie darauf deutete und fragte: »Sind die für mich?«, nickte Lorenzo, puterrot im Gesicht.

Da wusste Hilde, dass sie den Mann fürs Leben gefunden hatte.

»Ach, wie schön!«, sage ich und seufze ergriffen.

»Ja, unser Kennenlernen war wirklich romantisch ... Aber jetzt wieder zurück zu dir. Musst du eigentlich nicht arbeiten? Ich mein ja nur, ich sehe dich nicht morgens regelmäßig aus dem Haus gehen. Nicht, dass ich dir nachspioniere«, sagt Hilde, »aber es ist mir einfach nur aufgefallen.«

»Ich bin Lehrerin. Und nach den Sommerferien fange ich mit dem Unterrichten an. Momentan mache ich ehrlich gesagt gar nichts. Im Februar war meine letzte Prüfung, und dann bin ich hier eingezogen. Ich habe mir während des Referendariats ein bisschen was zusammen-gespart – nicht viel, aber genug, um die nächsten Monate über die Runden zu kommen. Eigentlich wollte ich die Zeit nutzen und mal wieder malen. Ich habe nämlich Deutsch und Kunst studiert, und die letzten zwei Jahre ist die Malerei ziemlich auf der Strecke geblieben. Und dann ... Ich könnte mich auch um den Garten kümmern.«

»Um den Garten? Das wäre schön. Hast du dir das kleine Gewächshaus schon mal näher angesehen? Es ist ganz geräumig, da könntest du bestimmt gut drin malen. Zumindest im Sommer, wenn es warm ist.«

Ein Atelier im Gewächshaus? Das ist eine sehr gute Idee. Warum bin ich da noch nicht selbst draufgekommen?

»Das machen wir!«, sage ich begeistert. »Ich bringe den Garten auf Vordermann. Aber du musst mir dabei helfen. Ich hab nämlich überhaupt keinen Plan von Gartenarbeit. Ich weiß ja noch nicht einmal, was da draußen Unkraut ist und was nicht. Die Minze habe ich natürlich erkannt, Rosmarin und Thymian auch. Manche Gewächse hingegen sind mir total fremd ...«

Ich halte inne, fällt mir doch gerade wieder ein, dass Hilde die Gartenarbeit ja zu beschwerlich geworden ist. Erwartungsvoll schaue ich sie an.

»Ich helfe dir im Garten, wenn du ein Bild für mich malst«, schlägt sie vor.

»Ich soll ein Bild für dich malen? Was denn?«

»Zum Beispiel von dem Kater.«

»Von Caruso?«

80

Einen kurzen Moment bin ich völlig baff. Aber warum eigentlich nicht?

»Groß- oder eher kleinformatig?«

»Groß!«, antwortet Hilde. Meine Wohnung ist genauso geschnitten wie deine. Im Flur steht ein riesiger Dielenschrank, da passt nicht mehr viel hin. Und im Schlafzimmer habe ich lauter gerahmte Fotos angebracht. Im Wohnzimmer über der Couch hängt irgend so ein altes mediterranes Kitschbild, das ich nie wirklich mochte. Lorenzo hat es von einem Onkel geschenkt bekommen. Das können wir abhängen und gegen ein Bild von dir austauschen. Ein bisschen Farbe kann auch in meinem Leben nicht schaden.«

8 Sie ist einfach viel zu sensibel

Der Kater ist innerhalb der letzten beiden Wochen zwangsläufig Bestandteil meines Lebens geworden. Die meiste Zeit sitzt er draußen im Baum, dann ist er wieder irgendwo unterwegs, um eines seiner Geschenke für mich zu besorgen. Sein Territorium in meiner Wohnung hat er nach und nach ausgedehnt. Nach der Küche hat er mein Wohnzimmer und das Arbeitszimmer in Beschlag genommen. Von der Fensterbank aus beobachtet er die Straße. Die Riesendogge lässt er anscheinend in Ruhe, zumindest war der blonde Kerl nicht noch einmal da, um sich zu beschweren. Nur mein Schlafzimmer bleibt für Caruso tabu. Nachdem er es sich einmal auf meinem Kopfkissen bequem gemacht hatte, bleibt die Tür verschlossen. An die vielen grauen Haare habe ich mich die letzten beiden Wochen einigermaßen gewöhnt. Sie verteilen sich gleichmäßig in der ganzen Wohnung. Es scheint ganz egal zu sein, ob ich einmal oder dreimal am Tag sauge, der hartnäckige Pelz taucht sowieso wieder auf.

Und soeben habe ich zum ersten Mal das sprichwörtliche Haar in meiner Suppe gefunden, die Hilde zubereitet hat. Ich fische es heraus, grinse ergeben und löffele einfach weiter. »Das war lecker«, sage ich und seufze zufrieden. »Kann man die Blätter auch einfrieren? Dann könnten wir auf Vorrat davon pflücken.«

Hilde kennt sich nicht nur mit Gartenpflanzen aus, sondern auch mit Wildkräutern. Dass Bärlauch gut schmeckt, wusste ich, denn daraus kann man unter anderem ein sehr leckeres Pesto herstellen. Das zarte Aroma nach Knoblauch macht sich aber auch gut in der Suppe, und ich genehmige mir noch einen ordentlichen Nachschlag.

»Du musst die Blätter nebeneinander ausgebreitet in die Gefriertruhe packen. Wenn sie gefroren sind, kannst du sie zerbröseln und in Tüten einfrieren. Dann kleben sie nicht aneinander fest, und du kannst später gut dosieren. Aber du musst dich beeilen, denn Bärlauch soll man vor dem Blühen ernten.«

»Wieso? Ist die Blüte giftig?«

»Nein, aber die Blätter verlieren dadurch an Aroma und werden etwas zäher. Passieren kann allerdings nichts, solange du nicht stattdessen Maiglöckchen pflückst. Deren Blätter sehen nämlich zum Verwechseln ähnlich aus. Aber an der Stelle im Wald, an der wir waren, wird dir das kaum passieren.«

»Dann fahre ich dort auf jeden Fall noch mal hin.«

Hilde arbeitet jeden Tag ein bis zwei Stunden gemeinsam mit mir im Garten. Dass Gartenarbeit entspannend sein kann, habe ich schon oft gehört, dass es allerdings auch bei mir zutrifft, hätte ich nie gedacht. Aber das Beste an der Sache ist, dass Hilde mir dabei auch jede Menge bisher wohlbehüteter Familienrezepte verrät. Gestern haben wir Holunderblütengelee gekocht. Die ganze Küche hat nach den kleinen, sehr aromatischen Blüten geduftet. Auf einer Scheibe Brot, vorher dick mit Quark beschmiert, ist das Gelee ein Gedicht. Ich freue mich schon auf Ricis Gesicht, wenn ich ihr das Gelee vorsetze.

Seitdem Hilde in mein Leben getreten ist, ist es wieder ein kleines bisschen heller um mich herum geworden, und die Dinge machen mir wieder mehr Spaß. Mir fallen häufiger schöne Dinge auf, wie zum Beispiel der Apfelbaum vor meinem Fenster, auf dem es sich nach wie vor mit Vorliebe Caruso gemütlich macht.

»Meinst du, man kann das Gelee eventuell auch mit Apfelblüten kochen?«, frage ich Hilde, die gerade unsere Teller abräumt und Spülwasser einlaufen lässt.

»Hm, prinzipiell schon, der Duft ist allerdings nicht so intensiv. Versucht habe ich es noch nie, aber vielleicht solltest du sie vorher in Sekt ziehen lassen. Alkohol löst die Duftstoffe.«

»Champagnergelee mit Apfelblüten, klingt gut. Aber jetzt will ich mich um das Gewächshaus kümmern und es auf Vordermann bringen, damit du endlich zu deinem Bild kommst. Apropos Bild – wo treibt sich denn unser zukünftiges Model rum? Ich habe ihn heute noch gar nicht gesehen.«

Caruso kommt und geht, wann er will. Momentan ist es schön warm draußen, sodass das Fenster meist offen steht und er freien Zugang durch die Küche hat. Sollte es aber anfangen zu regnen oder kühl werden, habe ich ein Problem. Zu meiner Wohnung gehört keine Terrasse oder ein Balkon, und den Garten erreicht man nur durch ein kleines Tor seitlich des Hauses oder den Keller. Ich müsste also eine Katzenklappe ins Küchenfenster einbauen lassen, um Caruso ständigen Einlass in meine Wohnung zu gewähren. Bisher habe ich damit gewartet, weil ich mir nicht sicher war, ob er auch tatsächlich bei mir bleiben möchte. Außerdem könnte Nathalie den Kater immer noch zurückverlangen. Ich habe sie angerufen, nachdem Caruso wieder bei mir aufgetaucht war und nach drei Tagen immer noch da war. Aus irgendeinem Grund, den sie akzeptieren würde, habe Caruso sich für mich entschieden, hat sie mir erklärt. In den ersten Wochen nach Bens Tod habe er ihr Trost gespendet, jetzt wäre ich an der Reihe. Und es würde sie nicht wundern, wenn Ben doch irgendwie die Fäden in der Hand halten würde.

Ich denke immer noch täglich an ihn, aber ich bin nicht mehr so traurig dabei. Die Gespräche mit Hilde helfen mir, die schönen Erlebnisse mit ihm in Erinnerung zu rufen und mich darüber zu freuen, dass er mein Freund war und immer bleiben wird.

Vielleicht hat Ben mir nicht Caruso geschickt, sondern Hilde? Wie heißt es so schön: Dich schickt der Himmel …

»Ich male dir ein besonders schönes Bild«, verspreche ich Hilde und mache mich auf den Weg in den Garten.

Das Gewächshaus hat ungefähr neun Quadratmeter. Es ist nicht sehr groß, aber es bietet genügend Platz für ein kleines Regal, meine Staffelei und einen Korbstuhl, den ich mit einem dicken Polster ausgestattet habe. Meine Malutensilien befinden sich alle noch in Kisten, die ich im Keller gestapelt habe. Mit der Zeit hat sich eine ganze Menge Zeug angesammelt. Eine nach der anderen schleppe ich hoch, um sie dann in meinem neuen Glasatelier auszupacken. Zum Schluss stelle ich eine große Leinwand auf die Staffelei, lasse mich in den Sessel fallen und starre auf die weiße Fläche. Es scheint mir Ewigkeiten her zu sein, dass ich gemalt habe – und das ist es auch, wie ich feststelle, als ich kurz nachrechne.

Die fachpraktische Uni-Prüfung für mein Kunstexamen habe ich vor drei Jahren absolviert. Danach habe ich nicht mehr mit Farben gearbeitet – von den paar Geburtstagskarten und dem Teddybild für Emmas Zimmer mal abgesehen. Tiere habe ich generell noch nicht oft gemalt. Irgendwo im Keller müssten noch die Skizzen und Aquarelle liegen, die ich damals nach unserem Aufenthalt im Berchtesgadener Land angefertigt habe. *Rosalie in verschiedenen Variationen* habe ich die Reihe damals genannt. Eines der Kuhbilder, *Rosalie von hinten*, habe ich Ben zu seinem fünfundzwanzigsten Geburtstag geschenkt.

Wer Kühe malen kann, schafft auch einen Kater, denke ich und mache mich auf die Suche nach Caruso. Wenn, dann möchte ich mit dem lebenden Objekt und nicht nur mit meiner Erinnerung arbeiten.

Aber Caruso ist nicht aufzutreiben. Er sitzt weder auf dem Baum noch treibt er sich woanders im Garten herum. Auch in meiner Wohnung kann ich ihn nicht finden.

Kurz entschlossen hole ich den Bastkorb aus der Küche und spanne ihn hinten auf mein Fahrrad. Dann mache ich mich auf den Weg in das kleine Waldstück auf der anderen Rheinseite, zu dem ich heute Morgen schon einmal ganz früh mit Hilde gefahren bin. Am Abend hat sich Rici angekündigt. Normalerweise bestellen wir uns dann eine Pizza oder etwas vom Chinesen, doch heute möchte ich sie mit einer eigens kreierten Bärlauchcremesuppe überraschen. Die ist nämlich so lecker, die kann man auch zweimal am Tag essen. Und die Blätter dafür werde ich höchstpersönlich pflücken.

Ich mag den Rhein. Und das nicht nur, weil ich mit Ben viele schöne Stunden an seinem Ufer verbracht habe. Wasser hat mich einfach schon immer angezogen. Deswegen wollte ich auch unbedingt eine Wohnung ganz in der Nähe des Flusses mieten. Und irgendwann, spätestens wenn ich alt und grau bin, möchte ich irgendwo am Meer leben. Aber nicht im Süden, lieber irgendwo im Norden. Ich weiß, es ist ein Klischee, aber manchmal träume ich von einem kleinen Haus am Meer, in dem ich von morgens bis abends einfach nur male oder an einem Buch schreibe, vielleicht für Kinder. Bisher habe ich allerdings noch keine einzige Zeile verfasst.

Wir haben kurz nach drei. Die Sonne scheint, und ich radle gemütlich den Rhein entlang. Da ich in Stromrichtung links des Flusses fahre, befinde ich mich auf der linksrheinischen Seite, aber wenn ich die Brücke überquert habe, werde ich rechtsrheinisches Gebiet erreicht haben.

Etwa eine halbe Stunde später habe ich die Stelle mit dem Bärlauch gefunden. Mein Orientierungssinn scheint also doch ganz gut zu funktionieren. Die Blätter verteilen sich gleichmäßig wie ein grüner Teppich über den gesamten Waldboden. Sorgfältig betrachte ich jede einzelne Pflanze, so wie Hilde mir das beigebracht hat, und pflücke nur die kleineren zarten Blätter der Gewächse, die noch nicht geblüht haben.

Mein Korb ist fast voll, als ich ihn hinten auf dem Gepäckträger festmache. Vorsorglich lege ich ein Geschirrhandtuch über die Blätter. Als ich plötzlich ein Knacken hinter mir höre, drehe ich mich erschrocken um. Ich bin ganz alleine und habe mir bis eben überhaupt keine Gedanken darüber gemacht, dass noch jemand da sein könnte. Instinktiv greife ich zum Handy in meiner Hosentasche, um notfalls Hilfe rufen zu können. Aber das ist überhaupt nicht nötig, wie ich schon kurz darauf feststelle.

Vor mir sitzt Caruso. Und in seinem Maul zappelt eine kleine Maus, die noch sehr lebendig wirkt. Ich will gerade anfangen loszuschimpfen, da fällt mir Hilde und ihr Ratschlag, Caruso zu loben, wieder ein. Also hocke ich mich auf den Boden und säusele: »Fein hast du das gemacht, prima! Ist die Maus für mich?«

Die Beute ist für mich. Caruso öffnet sein Maul und lässt sie frei. Eilig verschwindet die Maus zwischen den Blättern.

»Ich mag sie lieber lebendig«, erkläre ich und streichle den Kater, dessen Blick dem leisen Rascheln auf dem Boden folgt. »Wie bist du eigentlich hierhergekommen? Hast du mich etwa verfolgt?«

Natürlich bekomme ich keine Antwort von Caruso, der mich nun einfach nur gebannt ansieht.

»Und jetzt? Ich möchte zurückfahren. Läufst du neben mir her?«

Er macht keine Anstalten, sich in Bewegung zu setzen. Also knote ich das Geschirrtuch zusammen und schütte den Bärlauch hinein. Den Beutel hänge ich an die Lenkstange. Der Kater lässt sich in den Korb setzen, macht es sich in seiner Mitfahrgelegenheit gemütlich und lässt sich tatsächlich von mir nach Hause kutschieren.

Wir sind fast am Ziel angekommen und biegen gerade um die Ecke der Straße, in der ich wohne, da höre ich plötzlich ein lautes Bellen hinter mir, gefolgt von einem giftigen Fauchen, dann ein mahnendes »Tilda!«

Überrascht drücke ich beide Vorderbremsen gleichzeitig, was zwangsläufig dazu führt, dass das Hinterrad raketengleich in die Luft schießt – und Caruso mit dazu. Nur Sekunden später sitze ich auf der Straße und reibe mir benommen meine schmerzende Stirn. Caruso schießt an mir vorbei. Verblüfft drehe ich mich um und schaue ihm nach. Dabei sehe ich ein großes hellbraunes Ungetüm auf mich zurennen, verfolgt von einem grauen Kater.

»Caruso!«, brülle ich und versuche, möglichst schnell aus der Schusslinie der beiden Tiere zu kommen. Dann wird mir schwarz vor Augen.

»Hallo, können Sie mich hören?«, dringt eine tiefe Männerstimme in mein Bewusstsein. Kurz darauf fühle ich eine warme Hand an meinem Hals. Dann zieht jemand meine Beine in eine gestreckte Position.

Nach meinem Examen habe ich einen Erste-Hilfe-Kurs beim Roten Kreuz absolviert, damit ich als Lehrerin gut vorbereitet bin, sollte mal ein Schüler verunglücken. In Gedanken verfolge ich alle Schritte, die mein Retter gerade an mir vornimmt: Beine des Bewusstlosen strecken, den einen Arm im rechten Winkel zum Körper ausrichten, die Handfläche dabei nach oben zeigend, darüber angewinkelt den anderen Arm legen …

Ich finde mich in der stabilen Seitenlage wieder, als jemand sagt: »Ich habe kein Handy dabei, können Sie den Rettungsdienst alarmieren? Die Frau ist bewusstlos!« Doch da öffne ich die Augen und melde mich mit einem »Mir geht's gut« zurück. Nicht, dass noch jemand auf den Gedanken kommt, mich mit einer Mund-zu-Mund-Beatmung zu beglücken. Langsam setze ich mich auf und horche in mich hinein. Dann bewege ich vorsichtig Arme und Beine und drehe schließlich langsam meinen Kopf hin und her. Ich habe anscheinend Glück gehabt und mich nicht verletzt. Erleichtert atme ich auf.

»Geht es wieder?« Neben mir kniet der blonde Kerl, diesmal gekleidet in einen blauen Kapuzenpulli. Es ist der Typ, der vor zwei Wochen den Aufstand wegen Caruso gemacht hat, weil der es angeblich auf sein armes Hündchen abgesehen hat. Besagte Tilda hat mich gerade über den Haufen gerannt. Okay, sie wurde dabei tatsächlich von einem wild gewordenen Kater verfolgt, der sich ausgerechnet mich als sein Frauchen ausgesucht hat, aber dafür kann ich wirklich nichts. Außerdem – wenn man mit einem Hund unterwegs ist, der rein optisch gesehen die Größe eines kleinen Ponys hat, muss man ihn einfach richtig im Griff haben, oder besser gesagt, an der Leine.

Innerlich auf ein Streitgespräch eingestellt, stehe ich mit wackligen Beinen auf. Dabei übersehe ich die ausgestreckte Hand des Mannes. Konfliktbereit warte ich auf einen Vorwurf oder eine Standpauke wegen meines furienartigen Katers, doch das Gegenteil ist der Fall.

»Es tut mir wirklich sehr leid«, entschuldigt er sich und reibt sich dabei verlegen das Kinn. Man möchte es nicht glauben, aber Tilda ist dermaßen ängstlich, dass sie manchmal etwas überreagiert. Sie ist einfach viel zu sensibel.«

Fassungslos schaue ich ihn an. Er scheint das eben absolut ernst gemeint zu haben. Jetzt bloß nicht lachen, denke ich, doch es ist schon zu spät. Als ich die sensible Tilda mit hängenden Ohren dasitzen sehe, kann ich mich nicht mehr zurückhalten.

»Ich hoffe, sie hat Caruso nicht gefressen«, sage ich und pruste los.

9 Er soll bleiben, wo der Pfeffer wächst

Ich habe eine Schürfwunde links am Haaransatz, und wenn ich Pech habe, wird eine kleine Narbe zurückbleiben. Ansonsten habe ich den Unfall ganz gut überstanden. Caruso sitzt mittlerweile wieder auf seinem Ast und tut so, als wäre nichts geschehen. Meinen stechenden Blick ignoriert er.

Aus der eigenen Bärlauchcremesuppe ist nun doch eine gelieferte Pizza Diavolo geworden. Dazu serviere ich einen italienischen Salat, gefüllte Pizzabrötchen und die billige Flasche Wein, die es gratis dazu gab. Eigentlich hatte ich mir vorgenommen, so schnell nicht wieder einen Tropfen Alkohol anzurühren, aber heute mache ich doch noch mal eine Ausnahme. Rici hat Ausgang. Das heißt, dass ihr Mann Christoph Emma ins Bett bringt, Rici sich auch mal einen zwitschern darf und heute bei mir schläft. Gemütlich lümmeln wir in unseren Schlafanzügen auf der Couch und verspeisen genüsslich die Pizza, als es klingelt. Wir haben schon halb zehn, so spät bekomme ich nie unangemeldet Besuch.

»Bestimmt Hilde«, vermute ich und gehe zur Tür. Oder will sich der Blonde mit der Dogge etwa noch mal für den Unfall entschuldigen und fragen, wie es mir geht? Er weiß ja, wo ich wohne.

»Papa? Was willst du denn hier?«

»Hallo, mein Schatz!« Mein Vater drückt mir links und rechts einen Kuss auf die Wange. »Warst du schon im Bett? Steckt deine Mutter vielleicht bei dir?«

»Guten Abend, Herr Mazur, lange nicht mehr gesehen.« Wie auf Kommando erscheint Rici neben mir. Höflich streckt sie meinem Vater ihre Hand entgegen.

»Mensch, das ist aber schön, dich mal wieder zu sehen, wenn auch im Schlafanzug!« Mein Vater zieht kurz die Stirn in Falten, wahrscheinlich kommt ihm der Gedanke, wir könnten etwas miteinander haben.

Dann ergreift er spontan Ricis Hand und zieht sie an sich ran. Auch sie wird mit zwei Küssen beglückt.

Abwartend starre ich meinen Vater an. Was will er bloß? Da knufft Rici mich auffordernd in die Seite.

»Ach ja, äh, komm doch rein.

Er lässt sich nicht zweimal bitten. Kurz darauf sitzt er auf der Couch in meinem Wohnzimmer und schaut sich um. »Schön hast du es hier.«

Mein Vater ist kein schlechter Mensch. Ich würde ihn eher als oberflächlich und nicht in der Lage bezeichnen, tiefe Gefühle zu empfinden. Auf jeden Fall scheint er nicht wegen mir hier zu sein.

»Du suchst Mama?«

»Ja, ich dachte, sie wäre vielleicht bei dir. Ihr haltet doch sonst auch immer zusammen. Sie hat sich seit drei

Tagen nicht bei mir gemeldet. Ich mache mir ernsthaft Sorgen. Kannst du nicht mal …«

Irgendwas stimmt hier nicht. Meine Mutter hat sich monatelang nicht bei ihm gemeldet, und er hat sich niemals Gedanken darüber gemacht. Immerhin sind sie seit vielen Jahren geschieden.

»Was ist denn passiert?«, hake ich besorgt nach. Langsam wird mir doch mulmig zumute.

»Ach, eine ganz blöde Sache … Kannst du nicht mal unverbindlich anrufen und fragen, wie es ihr geht? Ich möchte nur wissen, ob alles in Ordnung ist, mehr nicht.«

Ich sehe meine Mutter so etwa im Abstand von ein, zwei Wochen, meistens am Wochenende. Das letzte Mal hatte sie keine Zeit – und seitdem habe ich nichts von ihr gehört, was tatsächlich merkwürdig ist. Normalerweise telefonieren wir regelmäßig unter der Woche.

Kommentarlos stehe ich auf und greife zum Telefon. Dabei habe ich meinen Vater die ganze Zeit im Blick. Nervös wippt er mit dem linken Fuß auf und ab. Das macht mich ganz kirre.

»Mama? Gut, dass du da bist. Ist alles klar bei dir?«

»Ja, wieso fragst du? Mir geht es gut.« Dann macht sie eine kurze Pause. »Ist *er* etwa bei dir?«

»Papa? Ja, er macht sich aus irgendeinem Grund Sorgen um dich.«

»Er soll bleiben, wo der Pfeffer wächst. Sag ihm das. Ich bin mir außerdem sicher, dass der ganz prächtig in Thailand gedeiht!«

»Aber …«

»Marly, das war das letzte Mal, dass ich ihm vertraut habe. Er soll bloß nicht wagen, hier noch mal aufzutauchen. Und anrufen braucht er auch nicht mehr«, wettert sie weiter – und legt grußlos auf.

»Sie hat sich ganz lebendig angehört«, sage ich zu meinem Vater. »Ach ja, und sie meint, du sollst bleiben, wo der Pfeffer wächst.«

Meines Erachtens wird Pfeffer weitestgehend in Indien angebaut. Auch Madagaskar fällt mir dazu ein, Thailand allerdings nicht. Aber Geografie war sowieso nie meine Stärke.

»Erzählst du mir jetzt endlich, was passiert ist?«

Etwa eine halbe Stunde später sind die Reste meiner Pizza kalt und mein Vater wieder weg.

»Jetzt brauch ich echt was Stärkeres.« Ich mache mich auf die Suche nach irgendetwas Trinkbaren mit einem höheren Alkoholgehalt als Wein. Den restlichen Wodka habe ich weggeschüttet, aber in der Küche finde ich noch einen Grappa Barrique, der bestimmt allein schon wertvoll aufgrund seines Alters ist. Mit zwei Wassergläsern und der geöffneten Flasche stehe ich kurz darauf wieder im Wohnzimmer.

»Schnapsgläser habe ich leider nicht.« Ich lasse mich neben Rici aufs Sofa fallen.

»Das ist der absolute Hammer!« Rici prostet mir zu und genehmigt sich einen großen Schluck der goldgelben Flüssigkeit. Dann grinst sie. »Du hast einen Bruder, Marly! Jetzt bist du kein Einzelkind mehr.«

Die Wurzel des Übels heißt Lukas. Und mein Vater wurde nicht etwa von ihm überrascht, so nach dem Motto: »Hallo, ich bin der Sohn, von dem du bisher nichts wusstest. Ich wurde vor dreißig Jahren während deines Urlaubs auf Mallorca gezeugt. Bestimmt erinnerst du dich an meine Mutter. Sie heißt …«

Nein, mein Halbruder ist gerade mal drei Jahre alt. Mein Vater hat natürlich die ganze Zeit von ihm gewusst, denn er hat ihn mit seiner thailändischen Frau gezeugt, mit der er die letzten Jahre auch zusammengelebt hat. Von der Ehefrau wiederum hat er uns nie etwas erzählt, geschweige denn vom Nachwuchs. Letzte Woche ist seine Ehefrau abgehauen, zurück nach Thailand, und hat ihn alleine mit Lukas sitzen gelassen. Aber das ist noch nicht alles. Mein Vater hat tatsächlich meine Mutter wieder rumgekriegt, sich auf ihn einzulassen. Es klappte auch sehr gut – bis er ihr am Wochenende den Kleinen vorstellte.

»Super, einen Bruder, der vierundzwanzig Jahre jünger ist als ich. Ich könnte seine Mutter sein!« Ich genehmige mir einen kräftigen Schluck aus dem Wasserglas. Dann greife ich erneut zum Telefon.

»Ich wusste, dass ich dich nicht alleine lassen darf. Wäre ich bloß nicht ausgezogen! Kaum hast du sturmfrei, baust du Blödsinn. Du bist ja schlimmer als ich!«, sage ich in vorwurfsvollem Ton zu meiner Mutter.

»Ja, schimpf nur mit mir! Ich habe es nicht anders verdient. Mit fünfzig sollte man über ein bisschen mehr Verstand verfügen. Ich bin tatsächlich schon wieder auf ihn reingefallen. Ich könnte mir in den Hintern beißen vor Wut.«

»Na ja, er kann ja auch sehr charmant sein. Außerdem hat er dich immer geliebt, davon bin ich überzeugt. Auf seine Art eben.«

»Stell dir vor, er hat allen Ernstes geglaubt, ich würde mich um den Kleinen kümmern. Er ist einfach mit ihm bei mir aufgetaucht, ohne mich vorzuwarnen. Hat wohl darauf spekuliert, dass ich weich werde, wenn ich in die großen braunen Kinderaugen sehe.«

»Und?«

»Bin ich nicht! Ich bin hart geblieben.«

»Weiß ich ja. Ich meine, wie sieht er aus?«

»Süß, wie alle Mischlingskinder eben. Der Kleine kann ja auch gar nichts dafür. Er sieht frech aus: braune, große Augen, schwarzes Haar, relativ klein für sein Alter, aber dafür sehr wortgewandt. Gut, dass ich nicht mehr im Kindergarten arbeite. Sonst hätte dein Vater ihn wahrscheinlich einfach dort angemeldet.«

Meine Mutter hat immer mit kleinen Kindern gearbeitet. Und ich finde, das passte auch ganz toll zu ihr. Sie ist kreativ und hat viel Geduld. Wahrscheinlich habe ich meine Liebe für Kunst ihr zu verdanken. Angeblich habe ich schon mit eineinhalb Jahren meine Hände in Farbeimer getaucht und damit auf großen Papierbögen rumgeschmiert, die meine Mutter eigens für mich auf dem Fußboden in der Küche ausgebreitet hatte.

Als ich sechs Jahre alt war, wusste ich, wie man aus alten Zeitungen, Wasser, Kleister und einem Mückenschutzgitter Papier schöpfen kann – und dass es Ärger gibt, wenn man die Kunstwerke auf dem Teppich zum Trocknen ausbreitet. Mit zehn Jahren bekam ich meine erste Staffelei und Acrylfarben geschenkt. Damals beschloss ich, irgendwann mal eine berühmte Künstlerin zu werden.

Seit einem halben Jahr arbeitet meine Mutter in einem städtischen Projekt mit Jugendlichen, die die Schule geschmissen und somit keine Chance auf eine Ausbildung haben. Ich war überzeugt davon, dass sie spätestens nach drei Monaten das Handtuch werfen würde, aber das Gegenteil war der Fall. Sie ist richtiggehend aufgeblüht und hat sich total verändert, auch was ihre Ausdrucksweise betrifft.

»Ganz ehrlich«, schimpfte sie neulich über den gewalttätigen Vater eines ihrer Schützlinge, »dem würde ich am liebsten auch mal was auf die Fresse hauen, damit er merkt, wie sich das anfühlt!« Dabei sah sie aus, als würde sie das absolut ernst meinen. Meine Mutter ist resoluter geworden – und ich bin mächtig stolz auf sie, dass sie das alles so gut hinkriegt. Dass sie sich jedoch wieder auf meinen Vater eingelassen hat, wundert mich. Vor allen Dingen, weil sie mir nichts davon erzählt hat.

»Hast du gewusst, dass er wieder geheiratet hat?«, frage ich.

»Nein, das wusste ich nicht. Sonst hätte ich doch niemals wieder was mit ihm angefangen. Ich will doch keine Ehe zerstören. Immerhin weiß ich, wie sich das anfühlt.«

»Du hast gar nichts zerstört! Kannst du doch nix dafür, dass sie wieder nach Thailand zurück wollte. Bestimmt hat er sie vergrault. Du weißt doch, wie er sein kann.«

»Na ja ...«

»Wie, na ja? Jetzt sag schon!«

»Sie hat herausgefunden, dass er sie betrügt und hat ihm ein Ultimatum gestellt.«

»Mama, wie lange lief das denn zwischen euch beiden schon? Du hattest doch ewig gar keinen Kontakt mehr, oder?«

»Heute wären es sechs Monate gewesen.«

»Ein halbes Jahr? Und warum weiß ich davon nichts?«

»Nun ... du hattest doch genug um die Ohren. Ich wollte es dir erst erzählen, wenn ich mir sicher bin.«

»Wenn du dir sicher bist? Ich bin keine zwölf mehr! Ich bin eure Tochter! Und was ist überhaupt mit seiner Frau? Du hast doch eben gesagt, du wusstest nichts von ihr.«

»Ich hatte anfangs wirklich keine Ahnung. Aber dein Vater konnte noch nie gut lügen. Also habe ich ihn zur Rede gestellt. Hätte ich gewusst, dass ein Kind im Spiel ist, hätte ich die Finger von ihm gelassen.«

Das ist der Hammer, *meine Mutter* ist der Hammer!

Ich beende das Gespräch und setze mich neben Rici auf die Couch. Perplex schaue ich sie an.

»Das glaubst du jetzt nicht ...«

Meine Freundin hing die ganze Zeit während des Telefonats an meinen Lippen und hat versucht, sich einen Reim aus dem Teil der Unterhaltung zu machen, den sie mitverfolgen konnte. Jetzt wartet sie gespannt auf meine Ausführungen.

Nachdem ich ihr alles ganz genau berichtet habe, fällt ihr nur ein Wort ein.

»Wow«, sagt sie anerkennend. »Das hätte ich deiner Mutter gar nicht zugetraut.«

»Ich auch nicht.«

»Vor einem halben Jahr hast du noch zu Hause gewohnt. Komisch, dass du nichts davon mitbekommen hast.«

10 Es gibt Dinge, die möchte ich mir lieber nicht vorstellen

Eigentlich wollte ich schon viel früher ausziehen. Aber während meines Studiums konnte ich mir das nicht leisten. Außerdem habe ich sehr gerne mit meiner Mutter zusammengewohnt und mich eigentlich eher wie in einer WG anstatt unter ihren Fittichen gefühlt. Während des Referendariats bin ich dann bei ihr geblieben, um Geld für meine erste eigene Wohnung zu sparen. Jeden Monat habe ich etwas beiseitegelegt, sodass sich am Ende ein kleines Sümmchen angesammelt hat. Aber die Ersparnisse waren schneller weg, als ich dachte. Ich musste wirklich alles neu kaufen, angefangen von der Waschmaschine bis hin zur Knoblauchpresse. Hätte ich nicht auch noch von meiner Oma ein bisschen Geld geerbt, könnte ich mir das Nichtstun momentan nicht leisten. Ich hatte zwar von meiner Ausbildungsschule das Angebot, dort bis zu den Sommerferien als Vertretung zu arbeiten, aber ich fühlte mich einfach zu ausgelaugt und kraftlos. Also habe ich schweren Herzens abgelehnt. Immerhin kann ich deswegen morgens ausschlafen, und es ist nicht schlimm, dass ich wieder mal nachts wach im Bett liege und kein Auge zukriege.

Rici liegt neben mir und schnarcht sachte vor sich hin.

Möglichst geräuschlos stehe ich auf, gehe in die Küche und hole eine Tüte Milch aus dem Kühlschrank. Gerade als ich nach einer Tasse im Buffetschrank greife, höre ich ein leises, dumpfes Plumpsen. Caruso will mir anscheinend Gesellschaft leisten – zielstrebig kommt er über den Fußboden auf mich zugelaufen. Erfreut gehe ich in die Knie. »Na du«, flüstere ich leise. »Magst du ein paar Schokopops? Oder möchtest du Wasser?«

Er hat Durst, wie sich wenig später herausstellt. Der Kater stellt sich ans Spülbecken und versucht mit seiner Pfote, den Wasserstrahl zu fangen. Erst nachdem er einsieht, dass er keine Chance hat, trinkt er. Dabei macht er seinen Hals ganz lang und vollführt einen geradezu artistischen Balanceakt. Jetzt verstehe ich, warum Ben über eine Armatur mit Sensor nachgedacht hat. Das Schauspiel ist köstlich.

»Gut, dass Ben dich damals aus dem Rhein gefischt hat«, sage ich sentimental. Dann schnappe ich mir die Tasse Milch und mache es mir mit Caruso auf der Fensterbank gemütlich. Es dauert keine fünf Minuten, da höre ich Schritte in Richtung Küche kommen.

»Kannst du nicht schlafen?«, fragt Rici und gähnt herzhaft.

»Nein. Ich bin hellwach. Magst du eine Milch? Wir können uns auch eine Scheibe Brot mit Quark und Holunderblütengelee machen. Das habe ich selbst eingekocht, du musst es unbedingt probieren.«

Die Fensterbank ist recht breit, sodass man relativ bequem darauf Platz nehmen kann. Caruso hat sich wieder in den Garten getrollt. Wir sitzen uns am geöffneten Fenster gegenüber, jeweils ein Bein auf der Bank, das andere auf den Heizkörper gestützt.

»Schmeckt wirklich gut«, stellt Rici fest, »total lecker. Du musst mir unbedingt das Rezept geben.«

»Mach ich. Aber sag mal, wie läuft es eigentlich zwischen euch? Hilft Christoph inzwischen mehr mit, oder lässt er immer noch alles stehen und liegen und wartet darauf, dass du hinter ihm herräumst?«

»Es ist besser geworden. Zumindest bemüht er sich. Nach dem letzten Streit habe ich ihm einfach seine Sachen nicht mehr gewaschen. Das ist ihm zuerst gar nicht aufgefallen – bis er nichts mehr zum Anziehen hatte. Ich habe ihn die ganzen Klamotten selbst waschen und bügeln lassen. Ich hätte nie gedacht, dass ich mit meinem Mann mal die gleichen Diskussionen führen muss wie meine Mutter früher mit meinem Vater.«

Es ist schön, mit meiner besten Freundin nachts auf der Fensterbank zu sitzen und zur Abwechslung mal über ihre Probleme zu sprechen. Ich habe mich die vergangenen Monate so dermaßen um mich selbst gedreht, dass ich dabei mein direktes Umfeld sehr vernachlässigt habe.

»Es tut mir leid, dass ich die letzte Zeit gar nicht für dich da war«, sage ich entschuldigend.

»Das muss es nicht. Du hast eine schwere Zeit gehabt. Dazu die letzten beiden Jahre der ganze Referendariatsstress. Und dann noch die Prüfungen. Ich bin wahnsinnig stolz auf dich, dass du das alles trotzdem geschafft hast.«

»Ich glaube, dass es letztendlich sogar gut war, dass ich

zu der Zeit in Prüfungsvorbereitungen gesteckt habe. Ich durfte mich nicht hängen lassen. Dafür hat es mich dann danach vollkommen aus der Bahn geworfen. Ich habe manchmal wirklich Angst, dass ich aus meinen depressiven Stimmungen nicht mehr rauskomme.«

»Das wirst du, ganz sicher.«

»Trotzdem … Ich habe mich viel zu sehr gehen lassen. Ich hab noch nicht einmal mitbekommen, dass meine Mutter wieder mit meinem Vater zusammen war. Vielleicht haben die beiden sogar in unserer Wohnung Sex gehabt, während ich friedlich in meinem Zimmer nebenan geschlafen habe. Und dann hat mein Vater sich heimlich rausgeschlichen. Stell dir mal vor, ich hätte die beiden erwischt!«

»Das stell ich mir lieber nicht vor. Und du solltest es besser auch nicht. Ich habe nämlich mal meine Eltern bei ihrer Bettgymnastik überrascht – in Doggystellung. Glaub mir, das verklärte Gesicht meiner Mutter hat mich noch wochenlang verfolgt – ein Anblick, den ich lieber vergessen würde.«

Rici hat recht. Es gibt Dinge, die möchte ich lieber nicht wissen. Und meine Eltern beim Sex gehören ganz sicher dazu. Und überhaupt bin ich aus dem Alter raus, wo ich mich bedingungslos über die Tatsache freue, dass Mama und Papa wieder wie im Märchen zusammenkommen.

Eine Weile plauschen wir noch über witzige oder peinliche Situationen, die uns widerfahren sind, da wird Rici ernst.

»Ich habe mir übrigens überlegt, wieder studieren zu

gehen. Mit Emma klappt es im Kindergarten super, und sie könnte auch über Mittag bleiben. Ich bin mir aber noch nicht ganz sicher.«

»Mensch, Rici, mach das! Du hast so lange auf deinen Studienplatz in Medizin gewartet, dann bekommst du ihn und wirst prompt nach vier Semestern schwanger. Damals habe ich dich dafür bewundert, dass du dich so rigoros für Emma entschieden hast. Vor allen Dingen, weil du nicht ahnen konntest, wie wunderbar die Kleine mal werden würde! Aber wenn du jetzt wieder studierst, dann bewundere ich dich noch mehr, du wirst eine fantastische Ärztin werden. Davon bin ich hundertprozentig überzeugt! Und außerdem könnte ich dich dann immer fragen, wenn ich irgendein medizinisches Problem habe. Was sagt Christoph denn dazu?«

»Er unterstützt mich, aber begeistert ist er nicht. Finanziell wird es kein Problem, und mit Emma bekommen wir das bestimmt auch geregelt. Sie kann ja dann wenigstens zweimal die Woche bis vier Uhr im Kindergarten bleiben. Die Omas streiten sich auch schon mächtig, wer sich um sie kümmern darf. Und du bist ja auch noch da …«

»Klar! Ich kann sie nach der Schule abholen, wenn ich keinen Nachmittagsunterricht habe«, schlage ich vor. »Und was lässt dich dann noch zögern?«

»Ich glaube, dass Christoph Probleme damit hat, dass ich dann irgendwann mal Ärztin bin. Er hat mich gefragt, ob ich ihn dann überhaupt noch will, weil er nur Handwerker ist.«

»Er hat dich doch kennengelernt, als du schon Medizin studiert hast.«

»Ich weiß. Aber er gefällt sich in der Rolle, der Ernährer zu sein.«

»Dann wird er lernen müssen, damit klarzukommen. Du studierst, das ist entschiedene Sache! Darauf stoßen wir an, wenigstens mit zwei Bechern Milch. Ich hol uns noch welche ...«

Aber wir kommen nicht dazu, Ricis Entscheidung zu feiern. Als ich mich von der Heizung abstoße, gibt es einen lauten Knall, und das Ding liegt auf dem Boden. Rici springt von der Fensterbank. Entsetzt starren wir auf das Rohr, aus dem nun Wasser läuft.

Ich reagiere zuerst und sprinte los, um den Eimer zu holen, der immer noch einsatzbereit im Schlafzimmer neben meinem Bett steht.

»Du musst zuerst das Wasser abdrehen«, ruft Rici mir hinterher.

»Wo denn?«

»Am Haupthahn!«

»Und wo soll der sein?«

»Woher soll ich das wissen! Du wohnst doch hier! Bei uns ist er im Keller.«

Ich weiß, wo der Sicherungskasten hängt, aber wo der blöde Haupthahn ist, weiß ich natürlich nicht. Allerdings kenne ich eine Person, die mir da bestimmt weiterhelfen kann. Ich schmeiße Rici eine Fuhre Handtücher vor die Füße und den Eimer hinterher und klopfe nur wenig später wild an Hildes Türe. Es ist fünf Uhr morgens.

Hilde hat mir erzählt, sie sei Frühaufsteherin, aber damit meinte sie bestimmt keine Zeit, zu der es draußen noch dunkel ist. Damit sie sich nicht zu sehr erschreckt, rufe ich leise: »Hilde, ich bin es, Marlene. Du musst mir helfen!«

Sie hat noch geschlafen. Zumindest sieht sie ganz zerknittert aus, als sie mir in einem schicken Blümchennachthemd die Tür öffnet.

»Was ist los, um Gottes willen? Ist was passiert?«

»Wir haben Wasseralarm, Hilde! Es fließt bei mir aus der Heizung. Weißt du, wo ich es abstellen kann?«

»Der Haupthahn ist im Keller beim Heizungskessel. Ich zeig dir, wo. Komm mit.«

Hilde kann für ihr Alter noch verdammt schnell rennen. Flitzen wäre sogar der bessere Ausdruck für ihre Fortbewegungsart. Als wir bei der Treppe ankommen, halte ich sie zurück. »Mach bloß langsam«, ermahne ich sie. »Nicht, dass du noch hinfällst.«

»Ja, ja«, winkt sie ab, »aber trödeln müssen wir auch nicht.«

Im Keller ist es relativ dunkel. Diese blöden Energiesparlampen brauchen immer so lang, bis sie ihre volle Leuchtkraft entfalten.

»Hier entlang«, bestimmt Hilde.

Nur kurz darauf stehen wir vor der großen Heizungsanlage.

»Caruso«, stelle ich erstaunt fest, als ich einen Schatten sehe.

»Der da, schau, gleich neben der Heizung, das ist der

Richtige«, übergeht Hilde meine Äußerung und dreht den Hahn rigoros ab.

»Danke, zum Glück … Hast du auch den Kater gesehen? Wie ist der nur wieder hier reingekommen?«

»Vielleicht durch das Kellerfenster von den Neumanns. Sie lassen es manchmal zum Lüften offen, wenn er wieder hier unten gebastelt hat und es nach Lösungsmitteln stinkt.«

Aha, wahrscheinlich bringt Caruso auf diesem Weg seine Beute ins Haus. Vielleicht fängt er sie sogar hier unten im Keller. Aber das ist jetzt unwichtig. Nun gilt es, erst einmal Schadenbegrenzung in meiner Wohnung zu leisten. Schnell hasten wir nach oben, wo Rici fleißig dabei ist, das Wasser auf dem Küchenboden aufzuwischen.

»Gott sein Dank«, seufzt sie, als wir ihr zur Hand gehen.

Ohne Hilde hätte ich bestimmt meine ganze Wohnung in ein Schwimmbad verwandelt. Aber da sie ganz genau wusste, wo man diesen blöden Hahn finden kann, haben wir die Sache noch relativ gut in den Griff bekommen. Rici hat eimerweise Wasser einfach aus dem Fenster nach draußen in den Garten gekippt. Und da die Küche gefliest ist, hat das Wasser keinen weiteren Schaden anrichten können.

Es ist Viertel vor sechs, als wir erschöpft am Küchentisch sitzen.

»Wisst ihr was?«, schlage ich vor. »Ihr kocht Kaffee, und ich hole Brötchen. Der Bäcker hat doch sicher schon auf.«

11 Bestimmt ist Tilda eifersüchtig

Schon von Weitem sehe ich die große Dogge Tilda, die brav vor dem Bäcker auf ihr Herrchen wartet. Ich bin also nicht die Einzige, die heute Morgen in aller Früh schon auf die Idee gekommen ist, Brötchen zu kaufen.

»Mist«, denke ich und schaue an mir herunter. Ich trage meine blauweiß gestreifte Pyjamahose, dazu ein altes, weißes T-Shirt, und alles ist feuchtnass. In meinem Schmuddellook sehe ich so aus, als wäre ich gerade schweißgebadet aus dem Bett gefallen. Aber da lag ich ja gar nicht lange drin. Ich habe maximal eine Stunde geschlafen, trotzdem bin ich kein bisschen müde.

Ich überlege kurz, ob ich schnell umdrehe und mir was anderes anziehe, gehe dann aber weiter.

»Na, du Schissbuxe«, begrüße ich die Hundedame, die sich daraufhin erhebt und mit dem Schwanz wedelt. »Heute schon Caruso getroffen?« Unvorstellbar, dass so ein großer Hund Angst vor einem Kater hat, selbst im Sitzen ist ihr Auftreten imposant. Vorsichtig strecke ich meine Hand aus und lasse Tilda daran schnuppern. Als sie mit ihrer rauen Zunge über mein Handgelenk leckt, ziehe ich die Hand schnell zurück. In dem Moment geht die

Tür auf und der Duft frisch gebackener Brötchen findet den Weg direkt in meine Nase.

»Hallo, guten Morgen!«

Vor mir steht der blonde Mann, der mich gestern so vorbildlich in die stabile Seitenlage gebracht hat. Er trägt seine schlabberige graue Jogginghose und ein schwarzes T-Shirt, sieht also auch nicht schicker aus als ich.

»Wie geht es Ihnen? Alles wieder in Ordnung?« Dass er mich siezt, fühlt sich irgendwie komisch an. Er ist bestimmt gut zehn Jahre älter als ich, aber wir sind hier schließlich nicht beruflich unterwegs.

»Mir geht's ganz gut. Mein Kopf brummt zwar noch ein kleines bisschen, aber sonst ist alles okay.« Dass der dicke Kopf ganz sicher vom Grappa brummt, verschweige ich. Soll er ruhig ein schlechtes Gewissen haben.

»Und wie geht es Ihrem Kater? Er ist doch wieder aufgetaucht, oder?«

»Ja, der war sogar vor mir zu Hause und hat so getan, als wäre nix geschehen. Ihm geht's gut. Ich hatte gestern wirklich kein Glück. Erst der Zusammenprall mit Tilda, und dann ist die Heizung sozusagen einfach von der Wand gefallen, und wir hatten mitten in der Nacht einen Wasserschaden. War echt kein toller Tag«, sage ich und seufze theatralisch. Es klingt fast ein wenig wehleidig, obwohl ich ja selbst schuld bin an dem nächtlichen Dilemma. Genau genommen habe ich das Ding von der Wand getreten. Auf der anderen Seite hätte der blöde Heizkörper nicht sofort abfallen dürfen, auch wenn er alt und verrostet ist. Dafür muss doch der Vermieter sorgen.

Dieser Gedanke mildert meine Schuld ein kleines bisschen, finde ich.

»Meine Freundin und ich«, beende ich meine Ausführungen, »haben bis eben das Wasser aufgewischt. Zum Glück wusste Frau Schuster, wo man den Haupthahn zudreht, sonst hätte ich wahrscheinlich die ganze Straße unter Wasser gesetzt.«

»Soll ich mir das mal ansehen? Sozusagen als Wiedergutmachung für den Zusammenprall mit Tilda? Mein Vater hatte einen Betrieb für Heizungs- und Sanitärtechnik, da habe ich früher oft ausgeholfen. Ich kenn mich damit also ganz gut aus.«

»Ja, gerne. Jetzt gleich?« Aber Moment, der Kerl hat gerade Brötchen gekauft. Es stecken mindestens sechs Stück in der prall gefüllten Tüte. Bestimmt warten seine Frau und die Kinder zu Hause auf ihn – und das Frühstück. »Es geht natürlich auch später. Ich bin den ganzen Tag da«, räume ich also ein.

»Nein, jetzt gleich ist schon in Ordnung. Die große Runde mit Tilda habe ich schon hinter mir, und ich muss erst um neun in der Praxis sein.«

Wie hieß er noch gleich? Hatte er mir gestern nicht seine Visitenkarte in die Hand gedrückt und gesagt, sie sei für alle Fälle, falls es mir schlechter gehen sollte und ich vorhätte, doch noch zum Arzt zu gehen? *In der Praxis*, sagte er, ob er vielleicht selbst Arzt ist? Das Ding mit der stabilen Seitenlage hatte er ja ganz gut drauf. Es hilft nichts, ich muss ihn fragen.

»Es tut mir leid, aber ich war gestern etwas benommen,

deswegen habe ich gar nicht mitbekommen, wie Sie heißen. Oder besser gesagt, ich habe es gleich wieder vergessen«, füge ich entschuldigend hinzu.

»Georg Sander, und Sie sind Frau Mazur.«

»Ja, daran erinnere ich mich noch! Mein Vorname ist übrigens Marlene.«

»Also gut, Marlene. Was machen wir so lange mit Tilda? Soll ich sie vorher zu mir nach Hause bringen?«

»Nein, die können wir ruhig mitnehmen. Wenn ich das Fenster zulasse, kann Caruso nicht rein.« Wahrscheinlich wird er wie eine Furie durch den Garten toben, wenn er mitbekommt, dass die Dogge in meiner Wohnung ist. Oder er wird sich, clever, wie er ist, wieder unter einem Auto verstecken und einfach so lange warten, bis die beiden vorbeikommen. Bei dem Gedanken muss ich grinsen.

Mit 1,72 Meter bin ich nicht gerade klein, aber dieser Eindruck ändert sich, als ich neben Georg die Straße entlang zurückgehe. Tilda reicht mir ungefähr bis an die Hüfte. Gehorsam trottet sie zwischen Georg und mir. Irgendwie fühle ich mich verunsichert, weiß aber gar nicht so recht warum. Auf jeden Fall bin ich froh, dass Rici und Hilde auf mich warten und ich jetzt nicht alleine mit dem großen, breitschultrigen Kerl und seiner riesigen Dogge in meiner Wohnung bin. Georg passt optisch gesehen sehr gut zu Tilda. Er ist mit Sicherheit über einen Meter neunzig groß.

»Ich habe Besuch mitgebracht«, rufe ich, nachdem ich die Haustüre aufgeschlossen habe. »Nicht erschrecken, es ist ein Mann!« Tilda erwähne ich nicht. Mit ihr möchte ich Rici überraschen. Sie wollte schon immer gerne eine Dogge haben.

»Ein Mann? Immer rein damit«, flachst Hilde. »Sieht er gut aus?«

»Wenn er gut aussieht, muss es meiner sein!«, ruft Rici. »Du bist zu früh, Christoph, wir haben noch gar nicht gefrühstückt.«

»Nein, es ist …«, möchte ich die Sache klarstellen, aber Hilde kommt mir zuvor. Als sie uns sieht, lächelt sie und sagt: »Hallo, Georg. Du kommst ja wie gerufen. Aber jetzt wird erst mal gefrühstückt.«

Irritiert sehe ich von Hilde zu Georg, bis er mir die Tüte mit den Brötchen vor die Nase hält. »Ja, wir sind sozusagen miteinander verwandt.«

Verlegen greife ich zu. Ich habe in der Aufregung tatsächlich vergessen, dass ich auch welche kaufen wollte. Ich verschwinde kurz im Bad, um mich umzuziehen.

Rici ist wie erwartet entzückt von Georgs Dogge und streichelt sie ausgiebig. Als ich in die Küche zurückkomme, sehe ich ihn. Caruso sitzt reglos oben auf dem Buffetschrank und fixiert uns unablässig. Bestimmt hat Hilde ihn hereingelassen. Tilda liegt im Flur vor der Küche, also genau in Carusos Blickfeld, aber sowohl Herrchen als auch Hund scheinen ihn noch nicht bemerkt zu haben.

»Mist!«, sage ich und deute mit den Augen nach oben. Dann gehe ich langsam zum Fenster und öffne es. Sofort springt Caruso vom Schrank und nimmt auf der Fensterbank Platz. Er verabschiedet sich mit einem leisen Maunzer und sitzt nur wenige Sekunden später im Apfelbaum.

Tilda, die mitbekommen hat, was sich vor ihren Augen in der Küche abgespielt, bleibt jedoch träge liegen, so als würde sie das alles gar nicht angehen. Was ist nur mit den beiden los? Wie lässt sich diese augenfällige Eintracht zwischen Hund und Katze auf einmal erklären?

Da ich dem Braten nicht traue, schließe ich schnell das Fenster. Georg sieht genauso überrascht aus wie ich.

»Na dann …«, bemerke ich trocken, hole noch eine Tasse und einen Teller samt Besteck aus dem Schrank und biete ihm einen Stuhl an.

Rici und Hilde haben sich in meiner Abwesenheit angezogen, den Frühstückstisch gedeckt und Kaffee gekocht. Neben dem Glas Holunderblütengelee steht sogar ein kleines Sträußchen Blumen in einer Glasvase. Bestimmt hat Hilde sie aus ihrer Wohnung geholt. Richtig nett und einladend sieht es hier aus.

Georg wollte sich gleich der Heizung widmen, aber Hilde hat ihn gezwungen, erst einmal etwas zu essen und eine Tasse Kaffee zu trinken. Gemeinsam futtern wir Georgs Brötchen auf. Wir sitzen noch gemütlich am Tisch, bis Georg es nicht mehr aushält und aufsteht, um sich das Desaster anzusehen.

»Draufgesetzt?«, fragt er.

Kommentarlos zeigt Rici auf mich.

»Nein, ich hab mich nicht draufgesetzt«, verteidige ich mich, »sondern mich nur mit dem Fuß ein bisschen abgestützt.«

»Von ganz alleine ist das gute Stück auf jeden Fall nicht abgefallen.«

Besserwisser, denke ich. Doch da bemerke ich, dass Rici anfängt zu kichern.

»Wäre das gute Stück besser in Schuss gewesen, würde es jetzt mit Sicherheit noch dranhängen«, sagt sie mit unschuldigem Gesichtsausdruck.

Ich werfe meiner Freundin einen strafenden Blick zu. Immerhin will Georg mir helfen, da sollten wir ihn nicht verärgern. Aber er reagiert gar nicht auf Ricis anzügliche Bemerkung. Entweder hat Georg sie gar nicht als solche empfunden oder er ignoriert sie einfach. Also widmet sich Rici nun wieder Tilda, die genüsslich alle viere von sich streckt und das unerwartete Verwöhnprogramm in vollen Zügen genießt.

Ich bin auf jeden Fall froh, als Georg mir erklärt, es sei kein Problem, die Heizung wieder an die Wand zu schrauben. Dafür brauche er nur ein bisschen Werkzeug. So gegen neunzehn Uhr könne er wieder da sein und das erledigen.

Erleichtert begleite ich Georg zur Tür. Im Türrahmen dreht er sich noch einmal um. »Vielleicht solltest du lernen, ein bisschen vorsichtiger mit alten Dingen umzugehen. Sie sind sehr empfindlich und fallen schnell mal ab.« Dann ist er verschwunden.

Hat Georg etwa gerade versucht, einen Scherz zu machen? Zumindest hat er bis über beide Ohren gegrinst. Oder hat er wirklich nur die Heizung gemeint? Nachdenklich gehe ich zurück in die Küche.

Ich erwische Rici dabei, wie sie gerade Holunderblütengelee pur aus dem Glas löffelt.

»Schmeckt fast besser als Nutella«, nuschelt sie, und ich werfe ihr einen strafenden Blick zu. Sie sieht mich forschend an. »Was ist passiert? Warum guckst du so?«

»Ach nix.« Georg sieht eigentlich richtig nett und sehr charmant aus, wenn er lächelt.

Rici scheint meine Gedanken zu erraten. »Sieht gut aus, der Typ, breitschultrig und groß gewachsen. Ein richtiges Leckerchen! Wär das nicht was für dich?«

»Nein, glaube ich nicht. Der ist bestimmt zehn Jahre älter als ich!«

»Neun«, mischt sich Hilde nun ins Gespräch ein. »Georg ist sechsunddreißig – und Single.«

»Wenn er in dem Alter noch Single ist, hat das bestimmt seine Gründe. Vielleicht vertreibt seine Riesendogge alle Frauen, die ihm zu nahe kommen. Bestimmt ist Tilda eifersüchtig.«

»Die Dogge ist von seiner Exfrau. Rebecca hat sie bei ihm gelassen, nachdem sie ihn von einem Tag auf den anderen verlassen hat. Das war vor ziemlich genau zwei Jahren.«

»Ach so, dann ist er *wieder* Single. Hätte mich auch gewundert, wenn er noch nie eine Beziehung gehabt hätte. Und inwieweit seid ihr miteinander verwandt?«

»Er war mit meiner Nichte verheiratet.«

Die Sache mit den Verwandtschaftsgraden war noch nie so mein Ding. Zumindest muss ich immer erst überlegen, bevor ich solche Familienkonstellationen verstehe. Aber das hier scheint ganz offensichtlich zu sein.

»Mit der Tochter deiner Schwester?«, frage ich nach.

»Nein, mit der Tochter von Lorenzos Schwester.«

Jetzt muss ich wirklich nachdenken. »Dann war Georg also mit einer Italienerin verheiratet?«

»Mit einer Halbitalienerin.«

»Dein Schwager ist Deutscher?

»Ja, du kennst Manfred. Ihm gehört das Haus. Mit ihm hast du wahrscheinlich deinen Vertrag gemacht. Oder mit Antonio, seinem Sohn.«

Ich brauche eine ganze Weile, bis ich durchblicke. Irgendwie scheinen hier alle irgendwie miteinander verwandt zu sein. Rici hat die ganze Zeit am Tisch gesessen, zugehört und in aller Ruhe ihren Kaffee geschlürft. Jetzt mischt sie sich grinsend in unser Gespräch ein.

»Hör mal zu, das ist doch ganz einfach: Hilde ist die angeheiratete Tante von Georgs Exfrau. Somit ist oder war sie auch Georgs Tante. Außerdem ist sie die Schwägerin deines Vermieters und somit auch die Tante von diesem Antonio, dem Sohn deines Vermieters, also dem Bruder von Rebecca.«

»Schon klar«, sage ich und beschließe, später ganz in Ruhe noch mal darüber nachzudenken. Aber dann fällt mir doch noch etwas ein.

»Hat Georg Kinder?«

»Nein, keine Kinder.«

Dass Hilde auch keine Kinder hat, weiß ich schon. Das hat sie mir mal erzählt. Sie und Lorenzo wollten zwar, aber es hat einfach nicht geklappt. Irgendwie ungerecht, bei anderen funktioniert es anscheinend auf Anhieb, so wie bei meinem Vater. Und der war schon sechsundfünfzig, als er noch einmal ein Kind gezeugt hat.

»Das Beste weißt du ja noch gar nicht«, sage ich zu meiner Nachbarin und neuen Vertrauten. »Ich habe einen kleinen Halbbruder, von dem ich bisher noch nichts wusste ...«

»Oh, das ist aber schön«, sagt Hilde gerührt. »Und, hast du ihn schon kennengelernt?«

»Nein, ich weiß es doch erst seit gestern. Er ist gerade mal drei Jahre alt.«

»Vielleicht versteht er sich mit Emma. Also, wenn du vorhast, dir den Kleinen mal anzugucken«, schlägt Rici vor, »sind wir gerne dabei. Die beiden könnten gemeinsam spielen.«

Eigentlich habe ich mir immer vorgestellt, dass meine Kinder mal mit Ricis zusammen spielen würden, aber meine Freundin war mit ihrer Familienplanung eindeutig zu schnell für mich. Jetzt bin ich eigentlich im besten Alter, um Kinder zu bekommen, aber ich trete gerade erst mal meine erste Stelle an und verdiene endlich Geld. Davon mal ganz abgesehen, gehören dazu ja bekanntlich zwei, und momentan ist weit und breit kein Mann für mich in Sicht.

12. Ben konnte Herbert Grönemeyer nicht ausstehen

Ich gebe zu, es interessiert mich, wie der Sohn meines Vaters aussieht. Es ist zwar ein ganz merkwürdiges Gefühl, aber der Gedanke, einen kleinen Bruder zu haben, gefällt mir.

Mit meiner Mutter habe ich auch noch einmal telefoniert. Sie ist wirklich total angesäuert, hätte aber nichts dagegen, wenn ich meinen Vater kontaktieren würde. Der Kleine lebt momentan von seiner Mutter getrennt – und er ist der Einzige, der dabei absolut unschuldig ist. Trotzdem zögere ich noch, mich bei meinem Vater zu melden. Erst einmal muss ich das alles sacken lassen.

Den ganzen Vormittag habe ich damit verbracht, nichts zu tun. Mir fehlt der Schlaf der letzten Nacht, aber ich bin zu aufgewühlt, um mich einfach ins Bett zu legen und ein Mittagsschläfchen zu halten. Also lasse ich die Wanne voll Wasser laufen und gebe etwas vom Mohnblütenbad hinzu, das Rici mir letztens geschenkt hat. Mit geschlossenen Augen genieße ich den herrlichen Duft und beginne mich zu entspannen.

Früher habe ich oft mit Ben telefoniert, wenn ich in der Badewanne lag. Manchmal haben wir uns sogar zu einem regelrechten Schaumbadgespräch verabredet – er lag dabei in seiner Wanne, ich in meiner. Danach war meine Haut meistens ganz aufgeweicht und schrumpelig.

Wir konnten stundenlang miteinander telefonieren, ohne dass uns die Gesprächsthemen ausgingen. Und wenn wir dann aufgelegt hatten, fiel einem von uns meistens doch noch etwas ein, was wir vergessen hatten, und es ging wieder von vorne los. Wir redeten über unsere Beziehungen, unsere Jobs, über Bücher, Filme, sogar über Fußball. Ben tippte regelmäßig irgendwelche Ergebniswetten, für die er von mir Vorhersagen haben wollte. Ich hatte keine Ahnung, lag aber mit meinen Prophezeiungen meist gar nicht so falsch. Das führte dazu, dass ich irgendwann selbst anfing, mir die Spiele anzuschauen und geradezu zum Profi in Fußballfragen wurde. Nur gewettet habe ich nie. Dazu war ich zu vernünftig und mir mein Geld zu schade.

Wehmütig lasse ich etwas heißes Wasser nachlaufen und wünsche mir, Ben würde noch leben und mich jetzt einfach anrufen. Da klingelt wie auf Kommando mein Handy – es liegt im Wohnzimmer auf dem Couchtisch. Bis ich drüben bin, hat es sicher aufgehört. Außerdem mache ich dann alles nass. Ich beschließe, es läuten zu lassen, und bleibe noch eine gute halbe Stunde im warmen Wasser liegen. Dann trockne ich mich ab, creme mich ausgiebig ein, wickele mich in meinen kuscheligen Bademantel und gehe rüber ins Wohnzimmer.

Auf meinem Handy blinkt *ein Anruf in Abwesenheit*. Ich rechne fest mit Rici – und halte im nächsten Moment den

Atem an. Dann bleibt kurz mein Herz stehen, mir wird schwindelig, und ich lasse mich auf die Couch fallen. Auf dem Display steht ein Anrufer, mit dem ich nie im Leben gerechnet habe: Ben.

Mit klopfendem Herzen rufe ich zurück.

»Marly, bist du es?«, schluchzt eine Frau am anderen Ende der Leitung.

Es ist Karin, Bens Mutter. Sie hat in den Erinnerungsstücken ihres Sohnes gestöbert, und dabei war ihr sein Telefon und das Aufladegerät in die Hände gefallen. Sie hat gar nicht damit gerechnet, dass es noch funktionieren würde. Doch als das Display, ohne eine PIN eingeben zu müssen, aufleuchtete, wollte sie nur sehen, mit wem Ben telefonisch Kontakt gehabt hat. Dabei hat sie festgestellt, dass ich die letzte Person war, die von Ben angerufen wurde – und dass ich ihn seit seinem Tod ungefähr hundert Mal zurückgerufen habe.

Und nun wolle sie mich einfach fragen, warum ich das getan habe.

Es stimmt, Ben hat mich kurz vor seinem Tod angerufen. Aber ich habe mir in dem Moment unglücklicherweise die Haare geföhnt und das Klingeln nicht gehört. Als ich zurückgerufen habe, ging er nicht ran, also habe ich ihm eine Nachricht auf Band gesprochen.

Nachdem ich erfahren habe, dass Ben bei einem Autounfall gestorben ist, dachte ich zuerst, ich sei schuld daran gewesen, weil er vielleicht versucht haben könnte, das Gespräch während der Fahrt anzunehmen. Ben hat oft beim Autofahren telefoniert, was häufig zu Diskussionen zwischen uns geführt hat. Mehrmals habe ich daran gedacht, ihm ein Headset zu schenken, habe es aber immer wieder vergessen, weswegen ich mir dann auch wieder Vorwürfe gemacht habe.

Erst später habe ich erfahren, dass Ben vom Flughafen aus mit dem Mietwagen zu einer Blumenhandlung gefahren ist. Als ich ihn zurückgerufen habe, war er anscheinend gerade dabei, die Margeriten für mich auszusuchen, und hat seinerseits meinen Anruf nicht gehört. Etwa zehn Minuten später war er nicht mehr am Leben. Er wurde am Steuer von einer Biene gestochen, was zu dem allergischen Schock führte. Ben geriet in Panik – und prallte auf der Gegenfahrbahn mit einem LKW zusammen. Er war sofort tot.

Ich wartete zu Hause auf ihn und machte mir erst gar keine Gedanken, als er nicht pünktlich da war. Ben war sehr unverlässig und kam fast immer zu spät. Eine halbe Stunde war völlig normal, die kalkulierte ich bei ihm immer ein. Als er aber mehr als eine Stunde drüber war, wurde ich sauer. Ich rief ihn auf seinem Handy an, aber es schaltete sich die Mailbox ein. Da wurde ich unruhig und versuchte es bei seinen Eltern, wo ich allerdings niemanden erreichte. Erst vier nicht enden wollende Stunden später klingelte mein Telefon.

»Ben?«, fragte ich damals.

»Marly«, sagte Bens Mutter und fing an zu weinen. In diesem Moment wusste ich es, wollte es aber nicht wahrhaben. »Ben hatte einen Autounfall, Marly. Er hat es nicht überlebt.«

»Nein, das kann nicht sein, er wollte doch heute zu mir kommen ...«

Ich hörte, wie Karin tief durchatmete. »Doch, Liebes«, erklärte sie mir klar und deutlich. »Ben ist tot.«

Damals war ich entsetzt darüber, wie hart und scheinbar gefühlskalt sie diese Worte ausgesprochen hatte. Aber anders hätte ich das Unfassbare nicht verstanden. Bei der Erinnerung daran bekomme ich gleich wieder zitternde Knie. Aber diesmal reiße ich mich zusammen.

»Soll ich bei dir vorbeikommen?«, frage ich Bens Mutter.

Eine gute Stunde später sitze ich bei Karin auf der Couch und halte ihre Hand. Sie hat geschwollene Augenlider, gibt sich mir gegenüber aber relativ gefasst. Wie schwer muss es für sie sein, ihr einziges Kind verloren zu haben? Der Gedanke, dass Karin noch mehr leidet als ich, tut mir so weh, dass jetzt auch meine Tränen laufen. Schweigend sitzen wir eine Weile nebeneinander und weinen, dann lächeln wir uns halb blind an.

»Ich habe ihn anfangs mehrmals am Tag angerufen, weil ich seine Stimme hören wollte«, erkläre ich. »Ich musste mich zwingen, damit aufzuhören. Manchmal packte es mich dann aber doch wieder, und ich wähle seine Nummer. Solange das Handy aus ist, springt die Mailbox an. Sollen wir mal gemeinsam ... Ich meine, möchtest du seine Stimme hören?«

»Das ist nett von dir, Schätzchen, aber das mache ich später, wenn ich alleine bin.«

Dass Karin dabei niemanden um sich haben möchte,

kann ich gut verstehen. Ich würde sie so wahnsinnig gerne trösten, weiß aber nicht recht, wie. Dann fällt mir doch etwas ein. »Wenn ich irgendwann später einen Sohn bekommen werde, dann werde ich ihn auf jeden Fall Ben nennen.«

»Das würde mich freuen. Ben hat dich sehr geliebt.«

»Ich ihn auch.« Ich weiß, dass Karin eine andere Art von Liebe meint, deswegen schiebe ich noch ein »Er war wie ein Bruder für mich« hinterher. Aber ich täusche mich.

»Er hat dich *wirklich* geliebt, Marly, das konnte ich sehen. Ich habe immer darauf gewartet, dass es ihm endlich klar wird, aber dann kam plötzlich Nathalie dazwischen. Sie hat ihm regelrecht den Kopf verdreht.«

Dass Bens Mutter davon ausgeht, Ben habe mich geliebt, freut mich, versetzt mir aber auch einen kleinen Stich. Immerhin wollte er Nathalie heiraten.

»Er hat mir nicht erzählt, dass er sie heiraten wollte«, gebe ich ganz offen zu.

»Dann hast du es durch mich erfahren?«

»Ja«, antworte ich. »Und weißt du was? Ich wollte es Ben sagen ... Ich meine, ich habe so sehr an diesem Tag auf ihn gewartet, weil ich ihm sagen wollte, dass ich ihn ... liebe. Und ich liebe ihn immer noch.«

Mitfühlend drückt Karin meine Hand. »Danke, dass du mir das anvertraut hast, Marly. Es ist schön zu wissen, dass Ben geliebt wird. Dadurch bleibt er immer ein Teil von uns. Es ist besonders schwer, wenn ein Kind vor den Eltern geht, aber Matthias und ich sind dankbar für die

Zeit, die wir mit Ben verbringen durften. Es fällt mir oft schwer, so zu denken, aber es gibt mir die Kraft weiterzuleben. Von Matthias soll ich dich übrigens ganz lieb grüßen. Ich habe ihm gesagt, dass du heute kommst, aber er kann nicht früher von der Arbeit weg. Er würde sich freuen, wenn er dich demnächst auch mal wiedersehen könnte.«

Aufmerksam habe ich ihr zugehört, und bei ihren Worten ist mein Herz wieder ein klein wenig leichter geworden. Es hat mir gut getan, offen über meine Gefühle für Ben zu sprechen.

Noch einmal drückt Karin meine Hand, dann steht sie auf und sagt: »Ich habe noch etwas für dich.«

Kurze Zeit später legt sie mir zwei Konzertkarten von Herbert Grönemeyer in die Hand. Das Konzert hat bereits am 13.06.2011 in Köln stattgefunden.

»Er wollte mit dir dort hingehen. Ich weiß das, weil er mir gesagt hat, dass er die Karten für euch online bestellt hat und sie zu uns geschickt werden würden. Er wollte sie dir schenken und dir dabei sagen, dass er nur noch bis Ende Mai in London bleibt. Man hat ihm einen Job in Düsseldorf angeboten.«

»In Düsseldorf? Er hat immer von Frankfurt geredet.« Habe ich ihn, meinen besten Freund, vielleicht doch nicht so gut gekannt, wie ich immer gedacht habe? Von den letzten wichtigen Entscheidungen in seinem Leben habe ich jedenfalls überhaupt nichts mitbekommen. Ich kämpfe unglücklich gegen die Tränen an.

»Mit Düsseldorf wollte er dich überraschen. Er hat

eine Menge Spaß gehabt bei dem Gedanken, wie sehr du dich freuen würdest, wenn er dir das erzählt. Er wollte es dir unbedingt persönlich sagen.«

»Ich dachte eigentlich, er wollte mir an dem Tag von seinen Hochzeitsplänen erzählen.«

»Davon weiß ich nichts. Aber ich bin auch davon ausgegangen, dass du es zu dem Zeitpunkt schon wusstest. Für uns kam die Verlobung auch sehr überraschend. Nathalie ist ein nettes Mädchen, aber die beiden kannten sich ja kaum. Ehrlich gesagt habe ich eigentlich damit gerechnet, die Sache würde sich von alleine wieder in Luft auflösen.«

»Habt ihr denn noch Kontakt?«

»Wenig. Ihre Mutter hat mir letztens erzählt, Nathalie habe sich wieder verliebt. Und das ist auch gut so. Es ist jetzt über ein Jahr lang her, und das Leben geht weiter …«

Das Leben geht weiter, auch ohne Ben. Aber es ist bei Weitem nicht mehr so schön.

Ben konnte Herbert Grönemeyer nicht ausstehen. Er hat nie verstanden, was mir an dem Rumgeheule, wie er es gerne nannte, so gut gefallen hat. Und er war Meister darin, Grönemeyer zu parodieren, um mich damit zu ärgern. Trotzdem halte ich gerade zwei Konzertkarten in der Hand.

Auf dem Weg nach draußen schaue ich nach oben und lächele den Himmel an. »Das wäre was geworden, wir beide gemeinsam auf einem Grönemeyer-Konzert.«

Zu Hause greife ich sofort zum Telefon und rufe meinen Vater an. Das Gespräch mit Karin hat mich irgendwie weicher und vor allem offener werden lassen. Ich weiß, dass mein Vater mich liebt, auch wenn er nicht gerade begabt darin ist, mir das zu zeigen. Außerdem habe ich einen kleinen Halbbruder, den ich sehr gerne kennenlernen möchte.

»Papa, hier ist Marly. Ich wollte dich fragen, ob ihr zwei nicht morgen zum Frühstücken kommen wollt?«

Erfreut sagt mein Vater zu. Ich habe beschlossen, ihn und Lukas erst einmal ohne Rici zu treffen. Freundschaft können die Kinder später immer noch schließen.

Mir fällt wieder ein, dass Georg heute Abend um neunzehn Uhr noch einmal wiederkommen wollte, um die Heizung zu reparieren. Ich überlege einen Moment, ob ich den Termin absage, weil ich hundemüde bin. Aber als ich das Chaos in der Küche sehe, entscheide ich mich anders. Da mir noch ein Stündchen bleibt, lege ich mich noch schnell auf die Couch, um mich ein wenig auszuruhen.

Sofort nicke ich ein, um pünktlich eine Stunde später durch die Klingel wieder geweckt zu werden. Georg hat das seltene Talent, mich immer schlafend zu erwischen. Schnell springe ich auf und öffne die Tür. Dabei merke ich, dass ich meinen Kopf kaum noch zur linken Seite drehen kann. Bestimmt habe ich beim Nickerchen auf der Couch falsch gelegen und mir einen Nerv ganz blöd eingeklemmt.

In Jeans und weißem T-Shirt sieht Georg verdammt gut aus. Bisher ist mir seine knackige Figur gar nicht weiter aufgefallen. Ich habe ihn eher als groß und breitschultrig empfunden. Aber als er nun vor dem Heizkörper auf

127

dem Boden kniet, kann man sehr gut erkennen, dass er durchtrainiert ist und sogar richtige Muckis hat. Ich muss grinsen, weil ich daran denke, wie Ben sich über *Robin Hood* ausgelassen hat und mich mit meiner Vorliebe für dickliche, ältere Männer aufgezogen hat. Georg hat ein bisschen was von Russell Crowe. Der Gedanke gefällt mir, und weil ich mich unbeobachtet fühle, betrachte ich ihn völlig ungeniert weiter. Als er sich dann aber plötzlich umdreht, schaue ich ertappt zur Seite, erwische aber prompt die falsche.

»Aua«, heule ich auf. Ich möchte bestimmt nicht vor Georg rumjammern, aber die Bewegung nach links tut verdammt weh.

»Was hast du?«

»Ach, ich weiß auch nicht. Ich glaube, dass ich mir einen Nerv eingeklemmt habe. Ich habe höllische Schmerzen, wenn ich versuche, den Kopf nach links zu drehen.«

»Lass mal sehen.«

Georg steht vor mir und greift vorsichtig mit seinen Händen links und rechts an meine Wangenknochen. Seine Daumen liegen dabei an meinem Kinn. Dann dreht er mich langsam erst zur einen, schließlich zur anderen Seite und macht »Hm.«

»Was, hm?«

»Das kriegen wir wieder hin. Aber dafür müssten wir in meine Praxis fahren.«

Ich schaue ihn fragend an.

»Ich bin Osteopath«, erklärt Georg mir, und als ich immer noch schweige, fügt er hinzu: »Physiotherapeut.«

Ich weiß, was ein Osteopath ist. Rici schwört auf ihren. Sie hatte nach Emmas Geburt ständig Rückenprobleme, die nach nur wenigen Behandlungen komplett verschwunden und nie wieder zurückgekehrt sind.

»Der drückt in meinen Bauch und in meinem Rücken lässt der Schmerz nach, unfassbar!«, hat sie geschwärmt. Daraufhin habe ich mich schlaugemacht und herausgefunden, dass Osteopathen nach der Ursache suchen und den Körper als Ganzheit betrachten. Da ich noch nie Rückenprobleme hatte, musste ich bisher zum Glück eine solche Behandlung nicht in Anspruch nehmen. Aber bei meinem jetzigen Zustand wäre das gar nicht schlecht. Ich kann meinen Kopf wirklich kaum bewegen. Aber wie weit kann ich denn Georgs Hilfe noch in Anspruch nehmen? Immerhin spielt er schon den Handwerker für mich.

»Ich habe ein ganz schlechtes Gewissen, wenn ich dich so ausnutze.«

»So ein Quatsch. Außerdem kannst du es ja wieder gutmachen.«

»Wie denn?«

»Du kannst mich heute Abend auf ein Konzert begleiten. Ein Freund von mir spielt Schlagzeug in einer Band, und einmal im Jahr treten sie bei ihm im Garten auf. Nichts Großes, aber es ist immer ganz nett. Es gibt einen Getränkeverkauf, um den Spaß zu finanzieren. Ich würde mich jedenfalls freuen, wenn du mitkommst.«

Das Leben geht weiter, so hat es Karin vorhin ausgedrückt. Eigentlich bin ich immer noch müde, aber vielleicht ist es ganz gut, wenn ich mal wieder unter Leute gehe und nicht alleine in meiner Wohnung hocke. Auf der Party kennt mich niemand, und so wird mich keiner mitleidig anschauen und in diesem besonderen Tonfall fragen: »Und, Marly, wie geht es dir?« Außerdem ist es ein Konzert, da muss man sich nicht großartig unterhalten.

Georg ist sehr nett, hilfsbereit, sieht gut aus – und hat, wenn ich Glück habe, magische Hände, zumindest wenn man Rici glauben möchte. – Ben war mein bester Freund und ich habe ihn geliebt, aber eine Liebesbeziehung hatten wir nicht. Trotzdem bekomme ich ein schlechtes Gewissen bei dem Gedanken, den heutigen Abend mit Georg zu verbringen. Aber sogar Nathalie hat sich ja wieder verliebt… Und außerdem ist es nichts weiter als ein gemeinsames Konzert, das er mit mir besuchen möchte.

Das von Herbert Grönemeyer habe ich ja definitiv verpasst. Also warum nicht?

»Okay, aber nur, wenn ich dich mindestens auf einen Wein einladen darf.«

»Darfst du.«

»Gut. Und wo ist deine Praxis?«

»Nicht weit von hier, wir sind in zehn Minuten da, aber jetzt bringe ich erst einmal deine Heizung wieder an die Wand.«

13 Wenn du meinen Rat haben willst: Schnapp ihn dir!

Wir beschlossen, mit den Rädern zu Georgs Musikerfreund Mick zu fahren, damit wir beide ein Gläschen Wein trinken können. Tilda ist bei Georgs Eltern, die gleich in der Nähe wohnen. Die Dogge steht nicht auf Punkrock, erklärte mir Georg. Ich eigentlich auch nicht, aber das ist mir momentan egal.

Ich kann meinen Kopf nämlich wieder nach links drehen. Außerdem weiß ich seit etwa einer Stunde, dass meine Gebärmutter schief sitzt, und bin mir nicht ganz sicher, was ich mit dieser Information anfangen soll. Mir war es fast ein wenig peinlich, als Georg mich fragte, ob er mich in meiner Leistengegend berühren dürfe, aber nachdem er mich zuvor schon durch wenige Handgriffe von meinen Nackenschmerzen befreit hatte, war ich zu allem bereit. Ich lag also, nur in Unterwäsche bekleidet, auf der Behandlungsliege und beobachtete Georg, wie er mit seinen Händen abwechselnd rechts und links in meine Leiste drückte. Als er bemerkte, dass ich ihn dabei nicht aus den Augen ließ, lachte er. Dann erklärte er mir, ich solle locker bleiben und meinen Kopf gerade auf der Matte liegen lassen, sonst könne ich mich womöglich nach der

Behandlung gar nicht mehr bewegen. Ich gehorchte ihm und versuchte, mich zu entspannen, was mir allerdings nicht so recht gelang. Georgs warme Hände in unmittelbarer Nähe meines Slips machten mich doch ein wenig nervös.

Am Ende der Behandlung fragte mich Georg, ob mich zur Zeit irgendetwas belasten würde, weil mein Energiefluss gestört sei. Und dann übermittelte er mir die freudige Nachricht über meine Gebärmutter. Er erklärte mir, ihr Schiefstand sei die Ursache für viele meiner Probleme, unter anderem auch prämenstruelle, und dass ich tendenziell immer Schwierigkeiten auf meiner linken Körperseite bekommen würde. Mit ein paar Sitzungen würde man das Problem aber in den Griff bekommen, denn er könne zumindest meine körperlichen Blockaden lösen.

Über meine seelischen Blockaden, die mich momentan belasten, habe ich Georg nichts erzählt. Ich bin froh, dass ich mich wieder einwandfrei bewegen kann, und freue mich darauf, mich ungezwungen unter Leuten bewegen zu können.

Dass einiges los ist in Micks Garten, kann man schon von Weitem hören.

»Beschweren sich die Nachbarn nicht? Den Bass kann man ja fast körperlich wahrnehmen.«

»Die Nachbarn wurden alle rechtzeitig vorgewarnt und taktisch klug auch eingeladen. Außerdem kennen sie das Spektakel ja schon. Es findet einmal im Jahr statt – und das schon seit Jahren. Wir sind übrigens gleich da. Da vorne wohnt er.«

Micks Haus liegt etwas abseits in einer Sackgasse. Es grenzt direkt an ein Feld, viele direkte Nachbarn gibt es also nicht. Als wir unsere Fahrräder an eine Mauer lehnen und abschließen, hört die Musik gerade auf zu spielen. Wir betreten den Garten, und ein Mann kommt auf uns zu. Er hat langes, blondes Haar, das er hinten zusammengebunden trägt. Als er näher kommt, erkenne ich, dass es aus vielen kleinen Rastalocken besteht, die sein markantes gebräuntes Gesicht umrahmen. Irgendwie passen seine sehr männlichen Züge so gar nicht zu seiner restlichen Aufmachung. Er trägt tatsächlich Jeansshorts und darunter geringelte Strumpfhosen in knallbunten Farben. Hätte er zwei abstehende rote Zöpfe, könnte man ihn für eine männliche Pippi Langstrumpf halten.

»Hallo Mick«, sagt Georg. »Seid ihr schon gut in Fahrt?«

»Jap, wir haben vor einer halben Stunde angefangen und machen gerade Pause. Wen hast du denn hier dabei?«

»Das ist Marlene.«

Verzückt stehe ich neben Georg und lausche der Stimme des Mannes, der mir gerade seine Hand entgegenstreckt. Irgendwo habe ich die Stimme schon mal gehört.

»Kennen wir uns vielleicht?«, frage ich mit einem Seitenblick auf Georg.

»Mick ist Synchronsprecher. Mit Sicherheit hast du ihn schon das ein oder andere Mal gehört.«

»Echt?« Sofort fange ich fieberhaft an darüber nachzudenken, wo ich die Stimme einordnen kann. Mit Ben habe ich mir immer regelrechte Wettkämpfe geliefert, wenn wir gemeinsam einen amerikanischen Film gesehen haben und uns eine deutsche Stimme irgendwie bekannt vorkam. Dann ging es darum, wer zuerst errät, welche Schauspieler von demselben Sprecher synchronisiert werden. Brad Pitt und Sean Penn haben zum Beispiel dieselbe deutsche Stimme. Und George Clooney klingt exakt wie Bill Pullman, Tom Hanks und Alec Baldwin. Dass Bruce Willis genau dieselbe Stimme wie Gérard Depardieu hat, konnte ich erst gar nicht glauben, aber Ben hatte schon immer ein besseres Gespür und wirklich recht damit gehabt.

»Wen sprichst du denn?«, frage ich neugierig.

»Ach, hauptsächlich Werbung, Dokumentationen – oder die Stimme aus dem Off bei den privaten Sendern, nichts Besonderes. Aber jetzt kommt und trinkt erst mal was.«

Mick ist nicht der einzige Mann, der hier auffällige Sachen anhat. So viele bunte Klamotten auf einem Haufen habe ich schon lange nicht mehr gesehen. Fast komme ich mir vor wie auf einer Alt-Hippie-Fete, für die auch der Duft der Rauchschwaden spricht, die hier eindeutig in der Luft hängen.

»Wird hier gekifft?«, frage ich Georg.

»Ja, das ist durchaus möglich«, sagt er und deutet mit dem Kopf auf ein paar Leute, die auf einer Gartenbank sitzen und eine auffällig nach Gras riechende Zigarette herumreichen.

»Kiffst du auch?«

»Nein, und du?«

»Einmal und nie wieder,« gebe ich ausweichend Auskunft. Meine einschlägigen Erlebnisse damals mit Ben in Amsterdam waren wenig ruhmreich verlaufen.

Zum Glück fragt Georg nicht weiter nach. »Aber ein Gläschen Wein könnte ich jetzt vertragen. Steht deine Einladung noch?«

»Natürlich!«

Aus dem einen Glas Wein sind im Lauf des Abends – zumindest bei mir – vier Gläser geworden. Ich trinke eindeutig zu viel in letzter Zeit. Aber so viel Spaß hatte ich schon lange nicht mehr – und dazu noch mit mir wildfremden Leuten. Die Musik ist zwar laut und Punkrock wirklich nicht nach meinem Geschmack, aber die Stimmung ist gut. Ich quatsche mit vielen netten Menschen und natürlich mit Georg, der mir immer sympathischer wird. Ich mag seine warme, melodische Stimme.

»Du könntest locker auch Synchronsprecher werden«, sage ich, »oder Märchenonkel. Ich höre dir gerne zu, irgendwie wirkst du beruhigend auf mich.«

»Klingt nicht gerade so, als wäre ich ein Frauenmagnet«, sagt Georg und lacht. Dabei bilden sich kleine Lachfältchen um seine Augen, die mir schon heute Morgen am Frühstückstisch aufgefallen sind.

»So meine ich das gar nicht, aber das weißt du bestimmt. Ich finde dich attraktiv, wenn ich das mal so sagen darf.« Ich bin generell ein ehrlicher Mensch, versuche aber niemanden dabei zu verletzen. Wenn ich etwas getrunken habe, werde ich noch eine Spur ehrlicher, dann trage ich die Wahrheit sozusagen auf der Zunge mit mir spazieren. »Also, unter normalen Umständen fände ich dich sogar *äußerst* attraktiv«, korrigiere ich mich, »aber bei mir ist momentan leider nichts normal.«

»Danke. Du hast eine nette Art, Komplimente zu machen. Hättest du die Sache mit dem Märchenonkel so stehen gelassen, hätte es mir doch schwer zu schaffen gemacht.«

Und mir würde es gefallen, wenn Georg mir auch mal was Nettes sagen würde. Ich würde gerne mal wieder hören, dass ich schöne Augen habe, ein hinreißendes Lächeln oder dass ich ganz einfach eine tolle Frau bin. Erwartungsvoll schaue ich Georg an.

»Deine Stimme ist auch schön. Bestimmt hören dir deine Schüler gern zu.«

Na prima. Er beschwert sich über den Märchenonkel, macht seine Sache aber auch nicht viel besser.

»Du bist ganz bestimmt eine tolle Lehrerin.«

So wie es aussieht, habe ich mich mit meinem Kompliment eindeutig zu weit aus dem Fenster gelehnt. Das habe ich nun davon. Wir sprechen über Kinder, deren Bewegungsdefizit und Ergotherapie in der Schule. Georg interessiert sich mehr für meinen Beruf als für mich, so viel ist mal klar. Aber es macht trotzdem Spaß, sich mit ihm zu unterhalten. Die Zeit vergeht wie im Flug.

Nach dem fünften Glas Wein stelle ich fest, dass ich plötzlich sehr müde bin. Da ich weder in der Lage bin, mit dem Fahrrad zu fahren, noch es zu schieben, schwingt Georg sich alleine auf seinen Drahtesel, um sein Auto zu holen. Bei ihm ist es bei dem einen Glas Wein geblieben –

er hat sich ans Wasser gehalten und ist noch völlig nüchtern.

Träge lehne ich an der Gartenmauer und schaue dem bunten Treiben zu, da steht Mick plötzlich neben mir. Er ist genau so angeschickert wie ich. Zumindest dehnt er die Wörter für meinen Begriff etwas zu lange, so als hätte er Schwierigkeiten zu sprechen.

»Sei nett zu ihm«, sagt er.

»Wie meinst du das?«

»Na, ich sehe doch, wie er dich die ganze Zeit ansieht. Georg steht auf dich. Sag bloß, du hast das noch nicht gemerkt?«

»Meinst du? Das glaube ich nicht.«

»Klar, er steht auf dich. Das sieht doch ein Blinder.«

Anscheinend bin ich mehr als blind. Oder ich habe tatsächlich zu viele Blockaden in mir und merke nicht einmal, wenn ich einem Mann gefalle.

Meine letzte Beziehung hatte ich mit Timo. Wir haben zur gleichen Zeit Referendariat gemacht und haben uns während des Studienseminars kennengelernt. Er war mein bisher bestaussehender Mann mit einer wirklich tollen Figur und wahnsinnig strahlend blauen Augen. Ich habe mich sofort in ihn verliebt, obwohl ich normalerweise eher auf dunkle Typen stehe. Das Ganze lief eigentlich recht gut. Wir hatten viel Spaß miteinander, aber mir hat etwas gefehlt. Irgendwann habe ich festgestellt, dass ich anfing, Timo mit Ben zu vergleichen. Ab diesem Moment war es eigentlich schon vorbei, aber ich brauchte fast acht Monate, bis ich begriff, dass Timo nie eine echte Chance bei mir haben würde, weil er einfach nicht Ben war. Also trennte ich mich von ihm. Das war Anfang März letzten Jahres, jetzt haben wir Juni. Es ist also fast genau vierzehn Monate her, dass ich das letzte Mal einen Mann geküsst habe. Genau genommen sogar noch länger, denn an diesem Tag hat sich Timo ganz sicher nicht mehr von mir küssen lassen.

»Ich habe eindeutig zu viel getrunken«, erkläre ich Mick. »Das ist anscheinend schlimmer als blind zu sein. Ich habe nämlich bisher nix bemerkt.«

»Ich bin mir da ganz sicher. Immerhin kenne ich Georg schon seit zwanzig Jahren. Wenn du meinen Rat haben willst: Schnapp ihn dir! Nette Kerle wie ihn gibt es nicht viele.«

Georg ist wirklich nett: Er fährt mich nicht nur nach Hause, er bringt mich glatt bis zu meiner Wohnungstür. Und ich überlege fieberhaft, was ich jetzt sagen kann. Spontan beschließe ich, eine Einladung auszusprechen.

»Mick meint, ich solle mir dich schnappen«, erkläre ich offenherzig und strahle Georg an. »Kommst du noch mit rein?«

Bisher war immer ich diejenige, die verführt wurde. Ich habe noch nie den ersten Schritt gemacht, und schon gar nicht so dermaßen offensichtlich.

»Du bist verdammt süß, wenn du was getrunken hast«, flüstert Georg mir ins Ohr, und ich schließe die Tür hinter uns. »Nüchtern natürlich auch. Das ist mir gleich aufgefallen, als du ganz zerknittert und verschlafen die Tür aufgemacht hast.« Dann nimmt er meinen Kopf sanft in seine Hände und küsst mich. Seine Lippen fühlen sich warm und vertraut an. Als er mich loslässt, ist mir ein wenig schwindelig, und ich schwanke leicht, als ich ihn auffordernd in Richtung Schlafzimmer ziehe. Im Türrahmen bleibt Georg jedoch plötzlich stehen.

»Marlene«, sagt er ernst und greift nach meinen Händen. »Ich würde jetzt liebend gerne mit dir ins Bett gehen, glaub mir, aber du bist betrunken, und ich möchte nicht, dass du es vielleicht morgen bereust.«

Mit einem Schlag bin ich nüchtern. Ich möchte nicht, dass Georg jetzt geht.

»Wir müssen nicht miteinander schlafen, wenn du nicht willst. Aber könntest du nicht trotzdem bei mir bleiben?« Wie aus heiterem Himmel schießen mir die Tränen in die Augen.

Nur kurz darauf liege ich neben Georg im Bett und lasse mich von ihm trösten. Er weiß nicht, warum ich auf einmal so unglücklich bin, und fragt auch nicht nach. Er hält mich einfach nur fest in seinen Armen. Ab und an streicht er mir die Haare aus dem Gesicht und küsst sanft meine Stirn. Als er mir einen Kuss auf die Nase drückt, kann ich wieder lächeln.

»Darf ich dich ausziehen?«, frage ich mutig. »Ich bin auch fast wieder nüchtern.«

»Wenn du das schaffst, sehr gerne.« Das T-Shirt habe ich Georg schnell über den Kopf gezogen, doch die Sache mit der Jeans ist nicht so einfach. Die Knöpfe wollen nicht so, wie ich das gerne möchte.

»Hättest du keine Hose mit Reißverschluss anziehen können?«

»Brauchst du Hilfe?«

»Nein ... ja ...«

Unter der Jeans trägt Georg enge, schwarze Boxershorts. Ich zögere einen Moment, doch dann streife ich sie langsam von seinem Körper. Völlig entkleidet liegt Georg in meinem Bett und sieht mich an.

»Und jetzt du«, fordert er mich auf.

Kurze Zeit später liege ich nackt neben ihm und betrachte seinen Körper.

»Du bist wunderschön«, stelle ich überwältigt fest – und schon wieder füllen sich meine Augen mit Tränen. So etwas habe ich noch nie zu einem Mann gesagt. Irgendwie scheinen meine Gefühle vollkommen verrückt zu spielen. Neben mir liegt ein nackter Mann mit einem tollen Körper. Und das Beste an der Sache ist: Er scheint wirklich nett zu sein. Aber ich bekomme es einfach nicht auf die Reihe und beginne schon wieder zu weinen. Ich kann überhaupt nichts dagegen machen.

»Es tut mir leid«, sage ich schniefend.

»Was ist nur mit dir passiert?«, murmelt Georg und zieht mich eng an sich heran. »Komm her.«

Eng umschlungen, die linke Hand fest in seiner, die rechte um seine Taille geschlungen, schlafe ich ein.

14 Schmetterlinge sind gut

Wieder reißt mich die Türklingel unsanft aus dem Schlaf. Ich liege in Löffelchenstellung mit Georg im Bett. Er hat sich eng an meinen Rücken gekuschelt und hält immer noch meine Hand.

»Guten Morgen«, sagt er und küsst sanft meinen Nacken.

Sofort bin ich hellwach. Mein Vater! Er wollte heute um neun mit Lukas zum Frühstück kommen.

Ich schlüpfe schnell in Shirt und Jogginghose und laufe zur Tür.

Ein kleiner Junge steht mit großen Augen vor mir und hält mir einen Strauß bunter Blumen entgegen. Mein Vater hockt neben ihm und flüstert ihm etwas ins Ohr.

»Für dich, Marly«, sagt mein kleiner Bruder, und ich schließe ihn sofort ins Herz.

»Das ist aber lieb von dir! Kommt doch rein.«

Eigentlich hatte ich vorgehabt, den Frühstückstisch richtig schön zu decken. Aber ich habe verschlafen, und nichts ist vorbereitet. Dazu kommt noch, dass in meinem Bett ein nackter Mann liegt, der mich gestern Nacht die ganze Zeit trösten musste, anstatt von mir verführt zu werden, wie ich es eigentlich vorgehabt hatte.

»Ich hab total verpennt«, gestehe ich meinem Vater. Geht schon mal in die Küche, ich komme gleich nach, ja?«

Als ich kurz darauf wieder in meinem Schlafzimmer stehe, sitzt Georg schon angezogen auf dem Bett.

»Kannst du mir einen ganz großen Gefallen tun?«, frage ich und setze mich neben ihn.

»Soll ich durchs Fenster verschwinden?«, fragt er.

»Was? Wie kommst du denn da drauf? Natürlich sollst du nicht verschwinden, schon gar nicht durchs Fenster. Es ist nur mein Vater. Er hat seinen Sohn mitgebracht, also meinen kleinen Halbbruder, den sehe ich heute zum ersten Mal ... Ich habe die beiden zum Frühstück eingeladen und es total vergessen. Und jetzt wollte ich dich fragen, ob du vielleicht Lust hast, mit uns gemeinsam zu frühstücken. Ich weiß, dass bei mir momentan alles drunter und drüber läuft, und es tut mir auch fürchterlich leid. Bestimmt ist es zu viel verlangt, aber ich würde mich wirklich freuen, wenn du bleiben und uns Gesellschaft leisten würdest. Oder musst du arbeiten?«

»Nein, ich bleibe sehr gerne. Heute ist Samstag, da ist die Praxis geschlossen.«

»Wunderbar. Und ... äh ... meinst du, du könntest vielleicht Brötchen holen?« Es ist mir ein bisschen unangenehm, das zu fragen, denn immerhin hat Georg gestern schon seine Brötchen geopfert. Die waren für eine Besprechung mit seinen Mitarbeitern gedacht gewesen, wie er mir später erzählt hat, und nicht für eine Großfamilie, wie ich insgeheim im ersten Moment befürchtet habe. Und jetzt soll er schon wieder für mich zum Bäcker.

Bestimmt hat mein Vater längst gehört, dass ich Männerbesuch habe, aber das ist mir egal. Aus irgendeinem Grund fühle ich mich, als wäre ich wieder ein Teenager und hätte mich gerade zum ersten Mal verliebt.

»Was sage ich denn? Ich meine, wie stelle ich dich meinem Vater vor?«

Georg sieht unwahrscheinlich gut aus mit seinen verwuschelten blonden Haaren. Am liebsten würde ich ihn spontan wieder aufs Bett drücken und genau da weitermachen, wo wir gestern aufgehört haben – und zwar bevor ich mich in eine in Selbstmitleid versunkenen Heulboje verwandelt habe. Der Gedanke treibt mir sofort eine unangenehme Hitze ins Gesicht. Ich werde tatsächlich rot, auch das noch.

Ganz Gentleman übersieht Georg meine plötzlich auftretenden Hitzewallungen. »Lass mich mal machen«, beruhigt er mich und zieht mich hoch. Dann hebt er mit dem Zeigefinger sachte mein Kinn etwas noch oben, küsst zart meinen Mund und lässt mich alleine im Schlafzimmer zurück.

»Hallo Herr Mazur, meine Name ist Georg Sander«, höre ich kurz darauf seine Stimme aus der Küche, dann ein Lachen, das ganz sicher von meinem Vater stammt.

»Aha, Sie sind also der Grund dafür, warum meine Tochter verschlafen hat!«

Die beiden Männer verstehen sich anscheinend prächtig, denn sie flachsen noch ein Weilchen herum.

»Netter Mann«, sagt mein Vater anerkennend, als Georg die Wohnung verlässt und ich mich zu ihnen in die Küche traue.

Georg ist neun Jahre älter als ich. Und mein Vater hat recht, Georg ist ein Mann. Wahrscheinlich fühle ich mich deswegen neben ihm so klein und verletzlich. Immerhin war er schon einmal verheiratet und ist geschieden, ich hingegen habe bis vor ein paar Monaten noch bei meiner Mutter gelebt. Ich spiele sozusagen in der Zweiten Bundesliga, was Beziehungen angeht, Georg in der Ersten.

Aber darüber kann ich mir später Gedanken machen. Momentan gibt es nur eine Person, die hier wichtig ist. Und die ist gerade mal drei Jahre alt. Ich bin ganz aufgeregt, als ich runter in die Knie gehe.

»Aber der kleine junge Mann hier sieht auch sehr sympathisch aus. Du heißt Lukas, nicht wahr?«

Mein kleiner Bruder hält immer noch den Strauß in der Hand, hinter denen er sich nun versteckt. »Wollen wir die Blümchen ins Wasser stellen, damit sie was zum Trinken bekommen?«, frage ich ihn.

»Du kannst ruhig Luke zu mir sagen. Das machen alle.«

»Das ist eine gute Idee. Weißt du was? Den Namen Luke finde ich nämlich richtig toll. Und jetzt lass uns eine Vase suchen und dann den Frühstückstisch zusammen decken. Du weißt ja, ich hab verschlafen …«

Der Kleine ist wirklich süß. Er hat braunes Haar und sehr dunkle Augen. Die Gesichtsform ist jedoch eher schmal und wirkt sehr europäisch. Wenn er lächelt, erinnert er mich an meinen Vater. Und meine Mutter hatte recht, er ist sehr wortgewandt. Alles, was nach und nach auf dem Tisch landet, kommentiert er mit einem schlauen Spruch. Sogar zu meinem Holunderblütengelee fällt ihm etwas ein.

»Das Zeug haben wir zu Hause auch. Aber bei uns heißt es Honig.«

»Honig habe ich auch hier, schau mal. Den machen allerdings die Bienen«, kläre ich ihn auf. »Aber das leckere Zeug hier ist aus den Blüten hergestellt, an denen die Bienen wahnsinnig gerne naschen. Es ist ein Gelee, und ich habe es selbst gemacht.«

»Dann bist du auch eine Biene«, folgert Luke, und ich schaue meinen Vater verdutzt an.

»Verdammt clever, der kleine Mann.«

»Ganz die Schwester.«

Ich kann nicht umhin, gerührt zu lächeln.

Der Frühstückstisch sieht schön aus. Und es ist schon das zweite Mal in dieser Woche, dass er für vier Personen gedeckt wurde. Das gefällt mir.

Als es klingelt, laufe ich mit Luke um die Wette bis zur Tür.

»Darf ich aufmachen?«, fragt er.

»Natürlich. Es ist bestimmt Georg mit einem ganzen Sack voll leckerer Brötchen.«

Er ist es.

»Marly ist eine Biene«, sagt der Knirps, noch bevor Georg einen Schritt in die Wohnung setzen kann. Dann schnappt er sich die Tüte und flitzt damit in die Küche.

Kurze Zeit später sitzen wir gemeinsam am Tisch und lassen es uns schmecken. Fast kommt es mir vor, als wären wir eine Familie. Und das fühlt sich verdammt gut an.

Familienanschluss sucht anscheinend noch ein anderes Wesen. Caruso maunzt draußen vor der Scheibe und stolziert herein, als ich ihm das Fenster öffne. Dass der Kater sich so gerne in der Nähe von Kindern aufhält, hätte ich niemals für möglich gehalten. Schon von Emma hat er sich streicheln lassen, ohne gleich abzuhauen. Luke darf Caruso sogar am Schwanz ziehen, wie ich mit Verwunderung feststelle. Der Kater zeigt sich erstaunlich gelassen.

Nach dem Frühstück begeben wir uns alle gemeinsam in den Garten. Während ich meinem kleinen Bruder Carusos Platz im Apfelbaum und mein gläsernes Atelier zeige, unterhält sich Georg angeregt mit meinem Vater. Ganz angetan von der ungewohnten Familienidylle biete ich ihm erzieherische Unterstützung an. Meine Stelle als Lehrerin trete ich erst in zwei Monaten an, da kann ich ab und an gerne auf den kleinen Racker aufpassen. Luke verspreche ich, beim nächsten Besuch mit ihm gemeinsam Biene zu spielen und ein Blütengelee zu kochen.

Kurz nach dem Mittagsläuten verabschieden sich die beiden – und ich bin mit Georg wieder alleine.

»Dein Vater hat es nicht leicht momentan«, sagt Georg.

»Das hat er sich selbst zuzuschreiben! Damals hat er meine Mutter und mich sitzen lassen, und diesmal hat es *ihn* erwischt. Selbst dran schuld«, urteile ich hart. In demselben Moment, in dem ich es ausspreche, bereue ich es auch schon. Meine Oma hat oft zu mir gesagt, giftige

Gedanken würden hässlich machen. Ich bemerke meine gerunzelte Stirn.

»Wie alt warst du damals?«, reißt Georg mich aus meinen Gedanken.

»Siebzehn.«

»Erzähl mir ein bisschen was von dir!«

»Mein Name ist Marlene, aber die meisten nennen mich Marly. Ich bin siebenundzwanzig Jahre alt, und am siebten November habe ich Geburtstag ...«

Wir liegen wieder auf dem Bett, diesmal allerdings bekleidet und auf der Tagesdecke. Georg hört mir aufmerksam zu, während ich erzähle: von meiner Kindheit, meinen Eltern, meiner lieben Oma, meinem besten Freund – und wie sehr ich die beiden vermisse. So schonungslos offen habe ich noch nie mit einem Mann über mich und meine Gefühle geredet, noch nicht einmal mit Ben.

Auf einmal halte ich inne. »Irgendetwas verunsichert mich. Ich glaube die Tatsache, dass du neun Jahre älter bist«, gebe ich zu.

»Jetzt fühle ich mich wie fünfzig! Und dabei bin ich gerade mal sechsunddreißig. Außerdem seid ihr Frauen uns Männern doch sowieso immer ein paar Jahre voraus.«

»Das stimmt allerdings.«

»Und was verunsichert dich dann?«

»Vielleicht dass du schon einmal verheiratet warst. Ich habe bisher zwar ein paar Beziehungen gehabt, aber noch nie mit einem Mann zusammengelebt.«

»Dafür war ich bisher nur mit einer einzigen Frau zusammen. Und du mit mehreren Männern. Das verunsichert mich.«

»Quatsch!« Ungläubig sehe ich Georg von der Seite an. »Ist das wirklich wahr? Wann hast du dich denn von deiner Frau getrennt?«

»Vor zwei Jahren.«

»Und du hast dich danach nicht irgendwie getröstet?«

»Nein, bisher nicht.«

Das gefällt mir. Es spricht dafür, dass Georg nicht einfach auf ein oberflächliches Vergnügen aus ist.

»Ach, wahrscheinlich mache ich mir mal wieder viel zu viele Gedanken. Ich sollte mich einfach freuen, dass wir hier zusammen sind, und nicht immer so ernst sein.«

»Ich mag es, wenn du so bist«, sagte Georg und streicht mir eine Haarsträhne aus dem Gesicht. »Wusstest du, dass deine Augenfarbe sich ändert, je nachdem, in welcher Stimmungslage du dich gerade befindest? Gestern Nacht waren sie tiefgrün, wirkten fast braun. Und heute Morgen, als du mit deinem kleinen Bruder gespielt hast, leuchteten sie in einem hellen Grün mit vielen kleinen goldenen Pünktchen darin.«

»Echt? Und jetzt? Wie sehen sie jetzt aus?«

»Tiefgrün, so wie gestern Nacht.«

Ich rücke etwas von ihm ab. »Wie schaffst du es nur, mich mit ein paar Worten so aus dem Konzept zu bringen?«

»Tue ich das?«

»Ja.« Ich möchte Georg nicht verletzen und auch nicht, dass er mich falsch versteht. Also suche ich nach den richtigen Worten, um ihm zu erklären, wie ich das gemeint

148

habe. Ich entscheide mich dafür, ihm einfach die Wahrheit zu sagen.

»Ich habe Ben geliebt, aber er ist gestorben, bevor ich es ihm sagen konnte. Es gibt keinen Tag, an dem mich nicht irgendwas an ihn erinnert. Gestern Mittag war ich noch bei seiner Mutter und habe mit ihr zusammen geweint. Und jetzt liege ich hier neben dir, und ich habe so dermaßen viele Schmetterlinge im Bauch, dass ich gar nicht mehr klar denken kann. Ich weiß nicht, wie das alles so plötzlich passieren konnte.«

»Schmetterlinge im Bauch sind gut. Die habe ich auch.«

»Echt?«

Georg nickt und lächelt mich an.

»Lässt du mir trotzdem etwas Zeit, um das alles erst einmal verarbeiten zu können?«

»Ich mag dich Marlene, sehr sogar. Nimm dir soviel Zeit, wie du brauchst.«

Und ich mag es, wie Georg meinen Namen ausspricht. Er kürzt ihn nicht ab wie die meisten anderen, und das gefällt mir. Doch bevor ich ihm das sagen kann, klopft es an der Haustür.

Es ist Hilde. »Ich möchte euch nicht stören, aber Georgs Vater hat bei mir angerufen, er kann ihn nicht auf seinem Handy erreichen. Er muss dringend weg, seine Mutter hat auch keine Zeit, und er möchte Tilda nicht alleine lassen. Ich hätte den Hund ja abgeholt, aber ehrlich gesagt habe ich großen Respekt vor dem Tier. Kannst du Georg Bescheid sagen? Er ist doch noch bei dir?«

Ja, das ist er. Doch schon drängt er sich an mir vorbei, offensichtlich hat er mitgekriegt, um was es geht.

»Bis bald«, sagt er und nimmt mich weder in den Arm noch gibt er mir einen Abschiedskuss. Lässt mich einfach so im Türrahmen stehen. Wenigstens hätte er fragen können, wann wir uns wiedersehen.

Ob er sich mir gegenüber nur so kühl verhält, weil Hilde immer noch im Treppenhaus steht?

15 Geschieht dir recht, Picasso!

»Rici, kannst du dich noch an das Buch erinnern, das du mir neulich geschenkt hast? Das, in dem eine Frau die ganze Zeit darauf wartet, dass der Typ sie endlich anruft, nachdem sie eine Nacht mit ihm verbracht hat? Sie ist fast durchgedreht dabei.«

»Klar, ich hab es doch auch gelesen.«

»Mir geht es ganz genauso. Ich sitze hier und warte darauf, dass Georg sich meldet. Er ist erst heute Mittag gegangen, und ich werde fast wahnsinnig, weil ich immer noch nichts von ihm gehört habe. Es sind gerade mal sechs Stunden vergangen, und ich schlage hier die Zeit tot, weil ich absolut nichts mit mir anfangen kann. Ich weiß gar nicht, was mit mir los ist.«

»So schlimm? Warum rufst du ihn dann nicht an? Du musst doch nicht so passiv sein wie die Tussi im Buch. Hab ich eh nie verstanden.«

»Nein, das mache ich auf gar keinen Fall. Er war total komisch, als er vorhin gegangen ist, fast abweisend. Außerdem habe ich seine Telefonnummer gar nicht. Auf der Visitenkarte steht nur die seiner Praxis. Und da ist am Wochenende niemand.«

»Du hast echt seine Nummer nicht? Hast du mal im Telefonbuch nachgesehen?«

»Da habe ich nix gefunden. Und im Internet auch nicht, falls du das gleich fragen solltest. Aber er müsste meine Handynummer haben. Ich habe sie ihm gegeben, als wir uns zu diesem Hofkonzert gestern verabredet haben.«

»Frag doch Hilde, die ist doch mit ihm verwandt.«

»Ja, vielleicht hat sie die Nummer. Aber ich will ihn doch sowieso nicht anrufen. So weit kommt es noch! Was mach ich denn jetzt?«

»Setz dich ins Auto und komm zu mir. Ich kann nicht weg, Christoph ist mit seinen Kumpels unterwegs, da wird es mit Sicherheit spät. Wir könnten einen Film gucken, das bringt dich auf andere Gedanken.«

»Nein, das geht nicht.«

»Warum denn nicht? Du bleibst doch nicht etwa zu Hause sitzen, weil du denkst, er könnte bei dir aufkreuzen?«

»Doch.«

»Krass! Dann kann ich dir auch nicht helfen. Darf ich ihm erzählen, wie liebeskrank du dich heute aufgeführt hast, wenn ihr irgendwann mal glücklich verheiratet sein solltet?«

»Haha, sehr witzig.«

»Ja, finde ich auch.«

Meine Freundin macht sich tatsächlich lustig über mich. Und das Schlimme an der ganzen Geschichte ist, dass ich sie sogar verstehen kann. Ich führe mich auf, als wäre ich wirklich total durchgeknallt. Sogar Caruso hat

Reißaus genommen, weil ich vorhin die ganze Zeit auf ihn eingeredet habe. Dabei habe ich ihn nur mehrmals höflich gebeten, nach Tilda Ausschau zu halten, um sie dann ein bisschen zu jagen – möglichst bis vor meine Haustüre. Aber er wollte sich partout nicht auf die Lauer legen, so wie er es früher gemacht hat. Lieber sitzt er nun beleidigt auf seinem Ast und weigert sich, wieder zurück zu mir in die Wohnung zu kommen.

»Weißt du was?«, sage ich zu Caruso. »Ich gehe zu Hilde. Vielleicht hat sie Zeit und zeigt mir, wie sie die tolle Tomatensoße macht, die mir so gut geschmeckt hat.«

Von ihrer Küche aus bekomme ich wenigstens mit, falls mich jemand besuchen will.

War ja irgendwie klar. Hilde ist natürlich nicht zu Hause. Wir haben gleich sieben Uhr. Wo sie nur steckt? Ich hole aus meiner Wohnung einen Klebezettel, schreibe darauf *Marlene war hier* und pappe ihn an ihre Tür. Dann schnappe ich mir mein Handy *und* das mobile Gerät des Festnetzanschlusses und gehe in den Garten. Ich rufe mich von meinem Handy aus selbst an, um zu überprüfen, ob der Festnetzanschluss auch draußen funktioniert. Kaum halte ich den Hörer an mein Ohr, klopft jemand in der Leitung an. Es ist meine Mutter. Sie hat das seltene Talent, mich immer dann zu erwischen, wenn ich gerade mit jemand anderem telefoniere. Da ich mich diesmal allerdings selbst an der Strippe habe, nehme ich das Gespräch an.

»Du hast dich noch gar nicht gemeldet. Ich dachte, du

rufst mal an und erzählst mir, wie es war. Ich hab den ganzen Tag darauf gewartet.«

»Warum hast du mich nicht angerufen?« Meine Stimme klingt ganz unschuldig, als ich das frage. Aber es freut mich ungemein, dass meine Mutter anscheinend auch bis eben wie auf heißen Kohlen sitzend auf einen Anruf gewartet hat.

»Ich wollte dich nicht stören. Dein Vater hat mir erzählt, du hattest heute Morgen Herrenbesuch. Ist er noch da?«

Wenn ich es nicht besser wüsste, könnte ich fast denken, das war die Retourkutsche für die Schadenfreude, die ich eben verspürt habe. Aber meine Mutter kann ja nicht wissen, dass Georg nicht mehr hier ist und ich auf ein Zeichen von ihm warte.

»Papa hat dir doch sowieso schon alles erzählt. Warum sprichst du überhaupt wieder mit ihm?«

»Er hat mir eine SMS geschickt, und darin stand, dass du nicht alleine warst. Er hat wohl damit gerechnet, dass ich neugierig bin und ihn deswegen anrufe. Habe ich aber nicht. Jetzt erzähl schon, lass dir doch nicht immer alles aus der Nase ziehen.«

Zum Glück gibt meine Mutter sich mit wenigen Informationen über Georg zufrieden. Sie interessiert sich viel mehr für meinen Vater und seinen Nachwuchs. Also berichte ich ihr in allen Einzelheiten, wie der Vormittag gelaufen ist. Sie hört zu, ohne mich zu unterbrechen, was absolut untypisch für sie ist. Als ich meine Ausführungen mit der Information beende, dass ich am Dienstag auf

Lukas aufpasse, schweigt sie erst eine Weile, dann fragt sie: »Und wie sah er aus? Dein Vater, meine ich …«

»Wow! Das darf doch jetzt echt nicht wahr sein! Du hängst tatsächlich immer noch an ihm?«

Das kleine Geplänkel mit meiner Mutter hat mich abgelenkt, und ich beschließe, den Pinsel zu schwingen.

»Caruso?«, rufe ich. »Komm, du musst Model spielen, wir malen jetzt das Bild für Hilde, das ich ihr versprochen habe.« Manchmal scheint der blöde Kater mich doch zu verstehen. Vorhin hat er sich keinen Zentimeter gerührt, als ich ihn gebeten habe, sich unter einem Auto zu verstecken. Aber jetzt kommt er sofort vom Baum herunter, läuft ins Gewächshaus und rollt sich gemütlich in meinem Sessel zusammen. Das erinnert mich daran, als Ben bei mir mit ihm zu Besuch war, und das erste Mal seit heute Mittag fühle ich so etwas wie Ruhe in mir. Wäre Ben noch am Leben, würde er mich auslachen, weil ich gerade wegen eines Kerls den Kopf verliere. Oder er würde mich in sein Auto verfrachten und irgendwo mit mir hinfahren, um mich abzulenken. Aber vielleicht hätte ich Georg gar nicht erst kennengelernt, wenn er noch leben würde.

Nachdenklich tauche ich den Pinsel in graue Farbe. Dann skizziere ich in groben Zügen Carusos Umrisse auf der Leinwand.

»Das wird dir gar nicht gerecht«, stelle ich fest, als ich kurz zurücktrete und das Ergebnis kritisch betrachte. »Warum immer bei der Wahrheit bleiben? Du brauchst eindeutig eine peppigere Farbe.«

Meine Wahl fällt auf eine Tube kräftiges Pink. Lächelnd drücke ich die zähflüssige Masse direkt auf die Malfläche. Danach bereite ich Grün, Schwarz und Lila aus meinem Fundus vor und lege los. Tatsächlich vergesse ich dabei, auf die Straße zu achten und auch die beiden Telefone interessieren mich nicht mehr. Beim Malen konnte ich schon immer gut abschalten.

Als ich fertig bin, grinst mich ein zusammengeringelter pinkfarbener Kater mit grünen Augen frech von einer lilafarbenen Leinwand aus an. Die Umrisse habe ich noch einmal in Schwarz herausgearbeitet.

»Das gefällt Hilde nie im Leben«, bemerke ich. Dabei sehe ich aus den Augenwinkeln eine Gestalt, die am Gartentor steht. Sofort fängt mein Herz laut an zu klopfen, und ich trete aus dem Atelier. Aber es ist nur Hilde, die mir zuwinkt.

»Ich habe deinen Zettel gefunden.«

»Kommst du mal? Ich möchte dir gerne etwas zeigen.« Zwar bin ich enttäuscht, dass es nicht Georg ist, aber trotzdem möchte ich gerne wissen, wie sie reagiert, wenn sie mein farblich doch sehr ausgefallenes Kunstwerk zu Gesicht bekommt. »Warte, ich schließ dir das Tor auf.«

Kurze Zeit später stehe ich kopfschüttelnd mit Hilde im Atelier. Die Staffelei ist umgestürzt und liegt samt Leinwand auf dem Boden. In der noch feuchten Farbe kann man deutlich fahrige Kratzer und mehrere Pfotenabdrücke erkennen.

»Caruso!«, schimpfe ich. »Ich lasse dich irgendwann ausstopfen!« Doch der Kater hat längst das Weite gesucht. Als Hilde das Bild vom Boden aufhebt und es wieder auf der Staffelei platziert, halte ich überrascht den Atem an.

»Das sieht toll aus, Marlene!«

Hilde hat recht. Caruso hat aus einem knallbunten Bild unabsichtlich ein kleines Kunstwerk gezaubert.

»Aber etwas zu grell für meine Wohnung, meinst du nicht auch?«, fügt sie zaghaft hinzu.

»Ich male dir ein neues Bild, mit etwas sanfteren Farben«, entgegne ich verständig. Das Bild hänge ich gedanklich schon über meiner Couch auf.

»Wolltest du noch etwas anderes von mir vorhin? Oder warst du nur wegen des Bildes da?«

»Nein, ich wollte dich bitten, mir das Rezept für deine leckere Tomatensoße zu erklären. Und ehrlich gesagt wollte ich dich auch etwas fragen.«

»Na, dann raus mit der Sprache.«

»Sag mal, hättest du irgendetwas dagegen, wenn Georg und ich, du weißt schon …«

»Wie kommst du denn darauf?«

»Weil Georg heute Mittag auf einmal so komisch war, als du gesagt hast, dass sein Vater bei dir angerufen hat. Immerhin bist du die Tante seiner Exfrau.«

»Nein, keine Sorge, ich habe überhaupt nichts dagegen! Das steht mir doch gar nicht zu. Außerdem freut es mich, dass Georg endlich wieder eine nette Frau gefunden zu haben scheint. Und für dich freut es mich auch. Ihr passt gut zusammen, ihr beiden. Das ist mir gleich aufgefallen, als wir neulich gemeinsam beim Frühstück saßen.«

»Und warum passen wir deiner Meinung nach gut zusammen?«

»Gleich und Gleich gesellt sich gern, Gegensätze ziehen sich an. Auf euch trifft das Erste zu. Ihr seid euch in vielen Bereichen ähnlich.«

»Findest du? Wie war denn Rebecca so? Warum hat sie ihn denn überhaupt verlassen? Du hast gesagt, sie sei von einem Tag auf den anderen verschwunden.« Gespannt warte ich auf Hildes Antwort. Dabei kann ich ganz genau sehen, wie sie innerlich mit sich kämpft. Und ich weiß schon, bevor sie antwortet, dass sie mir darüber nichts weiter erzählen möchte, deswegen erkläre ich schnell: »Ach lass mal, das frage ich ihn lieber irgendwann selbst. Aber sag, hast du vielleicht zufällig seine Telefonnummer?«

»Nein, tut mir leid, nur die seines Vaters.«

Mittlerweile ist es neun Uhr, Samstagabend. Georg hat sich immer noch nicht gemeldet und ich gehe auch nicht davon aus, dass das heute noch geschehen wird. Ich weiß nicht, was mit mir los ist, dass ich deswegen so verrückt spiele. Immerhin bin ich hier diejenige, die sich etwas Bedenkzeit erbeten hat. Trotzdem warte ich sehnlichst auf einen Anruf oder wenigstens eine SMS. Ich habe mindestens schon zehnmal nachgesehen, ob mein Handy funktioniert, und es neben mir auf der Couch deponiert.

Ich sehe mir einen Film an, um die lautstarke klassische Musik des Nachbarn über mir zu übertönen und auf andere Gedanken zu kommen. Dass ich ausgerechnet *Noch einmal Ferien* erwische, war nicht geplant. In dem Film erfährt Georgia Byrd alias Queen Latifah gerade, dass sie sterbenskrank ist, und ich vergieße ein paar Tränen. Aber ich bleibe tapfer und schenke mir weder ein Glas Wein oder Wodka noch einen Grappa ein. Stattdessen habe ich schon eine ganze Tüte Colafläschen verdrückt und mache mich nun über eine Tüte Schnuller her. Als ich ein leises Plumpsen aus der Küche höre, schaue ich kurz auf und warte darauf, dass Caruso um die Ecke zu mir ins Wohnzimmer biegt. Er hat es sich zur Angewohnheit gemacht, mit mir gemeinsam auf der Couch zu liegen, wenn ich mir einen Film anschaue. Manchmal hat er es sich sogar schon vor mir auf dem Sofa bequem gemacht, sozusagen als Aufforderung an mich, endlich das Fernsehgerät einzuschalten und zum gemütlichen Teil des Tages überzugehen.

Als ich ihn elegant auf mich zustolzieren sehe, verschlucke ich mich fast an der süßen Nascherei, an der ich gerade genüsslich genuckelt habe, und pruste los.

»Geschieht dir recht, Picasso!« Aber Caruso interessiert sich nicht für seine pinkfarbenen Pfoten. Viel eher scheint es ihm die Tüte mit den Süßigkeiten angetan zu haben, aus der er sich gerade ganz selbstverständlich einen Schnuller fischt, bevor er es sich auf dem Polster bequem macht. Es tröstet mich, dass ich den Film nicht alleine sehen muss und ich zumindest pelzige Gesellschaft habe.

16 Ein guter Liebesfilm läuft etwa hundert Minuten

Zum ersten Mal seit Wochen habe ich tief und fest geschlafen, ohne schlecht geträumt zu haben oder mitten in der Nacht aufgewacht zu sein. Und es hat mich auch niemand aus dem Bett geklingelt, auch nicht Georg, was ich allerdings im nächsten Moment schon wieder bereue. Mein Handy hatte ich die ganze Nacht über an. Ich wäre mit Sicherheit wach geworden, wenn ich eine Nachricht bekommen hätte, trotzdem greife ich danach, um es zu überprüfen. Es ist zehn Uhr, und tatsächlich habe ich doch eine Mitteilung bekommen! Komisch, dass ich das nicht gehört habe. Ich muss wirklich geschlafen haben wie ein Stein. Voller Erwartung schaue ich, von wem sie ist. Ich seufze, als ich sehe, dass sie von Rici ist.

»Wartest du immer noch?«, lese ich.

»Nein, ich gehe jetzt duschen und dann zu ihm. Wenigstens hat er mir gesagt, wo er wohnt.«, tippe ich in mein Handy. Wahrscheinlich wird er denken, dass ich wahnsinnig geworden bin. Es ist jetzt gerade mal ein Tag her – und schon halte ich es nicht mehr aus ohne ihn. Was ist nur los mit mir?

»Braves Mädchen!«, kommt kurz darauf die Antwort.

Eine halbe Stunde später stehe ich vor Georgs Haus und drücke entschlossen den Klingelknopf. Als nur kurz darauf die Türöffnungsanlage summt, zucke ich zusammen. Meine Entschlossenheit schwindet in dem Moment, in dem ich gegen die Tür drücke. Seine Wohnung ist im ersten Stock. Noch kann ich umdrehen und unbemerkt verschwinden ...

»Marlene ...« Georg trägt wieder seine graue Jogginghose und ein weißes T-Shirt, aber heute finde ich sogar seinen Schlabberlook sexy an ihm.

»Mist«, murmele ich.

»Was ist? Ist was passiert?«

»Nein, aber kaum sehe ich dich, sind sie wieder da – die Schmetterlinge.« Das stimmt nicht ganz. Genau genommen sind sie die ganze Zeit über nicht verschwunden.

»Das hört sich gut an.«

Georg lächelt mich an, und ich atme erleichtert auf. Immer noch stehe ich vor seiner Wohnungstüre und warte darauf, dass er mich hereinbittet. Ob er vielleicht nicht alleine ist? Dann verschwinde ich am besten sofort wieder.

»Ich habe nicht damit gerechnet, dich so schnell wiederzusehen. Ich dachte, du brauchst mehr Zeit. Komm doch rein.«

»Dann hast du dich deswegen gestern nicht mehr bei mir gemeldet? Weil ich dir gesagt habe, dass ich Zeit brauche? Aber das habe ich so doch gar nicht gemeint! Und dann bist du einfach so verschwunden.«

Mittlerweile stehe ich in Georgs Diele, und er hat die

Tür hinter uns zugezogen. Er scheint also keinen Besuch zu haben.

»Ich war zugegebenermaßen neugierig, wie lange du es wohl aushältst. Aber ich habe gehofft, dass es nicht allzu lange dauert, bis du merkst, dass ich dir fehle«, gibt er unumwunden zu. »Spätestens morgen wäre ich aber zu dir gekommen, um mal zu schauen, wie weit du schon bist.«

»Ich habe ja nicht wirklich lange gebraucht, oder? Du hast mir nämlich in dem Moment schon gefehlt, in dem du zur Tür raus bist.« Es fällt mir schwer, das zuzugeben, aber es ist die Wahrheit.

»Marlene, heute lasse ich dich nicht mehr gehen …«

»Gestern bist *du* auf und davon, nicht ich …«

Wenn ich in Filmen schöne Liebesszenen sehe, wünsche ich mir oft sehnsüchtig, ich wäre die Frau, die da gerade weiche Knie bekommt, weil der Mann ihrer Träume sich endlich für sie entscheidet. Ich schmelze geradezu dahin, wenn er liebevoll mit beiden Händen ihr Gesicht umfasst, ihr noch einmal tief in die Augen blickt, um sie erst zärtlich, dann immer leidenschaftlicher zu küssen. Wenn er sie hochhebt, sie auf Händen trägt, was immer spielend leicht aussieht, weil in den Filmen die Frauen federleicht und die Männer sehr stark sind. Wenn er sie in sein Schlafzimmer tragen möchte, dort aber nicht mit ihr ankommt, weil er schon in der Diele nicht von ihr lassen kann. Wenn er sie gegen die Wand drückt und sie ihre Beine um seinen Körper schlingt, sich ihre Bluse herunterreißt und fast wahnsinnig wird, als er durch den seidigen Stoff ihres BHs an ihren Brustwarzen knabbert. Und weil sie Halt sucht, greift sie in den Raum und bekommt dabei den Garderobenständer zu fassen, der daraufhin umkippt und mit einem lauten Knall zu Boden fällt.

»Autsch!«

Ich bin die Frau aus dem Film – und es fühlt sich noch besser an, als ich es mir vorgestellt habe. Nur hat Georg gerade den Aufschrei getan und erschrocken innegehalten, weil ihn der Kleiderständer am Kopf getroffen hat.

»Tut es weh?«, frage ich kleinlaut.

Grinsend reibt sich der Mann, der wirklich verdammt gut aussieht und geradewegs aus einem Liebesfilm in mein Leben gefunden hat, über die schmerzende Stelle.

»Nein, geht schon«, sagt er tapfer, greift nach meiner Hand und zieht mich mit in sein Schlafzimmer.

Ein guter Liebesfilm läuft etwa hundert Minuten und hat in der Regel ein Happy End. Eine einzige Liebesszene mit Georg dauert bedeutend länger – und endet auch glücklich. Ich habe keine Ahnung, wie spät wir es haben, es dürfte aber bestimmt drei Uhr nachmittags sein. Mein Magen knurrt, weil ich seit dem Süßkram gestern Abend nichts mehr gegessen habe.

»Ich hol uns was zu essen«, beschließt Georg und setzt sich auf die Bettkante.

Er hat wirklich einen sehr schönen Rücken, den ich bei der Gelegenheit eingehend mustere. Er dehnt und streckt sich, sodass ich seine Muskeln bewundern kann.

»So wie du aussiehst, gehst du regelmäßig in die Muckibude.«

»Nein, aber ich trainiere ab und zu in der Praxis. Außerdem gehe ich schwimmen oder joggen, manchmal auch Fahrrad fahren. Früher bin ich Triathlon gelaufen, aber an Wettkämpfen nehme ich nicht mehr teil.«

Verschmitzt lächelt Georg mich über die Schulter hinweg an. »Gefalle ich dir?«

»Ja.« Anscheinend hatte Ben recht. Ich stehe wirklich auf ältere Männer. Allerdings sollten sie nicht dicklich, sondern so gut gebaut sein wie der, mit dem ich mich gerade im Bett gewälzt habe. Aber Georg ist ja auch eigentlich nicht so viel älter.

Was Ben wohl dazu sagen würde?, schießt es mir plötzlich durch den Kopf.

»Was ist los? Warum siehst du plötzlich so ernst aus?« Georg nimmt innerhalb von Sekunden wahr, wenn meine Stimmung sich ändert.

»Vielleicht weil ich eben nicht so der lustige Typ bin?«

Zärtlich streicht Georg mir das Haar aus dem Gesicht. In diesem Punkt unterscheidet er sich von Ben. Der würde jetzt irgendeinen Spaß machen, um mich wieder zum Lächeln zu bringen. Georg nimmt mich einfach so, wie ich bin. Er küsst mich sanft und steht auf.

Gerade in dem Moment brummt mein Handy, das irgendwo auf dem Boden liegt. Noch bevor ich etwas sagen kann, hebt Georg es auf und drückt es mir in Hand. »Ich mach mich dann mal an die Arbeit.« Kurz darauf höre ich ihn in der Küche rumwerkeln.

Die SMS ist von Rici. »Wenn du mir nicht bald sagst,

was bei dir los ist, platze ich vor Neugierde. Außerdem mache ich mir Sorgen.«

Keine zehn Sekunden später habe ich meine Freundin am anderen Ende der Leitung.

»Hi«, flüstere ich.

»Was ist los? Warum sprichst du so leise?«

»Ich bin bei ihm. Er ist gerade in der Küche und kommt bestimmt gleich wieder.«

»Na und, ich bin deine Freundin, nicht dein Ehemann!«

Rici hat recht. Es gibt nichts zu verheimlichen.

»Eigentlich schade, wir wären bestimmt ein süßes Ehepaar.« Kaum ausgesprochen, muss ich kichern.

»Marly, hast du etwa gerade Sex gehabt?«

»Wieso?«

»Du klingst so!«

»Ja, aber es ist schon vorbei, leider. Du hast genau den richtigen Zeitpunkt abgepasst.«

Als Georg mit einem voll beladenem Tablett zurück ins Schlafzimmer kommt, flachse ich noch immer mit Rici herum.

»Es ist meine Freundin«, raune ich ihm zu. »Sie hat sich Sorgen gemacht und wollte nur wissen, wie es mir geht.«

Georg stellt einen Teller mit gezuckerten Erdbeeren und eine Flasche Sekt auf dem Nachtschränkchen ab, beugt sich zu mir herunter und sagt laut: »Ihr geht es gut. Sie meldet sich … morgen?« Fragend sieht er mich an. Als ich nicke, wiederholt er: »Marlene meldet sich morgen wieder bei dir. Sie hat jetzt leider keine Zeit.« Lachend lege ich auf. Es dauert nicht lange, da brummt mein Handy erneut.

»Du Glückliche!«, lese ich.

Wie richtig Rici damit liegt! Ich bin tatsächlich glücklich. Ob das an den Endorphinen liegt, die beim Sex ausgeschüttet werden? Wenn ja, schwirren anscheinend momentan gleich massenweise davon in meinem Körper herum.

Es ist nicht so, dass ich noch nie guten Sex hatte. Meinen ersten Freund konnte ich zwar diesbezüglich vergessen. Aber mit Timo hat es zum Beispiel immer sehr viel Spaß gemacht, auch wenn es mir manchmal eher wie Sportgymnastik vorkam. Er hatte den Hang dazu, ständig neue Stellungen auszuprobieren. Die waren manchmal sehr anstrengend oder sogar schmerzhaft. Zum Geburtstag hat er mir ein Kamasutra-Buch geschenkt, an dem zumindest er eine Menge Freude hatte. Aber immerhin hat er sich Gedanken darüber gemacht, wie wir unser Sexleben spannend gestalten können. Und es war ihm wichtig, dass ich auch meinen Spaß daran hatte. Wenn ich keine Lust auf anstrengende Experimente hatte, hat er mich auch gerne stundenlang massiert oder anders verwöhnt.

Weniger ist manchmal mehr. Georg hat mich kein einziges Mal verrenkt, verdreht, verknotet oder irgendwie sonst im Bett herumgescheucht. Er hat mich unendlich lange gestreichelt, mal ganz sanft, dann wieder fordernder. Als er betont langsam fast jede Stelle meines Körpers geküsst hat, bin ich fast wahnsinnig geworden vor Verlangen, aber er hat mich warten lassen. Lieber hat er eingehend mit seiner Zunge meine rechte Leistengegend bearbeitet, sich wieder zu mir hochgeküsst und mir ins Ohr geflüstert: »Ich bleibe nur rechts. Das hilft deiner schiefen Gebärmutter. Durch die Kontraktion ziehen sich die Bänder gerade, an der sie hängt.« Als ich deswegen lachen musste, hat er mir gesagt, dass ich sehr schön bin, wenn ich lache. Aber noch schöner sei ich, wenn meine Augen diesen tiefgrünen Farbton annehmen würden, so wie gerade in diesem Moment. Und dann hat er mich geliebt. Dabei hat er ständig irgendwelche schönen Dinge gesagt, zum Beispiel dass ich mich gut anfühle, gut rieche, schöne Haut habe. Ab und zu hat er mich gefragt, ob es richtig so sei, ob er langsamer machen soll, fester oder vorsichtiger. Aber ich hatte nichts, aber auch wirklich gar nichts, an alledem auszusetzen. Ich habe es einfach nur genossen.

Danach habe ich völlig verschwitzt und außer Atem neben ihm gelegen.

»War ich laut?«, habe ich gefragt.

»Ein bisschen«, hat Georg geantwortet, wobei er bis über beide Ohren gegrinst hat – und ich bin rot geworden wie eine vollreife Tomate.

Wahrscheinlich liegt es auch an den Endorphinen, dass ich noch immer keinen großen Hunger habe. Ich habe nur an den Erdbeeren genascht und dazu ein Glas getrunken.

»Hast du Lust auf einen Spaziergang?«, fragt Georg.

Da erst fällt mir auf, dass ich die große Dogge noch gar nicht in der Wohnung gesehen habe.

»Mit Tilda?«

»Ja, sie ist bei meinen Eltern. Sie haben einen großen Garten, in dem sie sich austoben kann. Nachdem Rebecca und ich uns getrennt haben, haben wir unser Haus verkauft, und ich bin in die Wohnung hier gezogen. Sie ist eigentlich zu klein für die große Dogge, und ich wollte schon längst wieder umgezogen sein, aber dann kam die Praxiseröffnung dazu. Und irgendwie fehlte mir bisher auch der nötige Schwung dafür.«

Der Gedanke, dass Georg mit seiner Exfrau in einem Haus zusammengewohnt hat, versetzt mir einen Stich. Das bedeutet, dass sie sich ein Nest gebaut haben, dass er sie geliebt hat – und dass sie vielleicht genauso verschwitzt und glücklich wie ich jetzt in seinen Armen gelegen hat. Dafür dass Georg erst die eine Frau hatte, hat er sich eben verdammt geschickt angestellt. Sie mussten viel geübt haben.

»Was ist los, Marlene?«

Ich bin eifersüchtig, das ist los. Das Gefühl trifft mich völlig überraschend. Ich habe erst ein paar schöne Stunden mit Georg verbracht, und schon läuft mir die Galle über bei dem Gedanken, dass er mit seiner damaligen Ehefrau geschlafen hat. Ich habe überhaupt nicht das Recht, hier irgendwelche Ansprüche zu stellen. Zudem ist sie eine mir völlig unbekannte Person aus seiner Vergangenheit. Und ich habe schließlich auch mit dem einen oder anderen Mann schöne Zeiten verbracht.

»Weißt du was? Ich glaub, ich bin tatsächlich eifersüchtig«, gebe ich perplex zu.

17 Denk nicht nach, Marly, tu es einfach!

Das mit dem Glück ist so eine Sache. Es hält nämlich nie lange an, zumindest nicht bei mir. Irgendwann passiert immer irgendetwas, und es reißt mir den Boden unter den Füßen weg, und zwar ohne Vorwarnung.

An meinem sechsten Geburtstag habe ich ein wunderschönes, knallrotes Fahrrad geschenkt bekommen. Stolz und überglücklich bin ich damit den ganzen Tag über durch die Gegend gefahren. Als ich am Abend heimkam, fand ich meinen Hamster Kalle tot und steif in seinem Käfig.

Dass meine Eltern Probleme miteinander hatten, habe ich nie mitbekommen. Ich bin bis zu dem Tag, an dem ich als Jugendliche meinen Vater mit der Nachbarin sah, davon ausgegangen, dass alles in meinem Elternhaus in Ordnung sei. Ich hatte wirklich eine sehr glückliche Kindheit, meine Eltern waren immer für mich da. Und dann brach von einem Moment auf den anderen meine heile Welt zusammen. Wie damals, als Kalle genau an meinem Geburtstag gestorben ist.

Als ich mein Studium mit einer sehr guten Note abgeschlossen hatte, starb überraschend meine Großmutter, und ich sagte die lang erwartete Examensfeier kurzerhand ab.

Und schließlich verschwand Ben ganz plötzlich aus meinem Leben, gerade als ich mir über meine wahren Gefühle für ihn klar geworden war.

Ich bin momentan so dermaßen glücklich, dass mir mein Höhenflug Angst macht. Seit sechs Wochen schon habe ich einen wundervollen Freund, mit dem ich viel Zeit verbringe. Durch ihn habe ich noch andere nette Menschen kennengelernt, die auch hier in der Nachbarschaft wohnen. Und auf unseren Spaziergängen mit Tilda haben wir zusammen neue Leute kennengelernt. Für Caruso habe ich eine Klappe ins Küchenfenster einbauen lassen – und eine neue Armatur mit Sensor. Ben hätte mit Sicherheit seinen Spaß daran gehabt. Caruso kommt und geht, wann er will, ist aber nie länger als einen Tag verschwunden.

Die Freundschaft zu Hilde hat sich weiter gefestigt, und wir haben wie geplant den Garten gemeinsam auf Vordermann gebracht. Dabei hat Hilde irgendwo ihren Ehering verloren, was mir unendlich leidtut. Wir haben überall gesucht, aber ihn nicht wiedergefunden. Ich habe sogar das Beet noch einmal umgegraben, in der Hoffnung er könnte sich irgendwo in der Erde versteckt haben. Die Erdbeeren sind reif und aus den weißen Apfelbaumblüten sind viele kleine Äpfel geworden, aber Hildes Ring bleibt verschwunden.

Auch die Beziehung zu meinen Vater hat sich gebessert.

Wir haben uns wieder häufiger gesehen, denn ich passte regelmäßig auf meinen kleinen Bruder auf, der mir mittlerweile richtiggehend ans Herz gewachsen ist. Und bei dieser Gelegenheit haben wir tatsächlich auch mal ernsthaftere Gespräche geführt, und ich fühle mich ihm wieder näher.

Meine Mutter hat Spaß daran, dass mein Vater um sie kämpft, lässt ihn aber weiter zappeln.

Und Rici? Die hat sich tatsächlich für ihr Medizinstudium entschieden. Schon im Oktober will sie loslegen. Sie hat Spaß bis über beide Backen daran und freut sich für mich, dass es mir endlich auch wieder gut geht.

Nur ich kann mich nicht wirklich freuen. Heute ist Freitag, der Dreizehnte, der Tag, an dem ich mich unter normalen Umständen mit Ben treffen würde. Aber Ben ist tot.

Unglücklich rolle ich mich im Bett zusammen und breche in Tränen aus. Weil Ben mir noch immer sehr fehlt, weil ich ihm nie gesagt habe, wie sehr ich ihn liebe – und weil ich plötzlich eine ganz diffuse Angst in mir fühle.

»Hätte ich es ihm doch nur früher gesagt«, schluchze ich und starre blinzelnd an die Decke, in der Hoffnung, Ben könnte von oben zu mir heruntersehen. Dabei durchzuckt mich plötzlich ein Gedanke, der mich erstarren lässt. Was, wenn Georg etwas zustößt? Und wenn ich dann auch nie mehr die Gelegenheit dazu bekäme, ihm zu sagen, was ich für ihn empfinde? Er bewundert meine Offenheit, und dass ich immer ehrlich bin, aber die *eine*, die wichtigste Sache, habe ich ihm bisher verschwiegen –

dass ich ihn liebe. Ben wird immer einen Platz in meinem Herzen behalten, aber Georg liebe ich auch, das spüre ich.

Ohne weiter darüber nachzudenken, springe ich auf und greife nach den Autoschlüsseln. Nur eine Minute später sitze ich im Auto und fahre los. Georg ist um diese Uhrzeit in seiner Praxis. Die Fahrt dauert nur zehn Minuten. Zehn Minuten, in denen mein Herz laut klopft vor Aufregung, weil ich zum ersten Mal in meinem Leben die magischen drei Worte aussprechen werde.

Ich sehe die beiden, kaum dass ich in der Parklücke stehe. Georg steht nah bei einer Frau mit dunklem, langem Haar. Er umgreift ihr Gesicht, beugt sich zu ihr herunter und küsst sie zärtlich auf den Mund. Dann zieht er sie an sich heran und hält sie fest im Arm – Rebecca, ich habe keinen Zweifel. Georg hat mir mal ein Foto von ihr gezeigt, als ich ihn darum gebeten habe.

Wie in Trance starte ich das Auto wieder und fahre los. Ich schaue nicht zurück, ich möchte einfach nur weg. Alles, was ich momentan fühle, ist Eiseskälte, die sich langsam in mir ausbreitet und mich trotz sommerlicher Temperatur frösteln lässt – und das trügerische Gefühl, dass das eben Gesehene ein böser Traum gewesen sein *muss*. Aber ich träume nicht, wie ich kurz darauf feststelle, denn als ich um die Ecke biege, sehe ich den Rettungswagen vor unserem Haus stehen. Eine Frau wird auf einer Bahre aus dem Haus getragen. Bitte lass es nicht Hilde sein, bitte lass es nicht Hilde sein …

»Es ist eine schwere Sepsis«, sagt der Arzt später im Krankenhaus zu mir, nachdem ich mich ihm als Nachbarin und enge Vertraute vorgestellt habe.

»Das heißt?« Voller Angst warte ich auf die Antwort. Ich wusste es, ich habe es gespürt, dass irgendetwas Schlimmes geschehen würde.

»Blutvergiftung. Ihre Organe haben versagt. Wir haben Frau Schuster in ein künstliches Koma versetzt. Ich möchte Ihnen keine falschen Hoffnungen machen, aber Sie müssen sich mit dem Gedanken auseinandersetzen, dass sie nicht wieder aufwachen wird. Sie bekommt ein Antibiotikum, und wir können nur hoffen, dass es rechtzeitig anschlägt.«

»Darf ich sie sehen?«

»Tut mir leid, momentan nicht. Sie liegt auf der Intensivstation – und Sie gehören nicht zur Familie. Wissen Sie, ob es nahe Angehörige gibt, die wir informieren müssen?«

»Sie ist Witwe und hat keine Kinder. Aber es gibt einen Neffen, Georg Sander ...«

Heute Morgen schien meine Welt noch halbwegs in Ordnung, jetzt ist sie komplett aus den Fugen geraten. Ich fühle mich so leer, dass ich noch nicht einmal weinen kann. Dass Georg mir das Herz gebrochen hat, hätte ich vielleicht irgendwann verkraftet, aber die Sache mit Hilde raubt mir fast den Verstand. Ich brauche jetzt unbedingt einen Menschen in meiner Nähe, der mich einfach nur in den Arm nimmt.

Ich rufe Rici an. »Kannst du zu mir kommen? Es sind schreckliche Dinge passiert. Ich habe Georg mit Rebecca erwischt. Und Hilde ist…«

Meine Freundin macht sich sofort auf den Weg, und keine zehn Minuten später klingelt es an meiner Tür. Doch als ich öffne, steht nicht Rici draußen, sondern mein Blick fällt auf Caruso, der neben einem Kübel voller Margeriten sitzt und mich von unten herauf anmaunzt. Völlig überwältigt gehe ich in die Knie, greife nach dem großen Umschlag, der in den Blumen steckt, und reiße ihn mit zittrigen Fingern auf.

Marly, meine liebe Marly,
heute ist unser Tag. Pack deinen Koffer,
lass dich von Rici zum Flughafen bringen
und fliege los.
Das Ticket findest du in dem Umschlag.
Denk nicht nach, Marly, tu es einfach!
Halte dich links, wenn du gelandet bist.
Du wirst auf jeden Fall abgeholt.
Ich freue mich sehr auf dich!
Ben

Bevor ich überhaupt begreife, was hier vor sich geht, betritt Rici das Treppenhaus und nimmt mich tröstend in den Arm. Der Kater flitzt an ihren Füßen vorbei nach draußen.

Ich drücke ihr mit großen Augen den Brief in die Hand. »Das Ticket hier ist für einen Flug nach Inverness, Rici.

Ben will, dass ich ihn besuche ... Ich muss noch meine Sachen packen, aber es geht ganz schnell. Fährst du mich?«

Ich lasse sie einfach stehen und gehe ins Schlafzimmer an meinen Kleiderschrank, ziehe meinen Koffer hervor und werfe ein paar Klamotten hinein.

»Das hast du nicht wirklich vor, oder?«, fragt Rici, die mir hinterhergelaufen kommt, entsetzt. »Wer um Himmels willen ist denn so geschmacklos, dir einen derartigen Brief zu schreiben? Du glaubst doch nicht ernsthaft, er ist wirklich von Ben?«

»Nein, eigentlich nicht. Oder doch. Ich weiß, dass es unmöglich ist. Und ich habe gerade gewaltig Angst durchzudrehen. Aber irgendwas treibt mich dazu an, dem Ganzen spontan nachzugehen.«

»Ich weiß nicht, Marly. Ich habe ehrlich gesagt überhaupt kein gutes Gefühl dabei. Ich mach mir Sorgen um dich.«

»Wenn du mich nicht fährst, rufe ich ein Taxi. Ich muss das machen, Rici. Ich kann dir auch nicht genau erklären warum. Ich fühle nur, dass es wichtig für mich ist. Und wenn ich nicht fliege, werde ich mich mein Leben lang fragen, was dort in Schottland abgelaufen wäre. Ich würde es mir nie verzeihen, jetzt zu kneifen.«

»Versprich mir, dass du zurückkommst!«

»Warum sollte ich dort bleiben?« Ich ging ins Bad.

»Keine Ahnung, das ist nur so ein Gefühl.«

Meine Freundin hat wirklich Angst um mich. Das kann ich gut verstehen, trotzdem packe ich weiter unnachgiebig meinen Toilettenbeutel. »Der Rückflug ist in drei Tagen. Länger bleibe ich nicht weg, versprochen. Kannst du bitte Caruso jeden Tag sein Futter hinstellen?«

Bevor Rici gekommen ist, habe ich regungslos den Brief mindestens zehnmal durchgelesen und jedes Mal wieder festgestellt, dass er in Bens Handschrift verfasst ist. Niemand sonst zieht die Anfangsbuchstaben nach oben und unten so in die Länge wie er. Ich gehe also davon aus, dass die Einladung tatsächlich aus Bens Feder stammt. Mein erster Gedanke war, Ben könne das alles bereits vor seinem Tod geplant haben. Da er allerdings nie gerne lange Zeit im Voraus Pläne geschmiedet hat, verwarf ich den Gedanken wieder. Dann ist mir ein ganz ungeheuerlicher Gedanke gekommen.

Was, wenn Ben noch lebt? Ich habe seinen toten Körper nie gesehen. Es könnte ja doch ein anderer in seinem Sarg gelegen haben. Immerhin halte ich Bens Brief und das Flugticket in meinen Händen.

Vielleicht ging ihm das mit der Verlobung doch zu schnell und er hat deswegen das Weite gesucht? Nein, so etwas würde Ben seinen Eltern niemals antun, und mir auch nicht. Er hätte wenigstens uns Bescheid gesagt. Aber es könnte doch sein, dass er es gar nicht mitbekommen hat, weil er sein Gedächtnis verloren hat. So was soll vorkommen.

Ich weiß, dass Ben nicht mehr am Leben ist. Trotzdem finde ich immer mehr Gründe dafür, dass ich mich vielleicht doch irre.

Ich muss der Sache auf den Grund gehen und fliegen.

Und ich wünsche mir nichts sehnlicher, als dass Ben mich am Flughafen in Schottland abholt...

Wir sitzen schon im Auto, als mein Handy klingelt. Auf dem Display sehe ich, dass es Georg ist.

»Das hätte ich Georg niemals zugetraut«, sage ich unglücklich, und Rici streichelt mitfühlend über meinen Arm. Dann schalte ich mein Telefon aus, und wir fahren los.

Am Düsseldorfer Flughafen herrscht lebhafter Betrieb. Zum Glück kenne ich mich einigermaßen aus, und wir finden schnell den richtigen Check-in-Schalter. Meine Freundin umarmt mich, und ich mache mich auf den Weg zur Sicherheitskontrolle. Da fällt mir noch etwas ein, und ich rufe ihr noch mal hinterher.

»Ich weiß nicht, ob sie mir im Krankenhaus telefonisch Auskunft über Hilde geben. Ich versuche es jedenfalls. Aber wenn nicht, könntest du dann bitte bei Georg nachfragen? Ich möchte in jedem Fall wissen, was mit ihr ist...«

»Mach ich, versprochen. Und melde dich bei mir, sobald du dort bist. Sag mir auf jeden Fall, was das alles zu bedeuten hat. Wenn dir irgendetwas auch nur ansatzweise merkwürdig vorkommt, setz dich ins nächste Flugzeug und komm zurück. Ich sollte dich eigentlich sowieso nicht alleine fliegen lassen. Vielleicht ist ja noch ein Platz frei. Warte, ich frag mal schnell nach ...«

Dass Rici spontan beschließt, mich zu begleiten, freut mich unwahrscheinlich. Während ich noch in der Warteschlange stehe, ruft sie Christoph an. Kurz und knapp erklärt sie ihm, er müsse sich das Wochenende um Emma kümmern, weil es sich um einen Notfall handele und sie mich auf keinen Fall alleine lassen könnte. Dann zwinkert sie mir zu und verschwindet in der Abflughalle. Kurz darauf kommt sie enttäuscht zurück, weil sie kein Ticket mehr bekommen hat. Der Flug ist komplett ausgebucht, sogar in der ersten Klasse.

»Wir wären wirklich ein gutes Ehepaar, wir beide«, sage ich lächelnd zu ihr. Dann gehe ich festen Schrittes durch die Sicherheitskontrolle.

18 So einen schrägen Traum hatte ich noch nie

Ich fliege nicht gerne. Sobald das Flugzeug auf die Startbahn rollt, bekomme ich Herzrasen und schwitzige Hände.

»Nervös?« Neben mir sitzt ein sympathischer Typ mit dunklem Haar, der mich aus braunen Augen freundlich anlächelt.

»Ein bisschen«, gebe ich zu.

»Ich auch. Mir geht es erst wieder besser, wenn wir gelandet sind und ich festen Boden unter den Füßen verspüre.«

»Dauert ja nur knappe zwei Stunden«, antworte ich sarkastisch, schließe die Augen und drehe meinen Kopf von ihm weg. Zum Glück versteht er, dass ich mit meinen Gedanken allein sein möchte.

Tief durchatmen, denke ich, jetzt bloß nicht anfangen zu heulen. Aber der Kloß in meinem Hals verdichtet sich zunehmend, und der Schmerz, den ich bis eben noch in der Brust gefühlt habe, breitet sich in meinem ganzen Körper aus.

Gestern Morgen stand ich noch gut gelaunt in Georgs Küche. Ich war gerade dabei, uns das Frühstück zuzubereiten, bin aber nicht weit mit meinen Vorbereitungen dafür gekommen. Georg wünschte sich Kaffee aus meinem Bauchnabel und gab keine Ruhe, bis ich ihn die braune Flüssigkeit aus der kleinen Kuhle schlürfen ließ. Den Honig genoss er mit Hingabe von meinen Brüsten. Als er nach zwei gekochten Eiern verlangte, habe ich mich kringelig gelacht und mein Frühstückslokal geschlossen. Wir duschten zusammen und brachen danach auf. Georg fuhr in seine Praxis und ich in meine Wohnung, um dort auf Luke aufzupassen.

Ich bin mit ihm in den Garten gegangen, und er hat in meinem Glasatelier ganz tolle Bilder gemalt. Mein kleiner Bruder hat Spaß an den Farben und seine gekleksten Kunstwerke sind mindestens genauso schön wie das Bild, das nun über meiner Couch hängt, Caruso in Pink. Dann kam Rici mit Emma, und wir sind zusammen am Rhein spazieren gegangen. Wie erhofft verstehen sich die beiden ganz prächtig. Die Kinder haben Steinchen ins Wasser geworfen, und auf dem Rückweg habe ich noch im Hofladen eines Bauern Obst und Gemüse gekauft, das wir dann gemeinsam für das Abendbrot geschält und geschnippelt haben. Dazu gab es kleine Brot-Schäfchen, so wie meine Mutter sie früher für mich zubereitet hat. Frisches Brot mit Butter, in schmale Streifen geschnitten. Unser Festmahl, zu dem auch mein Vater nach Feierabend dazukam, haben wir dann zusammen im Garten auf einer Decke verspeist. Es war ein herrlicher Tag – und ich war glücklich.

Am Abend habe ich noch einmal kurz mit Georg telefoniert. Er war mit Mick verabredet, und so beschloss ich, mal wieder einen gemütlichen Abend alleine zu verbringen. Ich lag erst lange in der Badewanne, dann hörte ich Musik von Herbert Grönemeyer und machte mich mal wieder über die Kiste mit Bens Erinnerungsstücken her. Dabei fiel mir der schwarze Latexklumpen in die Hände, den er mir an einem unserer Freitagstreffen in Genf geschenkt hat. Ben war damals ganz begeistert von der Behauptung, dass in dem Forschungsinstitut CERN Schwarze Löcher erzeugt werden könnten. Da ich Schwarze Löcher bisher nur aus fernen Galaxien in Science-Fiction-Filmen kannte, versuchte er mir, deren Entstehung und Funktionsweise zu erklären. Vor meinem Rückflug schenkte Ben mir den schwarzen Klumpen, in den er ein tiefes Loch gearbeitet hatte. Darin befanden sich viele bunte kleine Smarties, die ich dann auf der Heimreise verspeist habe.

Als ich Bens Abschiedsgeschenk gestern in den Händen hielt, kippte auf einmal meine Stimmung. Ich bekam ein schlechtes Gewissen, weil ich die Tage davor wenig an Ben gedacht habe – und weil ich auch ohne ihn glücklich war. Zum ersten Mal seit sechs Wochen habe ich wieder schlecht geschlafen und wirres Zeug geträumt.

Morgens bin viel zu spät aufgewacht, und auch nur, weil Caruso auf seinem Weg zur Spüle den Glaskrug von der Arbeitsplatte auf den Fußboden katapultiert hat. Ich saß senkrecht im Bett, als ich das laute Scheppern gehört hatte, und bin mit diesem diffusen Gefühl aufgestanden, dass heute irgendetwas Schlimmes passieren würde. Ich sehnte mich nach Georg und seiner Nähe. Die letzten

Wochen haben wir fast jede Nacht miteinander verbracht, und ich fühlte mich plötzlich sehr einsam. Zu diesem Zeitpunkt wusste ich noch nicht, dass das auch in Zukunft wieder täglich der Fall sein wird.

»Hier, nimm.« Mein Sitznachbar hält mir ein Papiertaschentuch direkt unter die Nase. Ich habe gar nicht bemerkt, dass mir trotz geschlossener Augen die Tränen in dicken Tropfen über die Wangen laufen. »Kann ich dir irgendwie helfen? Ich bin übrigens Gabriel.«

»Danke, ich heiße Marly. Es geht schon wieder«, sage ich schniefend und schaue verlegen aus dem Fenster. Der Himmel sieht irgendwie eigenartig aus. Er wirkt ungewöhnlich milchig, so als würden wir uns mühsam durch einen dicken Wattebausch fortbewegen. Ich bin schon einige Male geflogen, auch durch Wolkendecken, aber so etwas habe ich noch nicht erlebt. Als wir die weiße Wand nach mehreren Minuten noch immer nicht durchbrochen haben, werde ich nervös.

»Der Himmel sieht komisch aus, findest du nicht? Irgendwie wie dickflüssige Milch.«

Interessiert beugt sich der Typ zu mir herüber und sieht aus dem Fenster. »Das sieht aus wie dichter Nebel, aber in Glasgow soll ausnahmsweise klares Wetter sein.«

»In Schottland ist das Wetter ja meistens eher wechselhaft«, nehme ich nun das Gespräch auf. Vielleicht lenkt es mich ja ein wenig ab. »Fliegst du nach Glasgow weiter oder nimmst du den Zug dorthin?«

»Wieso? Der Flug geht doch direkt nach Glasgow.«

»Nein, ich fliege nach Inverness.«

182

»Aber nicht mit diesem Flugzeug.«

»Doch, ganz bestimmt.« Meine Bordkarte steckt im Vorderfach meiner Handtasche. Schnell habe ich sie herausgezogen und halte sie meinem Sitznachbarn unter die Nase. »Hier, da steht es.«

»Mein Flug geht aber nach Glasgow, ganz sicher«, behauptet er noch einmal und zieht nun auch seine Bordkarte heraus. Verdutzt halten wir die beiden Abschnitte nebeneinander, um sie zu vergleichen.

Als wir gleichzeitig die Hälse recken, um nach einer Stewardess Ausschau zu halten, mischt sich eine ältere Dame aus der Reihe hinter uns in die Diskussion ein. Offenbar hat sie alles mitgehört.

»Sie sind wohl heute zum ersten Mal dabei?«

»Wobei? Was meinen Sie?« Ich fliege nach Inverness! Ich habe richtig eingecheckt, und das Flugpersonal hat meine Bordkarte überprüft. Säße ich im falschen Flugzeug, hätte sich bestimmt schon jemand beschwert, dem ich den Sitzplatz weggenommen hätte. Immerhin scheint der Flieger ausgebucht zu sein.

»Sehen Sie sich doch mal den Namen der Fluggesellschaft auf Ihrer Karte an.«

»*Journey to heaven*«, lese ich laut vor. Es steht ganz klein am Rand. Darauf habe ich bisher nicht geachtet.

»Das ist jetzt aber ein schräger Witz und überhaupt nicht lustig«, klinkt sich der Typ neben mir wieder ein. Er sieht richtig sauer aus.

Mittlerweile haben auch andere Fluggäste um uns herum Wind von der Irritation bekommen. Sie suchen aufgeregt nach ihren Bordkarten, einige lehnen sich nach einem Blick darauf entspannt lächelnd in ihren Sitzen zurück.

»Ich liebe diesen Moment«, sagt ein Mann aus dem Gang gegenüber zu der Dame hinter uns. »Er ist immer wieder schön. Finden Sie nicht auch?«

»Gleich geht es los«, sagt sie und kichert wie ein junges Mädchen.

Ich verstehe im nächsten Moment, was sie damit meint, denn auf einmal sind Stimmen aus allen Reihen zu hören.

»Ich fliege nach Lissabon«, ruft eine junge Frau.

»Ich nach Rom!«

»Und ich nach Madrid!«

»Mein Flug geht nach Izmir …«

»Izmir? Ich dachte, wir fliegen nach Kopenhagen.«

Sämtliche Passagiere im Flieger reden nun durcheinander und vergleichen ihre Bordkarten. In der Reihe vor uns beginnt eine junge Frau zu weinen. Sie dürfte etwa in meinem Alter sein.

»Keine Angst, es wird sich schon alles aufklären«, versuche ich sie zu beruhigen und drücke tröstend ihre Schulter.

Als sie sich zu mir umdreht, wischt sie sich die Tränen aus dem Gesicht. »Ich habe keine Angst, ich freue mich einfach so sehr, dass ich meinen Mann noch einmal sehen darf. Er ist vor einem Dreivierteljahr ganz plötzlich gestorben. Und dann kam gestern diese Einladung mit dem Flugticket …«

Sprachlos drehe ich mich zu Gabriel, der nun ganz blass neben mir sitzt.

»Meine verstorbene Zwillingsschwester hat mir die Einladung geschickt«, erklärt er. »Ich hielt es für einen schlechten Scherz und bin nur geflogen, weil ich herausfinden wollte, wer so geschmacklos sein kann.«

»Macht euch keine Gedanken, Kinder«, höre ich die ältere Dame hinter mir. »Lasst es einfach zu.«

Gerade als ich etwas darauf sagen möchte, ertönt die tiefe Stimme des Flugkapitäns aus den Lautsprechern und teilt uns mit, dass wir nun zum Landeanflug ansetzen und uns anschnallen sollen.

Die letzten Monate habe ich ja allerhand merkwürdige Dinge geträumt, aber so einen schrägen Traum hatte ich noch nie.

»Wozu anschnallen«, sage ich vor mich hin, »wenn wir doch sowieso gleich alle im Himmel sind?« Aber dann komme ich der Aufforderung nach, so wie alle anderen auch, und schaue gebannt aus dem Fenster.

Der Himmel hat sich kein bisschen verändert. Und das Flugzeug neigt sich auch nicht nach unten, um zum Landeflug anzusetzen. Es fliegt sogar in einem flachen Winkel in einer Linkskurve nach oben, sodass wir alle leicht in unsere Sitze gedrückt werden. Dann begibt es sich wieder in eine waagerechte Position, um schließlich mit einem Ruck ganz plötzlich anzuhalten.

Als die Anschnallzeichen erlöschen und um mich herum Klicklaute ertönen, löse ich auch meinen Gurt. Durchs Fenster beobachte ich, wie mehrere fahrbare

Brücken wie von Geisterhand auf das Flugzeug zugerollt kommen.

Während alle anderen bereits stehen und im Gang drängeln, um möglichst schnell nach draußen zu kommen, bleibe ich ruhig auf meinem Platz sitzen. Meinem gut aussehendem Sitznachbarn nicke ich noch einmal freundlich zu. Und erst als sich der Tumult langsam legt, reihe ich mich ein und verlasse das Flugzeug. Ich laufe durch die Gangway und stehe kurz darauf in einer riesigen Halle. Suchend schaue ich mich um, weil ich überhaupt keine Ahnung habe, wo ich mich nun hinbegeben soll. Da ertönt plötzlich eine helle Glocke, und zwei Rolltreppen beginnen sich zu bewegen. Über der einen blinkt die Anzeige *Heaven on earth*, über der anderen *Heaven's gate*.

Und jetzt? In Bens Brief stand, dass ich mich links halten soll. Ob er die beiden Rolltreppen damit gemeint hat? Ohne weiter darüber nachzudenken, stelle ich mich auf die linke Treppe, die mich in den *Himmel auf Erden* bringen soll, und bewege mich auf ihr nach oben. Die Stufe unter meinen Füßen fühlt sich weich und gleichzeitig fest an. Neugierig wippe ich mit den Füßen ein bisschen auf und ab, aber als ich dabei ein Stückchen in dem eigenartigen Material versinke, halte ich erschrocken inne. Ob es auch Weiße Löcher gibt? Und ich stecke gerade mitten drin? Der Himmel kam mir eben schon so undurchlässig vor.

Ohne Vorwarnung ist meine Fahrt beendet. Überrascht stelle ich fest, dass ich vor einer Tür mit der Aufschrift

Inverness stehe, die einfach so in dieser komischen, milchigen Wolke zu schweben scheint. Gespannt drücke ich die Klinke nach unten – und bin nur kurze Zeit später in der Ankunftshalle des Flughafens. Träume ich immer noch? Oder ist das die Realität?

Meine Füße stehen nun auf festem Boden. Es herrscht reges Treiben rings um mich rum. Jetzt schnell durch die Passkontrolle, meinen Koffer vom Laufband holen – und dann schauen, was mich hier erwartet. Auf Bens Einladung stand, dass ich abgeholt werden würde.

Neugierig schaue ich mich um. Ich bemerkte, dass ich mich völlig entspannt fühle und ruhig bin, obwohl mein Herz doch eigentlich jetzt bis zum Anschlag klopfen müsste. Irgendwie scheint alles um mich herum freundlicher geworden zu sein. So wie der Mann, der gerade lächelnd auf mich zukommt.

»Hallo Marly«, begrüßt er mich und gibt mir die Hand. »Mein Name ist Rubens, aber du kannst auch Ruby zu mir sagen. Ich soll dich abholen.«

»Kennen wir uns?« Irgendwo habe ich den Kerl schon mal gesehen.

»Schwierige Frage. Irgendwie ja, aber das sollten wir vielleicht später klären. Wir nehmen den Paternoster nach John o'Groats. Ist das alles, was du an Gepäck dabei hast?« Er greift nach meinem Koffer.

Mit dem Paternoster nach John o'Groats? Von dem Ort habe ich schon einmal gehört. Da wollte Ben nach unserem letzten Treffen, das nie stattgefunden hat, mit mir hin. Er wollte vom westlichsten Zipfel Englands bis zum nördlichsten Punkt nach Schottland mit mir reisen, von Land's End nach John o'Groats. Ich bin mir aber ziemlich sicher, dass wir als Beförderungsmittel mein Auto nehmen wollten und keinen Paternoster. Belustigt ziehe ich eine Augenbraue hoch und laufe hinter dem komischen Kauz her. Doch als ich den altertümlichen Fahrstuhl sehe, vor dem einige Leute warten, bleibe ich mit offenem Mund stehen.

»Komm«, drängelt Ruby und rückt weiter in der Reihe vor, »wir sind gleich dran.« Als es soweit ist, springt er mit einem Satz in die nächste leere Kabine. Wie angewurzelt bleibe ich mit offenem Mund stehen.

»Marly!« Auffordernd streckt Ruby seinen Arm nach mir aus – ich greife zu und hüpfe zu ihm nach oben.

Im Paternoster betrachte ich etwas genauer den Mann neben mir, der mir so seltsam bekannt vorkommt. Er hat ganz wundervolle, sanfte Augen. Seine Haare sind braun, aber an den Schläfen entdecke ich erste graue Haare. Er trägt eine ausgewaschene Jeans und ein schlichtes schwarzes Hemd. Woher kenne ich ihn nur? Und warum fühle ich mich in seiner Nähe so wohl?

»Wir sind jeden Moment da«, erklärt Ruby, und auf einmal weiß ich, wo ich ihn schon einmal gesehen habe.

Es ist der Mann aus dem Spiegel. Der in meinem eigenartigen Traum den Platz von Nathalie eingenommen hat.

»Kann man von seinen Träumen träumen?«, frage ich. »Ich meine, träume ich gerade davon, dass ich dich schon mal in einem Traum gesehen habe?«

Ruby lacht leise vor sich hin, antwortet aber nicht auf meine Frage. »Achtung, hinaus jetzt«, sagt er auf einmal und schubst mich sachte nach draußen.

Irritiert schaue ich mich um. Ich stehe in einer wunderschönen Gegend, weit und breit nur grüne Wiesen und sanfte Hügel. Eine frische Brise weht um meine Nase, und es riecht herrlich nach Salz und Meer. Ich atme tief ein, dann gehe ich einer inneren Stimme folgend die Straße entlang auf ein Haus zu, das einsam vor mir in der Landschaft steht.

19 Heißt das, ich bin ein Hauptgewinn?

Vor dem Haus steht jemand und winkt mir zu. Es ist ein Mann, und seine roten, lockigen Haare leuchten in der Sonne. Durch das warme Licht wirken sie fast kupferfarben.

»Marly!«, ruft er. »Marly!«

»Ben?«

Überwältigt bleibe ich in einiger Entfernung stehen. Aber schon einen Moment später laufe ich los, genau in Bens Arme. Übermütig dreht Ben sich mit mir im Kreis. Dann hält er inne, um mich fest an sich zu ziehen.

»Du bist hier«, sagt Ben. »Du hast dich ins Flugzeug gesetzt und bist tatsächlich hierhergekommen.«

Ich lache und weine gleichzeitig. Und zwischendurch schiebe ich Ben immer wieder auf Armeslänge weg von mir, um mich davon zu überzeugen, dass er es auch wirklich ist.

»Die neue Frisur steht dir gut«, sagt Ben lächelnd, als ich mich wieder einigermaßen gefangen habe. »Sieht richtig frech aus. – Wo ist denn dein Gepäck? Du bist doch bestimmt nicht ohne geflogen, oder?«

Ich schaue zurück, aber Ruby ist nicht mehr da. »Das

hat der Typ an sich genommen, der mich vom Flughafen abgeholt hat. Ich habe in der Aufregung gar nicht mehr daran gedacht.«

»Ruby hat vergessen, dir deinen Koffer zu geben? Typisch! Na ja, komm erst einmal rein, das können wir auch noch später klären.«

Über der Eingangstür steht ein Schild, auf das in schwungvollen Buchstaben *Heaven's pub* geschrieben steht. Die Anfangsbuchstaben sind dabei außergewöhnlich lang nach oben und unten gezogen. Wie eben aus Bens Feder.

»Du hast einen Pub?«

»Ja, einen ziemlich gut laufenden sogar. Die Schutzengel brauchen auch einen Ort, wo sie ihren Kummer mal vergessen können. Die Arbeit unten auf der Erde ist sehr anstrengend.«

»Du veräppelst mich ...«

»Nein.«

»Und ich träume auch nicht?«

»Nein, du träumst nicht.«

»Ganz ehrlich?«

»Ja.«

»Dann bin ich ... wirklich im Himmel?«

»Ja, Marly, das bist du. Und es war echt schwer, dich hierher zu bekommen ...«

Ben ist tatsächlich gestorben. Seine Zeit war abgelaufen, und ich hätte nichts dagegen unternehmen können.

Ein Begleitengel hat ihn nach oben in den Zwischenhimmel gebracht. Dort musste Ben sich für seinen persönlichen Himmel entscheiden. So, wie er es erzählt, hört es sich an, als sei er einfach umgezogen.

»Aber es war gar nicht so einfach. Ich wollte am liebsten sofort wieder zurück und einfach weiterleben wie bisher, aber das ging natürlich nicht. Also habe ich mich für einen *Himmel auf Erden* entschieden. Viele, denen es unten gut gefallen hat, machen das so.«

»Und die anderen?«

»Ganz verschieden, jeder Himmel sieht anders aus. Aber wie, weiß ich nicht. Ich soll dich übrigens von deiner Oma grüßen. Du wirst sie die Tage mal sehen.«

»Meine Oma?«, frage ich mit großen Augen.

»Ja, sie hat mich besucht. Ich hab sie erst gar nicht erkannt.«

»Das klingt alles ein bisschen unglaublich in meinen Ohren, findest du nicht auch?« Zweifelnd sehe ich mich in dem Pub um. Er ist urig und gemütlich eingerichtet. Es gibt achteckige Tische mit entsprechend vielen Stühlen; an der Bar stehen ordentlich nebeneinander einige Hocker.

»Der Ort wurde nach Jan de Groot benannt, einem Holländer. Er hat für sich und seine sieben Söhne ein achteckiges Haus gebaut und darin einen achteckigen Tisch aufgestellt, damit jeder an einer Stirnseite sitzen konnte und somit alle gleichgestellt waren. Der Gedanke hat mir gut gefallen, also habe ich es in der Einrichtung umgesetzt«, erklärt Ben.

»Und wo ist dieser John jetzt? Wenn sogar ein Ort

nach ihm benannt wurde, müsste er sich doch eigentlich auch für den Himmel hier entschieden haben.«

»Der Himmel ist wahnsinnig kompliziert, Marly. Es hat eine ganze Weile gedauert, bis ich das System durchschaut habe. Ich gehe aber auch davon aus, dass John sich für den *Himmel auf Erden* entschieden hat. Vielleicht ist er auch in John o'Groats, seinem persönlichen Himmel. Oder er hat sich für einen ganz anderen Ort entschieden und sich im Himmel einen Traum verwirklicht, den er zu Lebzeiten nicht leben konnte. Als Schutzengel wird er wohl nicht unterwegs sein, sonst wäre er bestimmt längst hier aufgetaucht. Es hat sich herumgesprochen, dass man hier die besten *fish and chips* zwischen Himmel und Erde bekommen kann. Und mein Guinness kommt auch sehr gut an.«

Spicy hot guinness steht auf der Getränkekarte, die Ben mir kurz darauf voller Stolz zeigt. Wenn den Gästen hier eine derartige heiße Brühe tatsächlich schmecken sollte, müssen sie entweder alle an Geschmacksverirrung leiden, oder sie sind nicht von dieser Welt, wie man so schön sagt. Das würde dafür sprechen, dass ich mich tatsächlich gerade im Himmel befinde, im Himmel mit Ben.

Der Gedanke gefällt mir. Ich verspüre ein Glücksgefühl und strahle Ben an, da piept plötzlich sein Handy.

»Eine Nachricht von Ruby. Ich soll dir sagen, dass er den Koffer später vorbeibringt.«

Dass man sich im Himmel ganz normale SMS schicken kann, wundert mich. Irgendwie bin ich immer davon ausgegangen, Kommunikation würde nach dem Tod anders stattfindet. Über das *Wie* habe ich mir aber nie Gedanken gemacht. Ehrlich gesagt hatte ich bisher überhaupt keine Vorstellungen vom Himmel. Ich habe einfach immer nur gehofft, dass es *danach* irgendwie weitergeht – und dass es schön ist.

Als Ben sein Handy auf den Tisch legt, fällt mir siedendheiß etwas ein. »Ich muss Rici Bescheid sagen, dass ich heil hier angekommen bin. Die dreht durch, wenn ich mich nicht bei ihr melde. Kann ich ... habe ich hier oben Empfang? Kann ich sie anrufen?«

»Nein«, lacht Ben, »aber du kannst Ruby nachher dein Handy mitgeben. Du musst nur eine SMS für sie speichern, und er schickt sie dann los, wenn er wieder auf der Erde ist. Was hältst du davon?«

»Wird das nicht zu spät sein?«

»Na ja, vor zehn wird er es nicht schaffen.«

»Rici wird sich Sorgen machen ...«

»Zeit ist relativ, Marly. Hier oben im Himmel ticken die Uhren anders. Deine Nachricht wird rechtzeitig ankommen. Ruby macht das schon.«

»Okay. Ich habe Ruby übrigens schon einmal gesehen, vor ein paar Wochen, in einem Traum.«

»Echt? Dann hat er nicht aufgepasst. Wenn er das hört, wird ihm das total peinlich sein. Er ist nämlich noch nicht lange dabei. Aber ich bin froh, dass er dein Schutzengel ist. Ruby ist wirklich ein netter Kerl.«

»Er ist mein Schutzengel? Läuft er die ganze Zeit auf der Erde neben mir her, oder wie funktioniert das?« Ich habe ihn in dem Moment im Spiegel gesehen, als Caruso sich davor niedergelassen hat... Da kommt mir ein Gedanke.

»Steckt *er* etwa in deinem Kater?«

»Ja, ich glaube, die meiste Zeit schon. Aber nicht immer. Das hat den Vorteil, dass er je nach Laune unmittelbar ins Geschehen eingreifen kann. Na ja, zumindest in manchen Bereichen.«

Das ist der Hammer! Dann ist mein Schutzengel daran schuld, dass ich mich ausgerechnet in Georg verliebt habe? Immerhin hat der Kater mir Tilda und sein Herrchen sozusagen bis vor die Wohnungstür getrieben.

»Und er kommt heute Abend vorbei, um mir den Koffer zu bringen?«

»Ja, auf jeden Fall.«

Das ist gut, dann werde ich wohl mal ein paar Takte mit meinem Schutzengel reden. Die Sache mit Georg hätte er sich nämlich sparen können. In Zukunft soll er sich aus meinen Liebesangelegenheiten raushalten, so viel steht schon mal fest.

»Sag mal, wie lange bleibe ich denn hier? Ich meine, ich fliege doch bald wieder zurück, oder?«

»Dein Visum gilt für drei Wochen. Dabei kannst du selbst jederzeit entscheiden, wann du wieder nach Hause möchtest.«

»Ganze drei Wochen? Das ist schön, aber ...« Der Gedanke ist wirklich verlockend, aber das kann ich meinen Eltern und meiner Freundin unmöglich antun. Ich möchte nicht, dass sie sich so lange Sorgen um mich machen. Außerdem geht die Schule bald los.

»Marly, Zeit ist hier oben relativ, das sagte ich doch schon. Du wirst rechtzeitig zurück sein, spätestens am Sonntag nach irdischer Zeit, so wie es auf deinem Flugticket steht. Auch, wenn du die drei Wochen hier oben völlig ausschöpfst. Und jetzt entspann dich …«

Das mit dem Entspannen ist so eine Sache. Ben hat mir mein Zimmer gezeigt, das unter dem Dach liegt. Es ist sehr schlicht eingerichtet, aber durch einige liebevolle Details wirkt es sehr gemütlich. Besonders über den Strauß Margeriten auf dem Tisch freue ich mich.

Das Beste ist aber ganz eindeutig das große Bett, auf das ich mich sofort plumpsen lasse. Ich streife mir die Schuhe ab und kuschle mich in die Decke, die irgendwie luftig und flauschig zugleich ist. Zwar fühle ich mich jetzt geborgen, aber tief in mir sitzt immer noch das Gefühl der Trauer, diesmal allerdings nicht um Ben. Wie konnte Hilde nur eine so schwere Blutvergiftung bekommen? Hatte sie sich zuvor verletzt? Blass und müde lag sie auf der Krankenwagenbahre, als ich dazukam. Als ich ihr gesagt habe, sie solle bloß keinen Blödsinn bauen, hat sie schwach meine Hand gedrückt und versucht zu lächeln. Aber es gelang ihr nicht wirklich. Der Schmerz stand ihr ins Gesicht geschrieben.

Warum hat sie sich nicht bei mir gemeldet, als es ihr schlecht ging? Ich war die ganze Nacht über zu Hause, nur morgens bin ich kurz zu Georg gefahren …

Die Gedanken an den Mann, den ich nach wenigen Wochen so sehr geliebt habe, dass ich tatsächlich wieder ein Glücksgefühl empfunden habe, verdränge ich schnell wieder. Lieber rufe ich mir in Erinnerung, wo es mich hin verschlagen hat und dass ich tatsächlich noch einmal Zeit mit Ben verbringen darf. Aber als mir bewusst wird, dass meine Zeit mit Ben erneut limitiert ist, fange ich hemmungslos an zu weinen. Deswegen bekomme ich es auch nicht mit, als die Tür aufgeht.

»Marly«, fragt Ben leise, »schläfst du? Ich habe dir einen Tee gemacht, mit Milch und ganz viel Kandiszucker. Die Schotten trinken ständig dieses Zeug, sogar abends vor dem Schlafengehen.«

»Danke«, sage ich und schniefe laut.

»Weinst du?«

Nur kurze Zeit später hat Ben sich neben mir ausgestreckt, und ich liege in seinen Armen.

»Es ist ungewöhnlich, dass jemand hier so unglücklich ist wie du jetzt. Normalerweise müsstest du dich gut fühlen. Immerhin bist du im Himmel! Hier oben wird eigentlich alles leichter, auch für die, die nur zu Besuch sind. Geht es dir so schlecht, Marly? Ich habe viel zu wenig von dir mitbekommen die letzte Zeit.«

»Kannst du nicht von oben runter auf die Erde gucken?«

»Nein«, sagt Ben, zumindest nicht so, wie man sich das immer vorstellt. Ich sitze also nicht auf einer weißen Wolke und schaue einfach runter. Dafür haben wir die *Sky-News*, die uns auf dem Laufenden halten. Und einige andere Programme im Fernsehen, die ganz witzig sind. Außerdem gibt es ein Filmarchiv, da kann man sich ganze

Serien ausleihen. Das geht aber nicht so ohne Weiteres, die muss man im Nebenhimmel anfordern. Da wohnen Schutzengel, Begleitengel und Engel mit besonderen Aufgaben. Das sind die, die auch den ganzen Verwaltungskram organisieren.«

»Jetzt veräppelst du mich aber wirklich.« Bei dem Gedanken muss ich sogar ein bisschen grinsen.

»Nein, das stimmt wirklich. Wir haben hier oben Nachrichten und können alle Filme sehen, die unten auch laufen. Der Hit sind aber die Realityshows, die sorgen momentan für ordentlich Quote.«

»Realityshows? Etwa so wie *Frauentausch* oder die Geschichten mit den armen Bauern, die völlig verzweifelt nach der großen Liebe suchen? Und wie heißt das dann im Himmel? *Engel sucht Frau?*«

»Nein, darin geht es um das richtige Leben. So wie zum Beispiel die *Lindenstraße*, nur eben in echt. Keine Schauspieler, sondern einfach Menschen in ihrem Alltag gefilmt. Du kannst dir nicht vorstellen, was in fremden Wohnungen unten auf der Erde so alles passiert. Das ist manchmal echt lustig.«

»Das glaube ich jetzt nicht!«, sage ich und boxe Ben in die Seite. »Heißt das, hier gibt es eine Sendung, die zum Beispiel *Marlys Welt* heißt, und jeder kann sich angucken, was ich da unten für einen Blödsinn treibe?«

»Warum, hättest du etwas zu verbergen?«

»Das geht also nicht«, folgere ich aus seiner Reaktion.

»Doch, schon. Aber Sendungen aus dem engeren Umfeld werden gesperrt. Man braucht einen Code, um sie freizuschalten, und den gibt es nur im absoluten Notfall.«

»Und? Hast du mich gesehen? Ich meine, war ich ein Notfall?«

»Nein, nein, das mit dir hat gar nichts mit irgendwelchen Filmen zu tun. Als ich gehört habe, dass es hier die Möglichkeit gibt, jemanden einzuladen, bin ich fast aus allen Wolken gefallen und habe sofort alles versucht, um an ein Ticket zu kommen. Aber die blöden Dinger werden verlost und die Lottofee aus der Himmelslotterie ließ erst gar nicht mit sich verhandeln, also habe ich …«

»Bitte hör auf«, kichere ich, »mir geht es schon wieder viel besser. Du musst mir nicht weiterhin irgendwelchen Blödsinn erzählen …«

»Marly, das stimmt wirklich. Ich habe Liane bestochen, deinen Namen zu ziehen. Sie bekommt im Pub für immer und ewig Freibier und *fish and chips* …«

Jetzt ist es ganz vorbei. Schon wieder laufen mir die Tränen, diesmal allerdings vor Lachen.

Ben fällt in das Gelächter mit ein, bis uns der Bauch wehtut. »So gefällst du mir schon viel besser!«

Nachdem wir uns wieder beruhigt haben, wird er wieder ernst. »Magst du mir erzählen, was unten alles passiert ist, seitdem ich weg bin? Wie geht es meinen Eltern?«

»Nun, ich war vor ungefähr sechs Wochen das letzte Mal bei deiner Mutter. Sie hat mich von deinem Handy aus angerufen, und du kannst dir vorstellen, dass ich wie vom Donner gerührt war, als auf einmal dein Name auf dem Display erschien …« Ich erzähle ihm von Caruso, von meinem kleinen Bruder, von Hilde, von Rici, nur die Geschichte mit Georg lasse ich aus. Die Sache ist aus und vorbei. Und wenn das hier oben mal nicht eine Gelegenheit ist, ganz schnell wieder darüber hinwegzukommen!

Ben hat mir die ganze Zeit aufmerksam zugehört.

»Und du, warum hast du mir nie erzählt, wie ernst das mit Nathalie war?«, frage ich und sehe ihm in die Augen. »Du wolltest sie heiraten!«

»Ja, das hatte ich vor. Und zwar genau an dem Tag, an dem unten auf der Erde alles zu Ende war. Ich hatte vor, dich zu fragen, ob du meine Trauzeugin sein möchtest.«

»Deine Trauzeugin? An unserem Jahrestreffen?« Autsch, das tut weh. Und es trifft mich völlig unvorbereitet. Ein paar Sekunden lang schweige ich. Dann sage ich: »Deine Mutter meinte, dass du einen Job in Düsseldorf gefunden hast und wieder zurückkommen wolltest.«

»Ja, das stimmt. Ich hätte ja schlecht in London leben können, während meine Frau in Düsseldorf sitzt.«

Das darf ja wohl nicht wahr sein! Mein bester Freund weiß monatelang, dass er heiraten wird, aber er erzählt mir kein Wort davon. Er hat sich keine Gedanken darüber gemacht, was ich davon halten werde. Zumindest meine Meinung als Freundin hätte er doch wohl einholen müssen! Aber es kommt noch besser: Genau an dem Tag, an dem ich ihm meine Liebe gestehen möchte, will er mich als Trauzeugin engagieren.

Fassungslos schüttele ich den Kopf.

»Was ist?«, fragt Ben.

»Nix, wieso?« Das muss ich erst einmal verdauen. »Und, was ist jetzt die nächste Zeit so geplant?«, lenke ich ab.

»Urlaub! Wir fahren runter bis nach Land's End, so wie wir das immer vorgehabt haben. Immer mit dem Auto an der Küste entlang, nur dass wir von oben anfangen. Was hältst du davon?«

»Das wäre wunderbar«, lasse ich mich von seiner Begeisterung anstecken.

»Aber zuerst einmal wird gefeiert! Ich habe heute Abend ein paar sehr nette Leute eingeladen. Es kommen auch Schutzengel. Sie freuen sich alle auf dich! Ein irdischer Besucher ist immer etwas Besonderes. Die Wahrscheinlichkeit, dass es klappt, liegt wie beim Lotto bei eins zu hundertvierzig Millionen. Liane kommt übrigens auch. Sie wollte dich unbedingt kennenlernen.«

»Heißt das, ich bin ein Hauptgewinn?« Es wird ja immer besser.

»Du bist *mein* Hauptgewinn, Marly.«

»Schon klar. Ich hab die Reise gewonnen. Deswegen bin ja auch ich hier oben und nicht deine Verlobte«, sage ich etwas bissig.

»Nathalie? An sie hatte ich zuerst auch gedacht, aber je länger ich hier war, desto mehr wurde mir klar, wie sehr ich dich vermisse, nicht sie. Also habe ich dir die Einladung geschickt.«

Er hat mich als seinen Gast gewählt, weil er mich mehr

vermisst hat als sie? Bei dem Gedanken vollführt mein Herz einen kleinen Freudensprung, bis Ben sagt:

»Nathalie ist eine ganz wundervolle Frau. Aber weißt du nicht mehr, was wir immer gesagt haben? Eine Liebe kann man austauschen, beste Freunde nicht.«

20 Ich wusste, dass Gott eine Frau ist

Zweimal im Leben habe ich bisher geliebt, aber nie bin ich dazu gekommen, es auch auszusprechen. Beim ersten Mann war ich zu spät dran, weil Bens Zeit auf Erden abgelaufen war. Beim zweiten Mann wurde ich ausgebremst, weil Georg gerade dabei war, eine andere Frau zu küssen.

Rebecca war siebzehn, als Georg sie kennengelernt hat, also zwei Jahre älter als ich war, als Ben in mein Leben getreten ist. Und genau wie wir waren die beiden gleich beste Freunde. Aber dann landeten sie vier Jahre später doch zusammen im Bett und weitere zwei Jahre danach vor dem Standesamt. Rebecca war damals dreiundzwanzig und Georg fünfundzwanzig Jahre alt, als sie geheiratet haben. Neun Jahre später hat sie Georg verlassen, ohne ihm je einen Grund dafür genannt zu haben. Rebecca hat einfach ihre Sachen gepackt mit dem Kommentar, sie könne nicht mehr mit ihm leben, und ist nach Italien gezogen. Zwei Jahre hat sie sich nicht mehr gemeldet und sich nicht für Georg interessiert, aber kaum erscheine ich auf der Bildfläche, taucht sie wieder auf.

Wahrscheinlich hat Georg nie aufgehört, sie zu lieben. Rebecca ist ja auch bildschön, genau wie Bens Nathalie.

Wehmütig seufze ich auf, dann genehmige ich mir einen großen Schluck Guinness. Kalt schmeckt das Zeug gar nicht so schlecht, zumindest kann man sich daran gewöhnen.

Im Himmel feiert man genauso wie unten auf der Erde. Die Party zu meinen Ehren ist schon voll im Gange. Ich sitze an der Bar und proste Ben hinter dem Tresen zu. Er hat eine ganze Menge zu tun, möchte aber nicht, dass ich ihm helfe. Ich bin sein Gast und soll mich amüsieren. Dass hier alle mit dieser unwahrscheinlich guten Laune herumlaufen, geht mir gewaltig auf die Nerven. Dabei müsste ich mich doch freuen, dass ich noch einmal mit meinem besten Freund eine schöne Zeit verbringen darf. Aber in meinem Kopf spuken in erster Linie zwei Gedanken herum, gegen die ich einfach nicht ankomme. Wie ein giftiger Stachel bohren sie sich in mein Herz: Wenn ich wieder zurück auf der Erde bin, ist Ben immer noch hier, und ich werde ihn wahrscheinlich noch mehr vermissen. Was mir aber noch mehr den Abend versaut, ist das Gefühl, dass mich keiner liebt. Auch Ben nicht, von seiner freundschaftlichen Zuneigung einmal abgesehen.

Dass ich mich deswegen im Himmel betrinke, ist eine Sache, über die ich momentan nicht nachdenken möchte. Denn das würde bedeuten, dass ich nun wirklich komplett durchdrehe. Tief in meinem Innersten bin ich nämlich immer noch davon überzeugt, schlafend und träumend im Flugzeug zu sitzen. Allerdings scheint sich der Traum dann ganz schön in die Länge zu ziehen, was wiederum dafür spräche, dass ich längst gelandet sein muss. Und das bringt mich wieder zurück an den Tresen und zu dem Gefühl, dass mir momentan nur eins helfen kann: Guinness! Aber nicht das heiße mit den Gewürzen, sondern das ganz normal gekühlte, das man in jedem vernünftigen Pub zu trinken bekommt.

Nach nur einem Glas habe ich schon einen sitzen. Endlich empfinde ich das, was ich eigentlich aufgrund der Tatsache empfinden sollte, dass ich im Himmel bin: Leichtigkeit.

»Hast du schon mal *Die unerträgliche Leichtigkeit des Seins* gelesen?«, frage ich den Kerl, der sich gerade neben mir niedergelassen hat.

»Nein.«

»Schade, ist ein tolles Buch«, sage ich und mustere den Typ. Er sieht aus wie ein erwachsener Harry Potter, allerdings trägt er einen schwarzen Kilt und dazu knallrote Kniestrümpfe. »Bist du Schutzengel, Begleitengel oder einer von denen mit besonderen Aufgaben?« Wie ich erfahren habe, sind das Engel, die unten auf der Erde zur Stelle sind, wenn die Schutzengel nicht helfen konnten. Begleitengel führen die Seelen nach oben, das muss echt auch ein harter Job sein.

»Nichts davon, ich bin ein irdischer Besucher«, sagt er und prostet mir zu. »Darf ich mich vorstellen: Steven Graham von den *Red Hot Chilli Pipers*. Wir haben gleich einen Auftritt.«

»Eins muss man denen lassen, Humor haben die hier …« Erheitert schüttle ich den Kopf.

Da erscheint Ben plötzlich auf der Bühne und schaut in meine Richtung. Sofort kehrt Ruhe ein, als er zu sprechen anfängt:

»Marly, als wir uns treffen wollten und nicht wussten, dass es dieses letzte Mal nicht mehr geben sollte, hatte ich zwei Eintrittskarten für ein Konzert dabei, das ich gerne mit dir besuchen wollte. Da das auf Erden nun leider nicht mehr möglich ist, habe ich ein himmlisches hier oben für dich organisiert. Und da ist auch schon die erste Band, die *Red Hot Chilli Pipers*, die extra aus Glasgow angereist sind.«

Gerührt wische ich mir eine Träne aus dem Gesicht und überlege, was ich darauf antworten soll, aber ich komme gar nicht mehr dazu. Der Kerl von vorhin steht schon mit etlichen anderen Kiltträgern auf der Bühne. Dass man mit Dudelsack, Gitarre, Keyboard und Schlagzeug solch eine coole Musik auf die Beine stellen kann, hätte ich nicht für möglich gehalten. Bisher kannte ich Dudelsack nur als leierndes Instrument, das fürchterlich schief klingt. Aber das hier ist der Hammer. Die Jungs spielen Songs von *Queen* und *Deep Purple*. Bei *Coldplay* reißt es mich von meinem Hocker. Ich lasse mich anstecken von der guten Stimmung und klatsche und tanze im Takt mit.

Als die Band sich nach einer Stunde verabschiedet, sage ich gut gelaunt zu Ben: »Das war irre gut, vielen Dank.«

»Hab ich mir gedacht, dass dir das gefällt«, antwortet Ben und deutet mit dem Kopf zur Tür. »Guck mal, da kommt ja auch dein Koffer.«

Ruby! Ich schnappe mir ein neues Glas Guinness, das bereits gezapft auf dem Tresen steht, und gehe auf ihn zu.

»Hallo Marly, tut mir leid, dass dein Koffer erst jetzt kommt.«

»Nicht so schlimm. Hast du einen Moment Zeit für mich?«

Er nickt, und nur kurz darauf sitze ich mit Ruby in einer ruhigen Ecke des Pubs. Ich trinke in großen Schlucken das Guinness, ohne ihn dabei aus den Augen zu lassen.

»Das Zeug haut gut rein, an deiner Stelle würde ich aufpassen, sonst hast du morgen einen dicken Schädel.«

»Ich betrinke mich ganz bewusst, weil ich meinen Zustand nicht mehr ertragen kann! Und genau darüber müssen wir beide uns jetzt mal ernsthaft unterhalten.«

»Wieso, was ist denn passiert?«

»Ich weiß, wo ich dich schon mal gesehen habe: Du bist in einem Spiegel vor mir aufgetaucht. Und ich weiß auch, dass du in Caruso steckst und versuchst, mir zu helfen. Aber genau das ist das Problem: Ich komme ganz gut alleine klar.«

»Du hast mich also echt gesehen?«, fragt Ruby mit großen Augen. Es ist ihm sichtlich unangenehm.

»Ja, aber darum geht es jetzt nicht. Warum hast du mich ins offene Messer laufen lassen und mich ausgerechnet mit Georg zusammengebracht? Hättest du nicht jemand anderen für mich aussuchen können? Du hast doch gesehen, wohin es geführt hat.«

»Das war ich nicht.«

»Dann hat Caruso von sich aus beschlossen, Jagd auf seine Riesendogge zu machen?«

»In der Regel hat bei so etwas ein anderer Engel seine Finger im Spiel. Es könnte Amor gewesen sein – oder einer seiner Schüler.«

»Amor? Hast du auch was getrunken, oder warum erzählst du mir solch einen Blödsinn?«

»Nein, ich habe noch keinen Tropfen zu mir genommen. Aber wenn du darauf bestehst, hol ich mir was.«

Nachdenklich sehe ich Ruby hinterher, als er sich auf den Weg zur Bar macht. Ich glaube nicht, dass er mich anlügt. Aber Amor hat mich ganz sicher nicht mit Georg beglückt, bestimmt war es einer seiner Schüler. Und der sollte erst mal Nachhilfe nehmen, bevor er wieder auf die Menschheit losgelassen wird!

Ruby setzt sich lächelnd wieder zu mir an den Tisch. »Marly, manchmal sind die Dinge nicht so, wie sie auf den ersten Blick aussehen.«

»Jedenfalls brauche ich keinen Schutzengel mehr. Seitdem Caruso in mein Leben getreten ist, läuft es drunter und drüber.«

»Du glaubst, ich sei dein Schutzengel? Wie kommst du denn darauf?«

»Bist du es nicht? Ben hat mir das erzählt.«

»Nein, das bin ich nicht, ganz ehrlich. Wäre ich dein Schutzengel, dürfte ich jetzt gar nicht mit dir sprechen.«

»Aber …«

»Ich gehöre zu Hilde, Marly.«

»Zu Hilde? Und wer ist dann mein Schutzengel? Oder hab ich gar keinen?«

»Doch, hast du. Mehr darf ich dir leider nicht sagen.«

»Vielleicht ganz gut, dass du es nicht bist, denn so wie es aussieht, hast du ja richtig Bockmist gebaut! Immerhin liegt Hilde im Krankenhaus und wird so schnell nicht wieder aufwachen. Wie ist sie überhaupt an die Blutvergiftung gekommen?«

»Sie hat sich an einer Glasscherbe geschnitten, als sie im Garten gearbeitet hat. Die Wunde hat sich entzündet, aber Hilde hat es nicht ernst genommen.«

»Dann bin ich schuld! Ich hätte Hilde niemals dazu überreden dürfen, mir zu helfen.«

»Nein, Marly, dafür kannst du nichts. Du hast es doch gar nicht gewusst.«

»Und du? Hättest du mich nicht irgendwie darauf aufmerksam machen können, dass es ihr nicht gut geht? Ich bin zu spät gekommen! Und überhaupt, was machst du denn hier? Solltest du als ihr Schutzengel nicht wenigstens jetzt bei ihr sein?«

»Ich habe dich geweckt, Marly. Und es war gar nicht so einfach, den Glaskrug herunterzufegen. Mein Gemaunze und Gekratze an deiner Schlafzimmertür hast du nicht mitbekommen, weil du geschlafen hast wie ein Stein.«

»Dann bin ich doch dran schuld, weil ich zu Georg gefahren bin, anstatt nach Hilde zu schauen ...«

»Nein, Marly, ganz bestimmt nicht. Du bist genau zum richtigen Zeitpunkt zurückgekommen.«

»Wie meinst du das?«

Ruby greift nach meiner Hand und drückt sie sanft. »Du hast ihre Hand gehalten und ihr dabei gesagt, dass sie bloß keinen Blödsinn machen soll. Und das wird sie auch nicht – *deinetwegen*.«

»Heißt das … sie wird es schaffen?«

»Ja, sie wacht wieder auf. Mach dir keine Sorgen.«

»Dann war es letztendlich gut, dass ich Hals über Kopf zurückgekommen bin, nachdem ich Georg mit Rebecca gesehen habe. Sonst hätte ich Hilde verpasst …«

»Sieht ganz danach aus.«

Immerhin hat die Sache wenigstens in Bezug auf Hilde eine positive Wendung genommen. Es hat eben doch alles seinen Sinn, zumindest sieht es momentan ganz danach aus.

»Zuerst habe ich ja gedacht, dass Ben mir Caruso geschickt hat, um auf mich aufzupassen. Dann habe ich vermutet, der Himmel hat mir Hilde geschickt. Und jetzt stellt sich heraus, dass es genau andersrum ist. Der Himmel hat mich dazu bestimmt, auf Hilde aufzupassen.«

»Nicht aufzupassen, nur ein wenig zu helfen. Wir Schutzengel stoßen schnell an unsere Grenzen, weil wir körperlos sind. Außerdem brauchte Hilde eine Freundin – und eine Aufgabe. Sie hat keine Kinder, wie du weißt. Und dann warst plötzlich du da. Das hat ihren Lebenswillen gestärkt. Weißt du was? Lorenzo ist dir sehr dankbar deswegen. Ich soll dir von ihm Grüße bestellen. Außerdem lässt er fragen, ob du ihn mal besuchen möchtest. Er hat seinen *Himmel auf Erden* übrigens in Neuss. Du solltest dir mal ansehen, was er aus deinem Garten gemacht hat.«

»Oh ja, unheimlich gerne. Wann denn?«

»Ich kläre das ab, okay? Vielleicht kannst du mich ja mal besuchen, und wir fahren gemeinsam zu Lorenzo.«

»Klingt gut.«

»Und Marly, du solltest nicht trinken, wenn es dir schlecht geht und du in einer derartigen Stimmung bist.«

»Na dann ... Übrigens geht es mir seit ungefähr zehn Minuten gut. Stoßen wir darauf an?«

Da Ben weiter beschäftigt ist, bleibe ich den ganzen Abend bei Ruby sitzen. Ich höre ihm gerne zu, und er liebt es, Geschichten zu erzählen. Besonders die Anekdoten über seine Erlebnisse als Schutzengel finde ich sehr spannend und manchmal richtig rührend. Nur eine Sache verstehe ich nicht.

»Ben hat mir erzählt, seine Zeit auf Erden sei abgelaufen gewesen. Aber wenn alles sowieso schon vorherbestimmt ist, wozu braucht man dann noch einen Schutzengel?«

»Das ist eine gute Frage, die ich mir auch schon häufig gestellt habe. Meistens dann, wenn ich alles in meiner Macht Stehende versuche, meinen Schützling zu retten – und dann passiert es doch.«

»Kennst du als Schutzengel denn das genaue Datum? Also den Tag, an dem dein Schützling stirbt, oder besser gesagt, in den Himmel kommt?« Die Sache mit dem Himmel gefällt mir.

»Nein, das kenne ich nicht. Außerdem habe ich schon häufiger gehört, dass es noch im letzten Moment geändert werden kann. Aber nur dann, wenn die betreffende

211

Person darum kämpft. Manchmal passieren eben Wunder. Und außerdem: Hätte dein Schutzengel nicht so gut aufgepasst, als die Riesendogge dich umgerannt hat, hättest du weitaus mehr als nur einen Kratzer auf der Stirn abbekommen. Wir helfen auch bei den kleinen Ungeschicklichkeiten.«

»Mein Schutzengel war bei mir? Ist es ein Mann oder eine Frau? Wenigstens das kannst du mir doch sagen, oder?«

»Nein, kann ich nicht.«

»Schade.« Aus Ruby bekomme ich diesbezüglich nichts heraus. »Bestimmt ist es ein Kerl. Eine Frau hätte ganz sicher besser auf mich aufgepasst. Es war nämlich nicht einfach nur ein Kratzer, sondern eine richtige Schürfwunde«, stelle ich klar und halte mir den Pony hoch. »Guck mal, ich habe sogar eine kleine Narbe davon.«

»Guten Abend.« Eine rauchige, sehr wohlklingende Frauenstimme erklingt über unseren Köpfen. Neugierig schaue ich auf und sehe in ein ebenmäßig geschnittenes, sehr feines Gesicht, das von blonden langen Haaren umrahmt wird.

»Hallo Liane, schön, dass du es noch geschafft hast«, begrüßt Ruby sie.

Unauffällig mustere ich die perfekt aussehende Frau in kurzem schwarzen Rock und körperbetonter weißer Bluse, deren endlos lange Beine in knalligen lilafarbenen High Heels mit mörderischen Absätzen stecken, in denen ich nie im Leben laufen könnte. Sie setzt sich mit einem Bier in der Hand zu uns.

Ben hat immer schon behauptet, dass ich Unsinn rede, wenn ich zu viel getrunken habe, aber wenigstens bin ich ehrlich dabei. »Ich wusste, dass Gott eine Frau ist«, sage ich und sorge damit für lautes Gelächter.

»Danke für das Kompliment, aber ich bin hier oben lediglich für das Glück verantwortlich«, sagt Liane und schüttelt ihre lange Mähne.

»Ach, dann bist du ja die Lottofee!«

»So nennen sie mich gerne, ja. Ich bin für die Himmelslotterie zuständig. Früher war ich als Schutzengel unterwegs, aber nachdem mein letzter Kandidat wieder viel zu früh das Zeitliche gesegnet hat, habe ich den Job geschmissen. Jetzt verwalte ich das Glück, da habe ich die Fäden in der Hand.«

»Das Glück ist ein Schurke. Zumindest verhält es sich mir gegenüber gerade so«, bemerke ich trocken.

Als Liane laut auflacht, entschuldige ich mich schuldbewusst bei ihr. »Ich wollte dich nicht beleidigen«, sage ich. »Klingt ganz so, als würde ich in Selbstmitleid ertrinken, nicht wahr?«

»Ein bisschen schon, ja, aber das ist okay. Immerhin hast du eine Menge unguter Sachen erlebt in letzter Zeit. Vielleicht solltest du dich einfach mal wieder mehr auf die schönen und wichtigen Dinge im Leben konzentrieren. Du bist gesund, hast Familie, gute Freunde, einen Job. Außerdem sind es vielfach auch Kleinigkeiten, die das Leben lebenswert machen, oder nicht?«

Liane hat recht. Ich muss lernen, mit dem zufrieden zu sein, was ich habe. Und das ist mehr, als viele andere haben.

Es ist zum Beispiel wunderbar, dass ich jetzt hier sein darf. Und daran waren Ruby und Liane maßgeblich beteiligt.

»Danke übrigens«, sage ich zu den beiden.

»Wofür?«, möchte Liane wissen.

»Zum Beispiel dafür, dass Ruby mich abgeholt hat.«

»Das habe ich sehr gerne gemacht.« Ruby strahlt mich an.

»Und natürlich dafür, dass ich die Einladung in den Himmel von dir bekommen habe, Liane. Ben hat mir erzählt, dass du ein bisschen dabei geholfen hast. Ich verstehe zwar nicht, was du an diesem heißem Guinness so toll findest, aber ...«

»Ben glaubt nicht wirklich, dass ich mich mit ein paar Gläsern Bier bestechen lasse?«

»Doch, genau das hat er mir vorhin erzählt. Du bekommst für immer und ewig Freibier.«

»Hast du gesehen, dass hier irgendjemand für sein Guinness bezahlen muss?«

Ich überlege kurz und sage dann: »Nein.«

»Du musst mir etwas versprechen, Marly.«

»Was denn?«

»Sag ihm bloß nicht, dass das nicht stimmt. Der Himmel ist nicht bestechlich, aber das soll Ben schön selbst herausfinden.«

Als ich etwas darauf sagen will, zeigt sie mit ihrem lila Fingernagel zur Bühne. »Schau mal, ich glaube, Ben hat noch eine Überraschung für dich.«

Ein Mann mit blondem, leicht schütterem Haar betritt die Bühne. Ich kann es nicht fassen ...

»Es tut mir leid, dass es etwas später geworden ist, doch das Konzert in Locarno hat etwas länger gedauert. Aber jetzt bin ich hier. Und ich singe heute Abend für ... Marly. Marly, wo bist du?«

»Hier ... hier!«, winke ich ihm zu.

»Ein ganz besonderer Freund von dir hat sich ein ganz besonderes Lied für dich gewünscht.«

Gerührt stehe ich auf und gehe auf Ben zu, der schräg vor der Bühne steht. In dem Moment fängt Herbert Grönemeyer an zu singen.

»Danke«, flüstere ich ihm tief bewegt zu, und er nimmt mich strahlend in den Arm.

Als ich beim Refrain anfange, laut mitzusingen, setzt auch Ben mit ein: *Und der Mensch heißt Mensch, weil er irrt und weil er kämpft, und weil er hofft und liebt ...*

Es ist uns egal, ob es schief klingt. Wir halten uns an den Händen und singen laut im Chor einen Herbert-Grönemeyer-Song, vorgetragen vom Meister selbst.

Und vor wenigen Minuten bin ich noch in Selbstmitleid zerflossen, weil ich wirklich geglaubt habe, dass mich niemand liebt.

21 Später möchte ich auch gerne Schutzengel werden

Hildes Schutzengel lebt im Nebenhimmel. Da dürfen eigentlich nur Engel und keine anderen Besucher rein.

»Ruby hat mich eingeladen«, sage ich zu Ben. »Und er will versuchen, mir für morgen ein Tagesvisum zu besorgen. Er meint, vielleicht würden sie eine Ausnahme für mich machen und wir könnten zusammen Lorenzo, Hildes verstorbenen Mann, besuchen. Was meinst du?«

»Klingt gut, vielleicht hast du ja Glück. Falls das mit dem Visum hinhaut, solltest du die Einladung auf jeden Fall annehmen. Und dann setzen wir uns ins Auto und fahren in Richtung Land's End. Ich würde vorschlagen, wir ruhen uns heute aus, gehen spazieren und gucken später vielleicht einen Film.«

»Hört sich gut an.«

»Wie geht es denn deinem Kopf, wieder besser?«

»Dröhnt immer noch ein bisschen ...«

Der Abend gestern wurde noch richtig lustig. Feuchtfröhlich wäre wahrscheinlich der bessere Ausdruck dafür. Ben hat tatsächlich fast jedes Lied mit mir mitgesungen. Und am Ende des Grönemeyer-Konzerts haben wir mit

Herbert, Ruby und Liane zusammen an einem Tisch gesessen. Ich konnte es erst gar nicht glauben.

»Bist du häufiger hier oben?«, fragte ich Herbert.

»Heute zum zweiten Mal.«

»Echt? Dann gibt es also wirklich die Möglichkeit, noch mal hierherzukommen? Das ist ja toll! Im Flugzeug hinter mir saß eine Dame, die anscheinend auch schon mal im Himmel war. Und irgendein anderer Typ auch. Zumindest hat es sich so angehört, als wären sie nicht zum ersten Mal auf himmlischer Reise.«

»Das waren bestimmt Schutzengel«, sagte Ruby. »Was meinst du, Liane?«

»Mit Sicherheit. Manche Engel machen sich einen Spaß daraus, ihre Schützlinge zu begleiten. Die Reaktionen von den Fluggästen sind aber auch immer wieder schön. Ich bin auch schon mal mitgeflogen.«

»Aber was ist mit Herbert? Er ist ein irdischer Besucher und war heute zum zweiten Mal hier.«

Manche Musiker dürfen eben zu Lebzeiten himmlische Konzerte geben, so ja auch der Sänger im Kilt. Als ich daraufhin die anderen fragte, ob ich eine Karriere als Sängerin starten sollte, um öfter hier oben vorbeizuschauen, reagierten alle entsetzt. Allen voran Ben, der daraufhin in allen Einzelheiten von einem überaus misslungenem Karaoke-Auftritt meinerseits erzählte, den ich mal in Amsterdam zum Besten gab. Den peinlichen Abend hatte ich weitestgehend verdrängt gehabt ...

Nachdem Herbert sich verabschiedet hatte, erzählte Liane sehr lebendig von Rubys ersten Taten als Begleit-

217

engel, eine Position, die er innehatte, bevor er Hildes Schutzengel wurde. Und gleich seinen ersten Auftrag, der ihn wieder auf die Erde geführt hat, hat er total vermasselt. Ich habe Tränen gelacht bei der Vorstellung, dass Begleitengel in den Köper schlüpfen müssen, den sie von ihren Schützlingen ausgesucht bekommen. Der arme Ruby steckte deswegen sogar schon mal in einem Mann, der mit Vorliebe Frauenschuhe trug. Das hat Ruby den Einsatz auf der Erde erheblich erschwert.

Irgendwann spät nach Mitternacht bin ich dann todmüde ins Bett gefallen. Ich war schon kurz vorm Einschlafen, als es noch einmal an meine Zimmertüre klopfte.

Es war Ruby. »Marly, Ben hat mir gesagt, ich soll eine SMS an deine Freundin Rici schicken«, sagte er.

Sofort bekam ich ein schlechtes Gewissen. Hatte ich doch in der ganzen Aufregung tatsächlich meine Freundin vergessen!

»Schreib ihr doch bitte, dass es mir gut geht und ich mich auf sie freue, wenn ich wieder zurück bin, ja?«, bat ich ihn.

»Das geht leider nicht. Ich kann mittlerweile unten auf der Erde zwar kleine Gegenstände mit Kraft meiner Gedanken bewegen, aber Tasten drücken kann ich nicht. Du musst die Nachricht schreiben, und ich schicke sie dann ab. Eine einzige Taste schaff ich.«

»Okay, gut. Komm rein.«

Ich verfasste also eine Nachricht an Rici und vertraute Ruby mein Handy an. Dann schob ich ihn aus meinem

Zimmer, ließ mich erschöpft wieder ins Bett fallen und schlief sofort ein.

Heute Morgen bin ich erst aufgewacht, als die Sonne schon hoch am Himmel stand. Und gerade hat mir Ben ein himmlisch duftendes Frühstück ans Bett gebracht.

»Später möchte ich auch gerne Schutzengel werden«, sage ich unvermittelt zu ihm.

»Ja, das passt zu dir. Dann kommst du mich in meinem Pub besuchen und erzählst mir von deinen Abenteuern unten auf der Erde. Aber bis dahin vergeht hoffentlich noch viel Zeit.«

»Dann bin ich ja alt und grau. Vielleicht erkennst du mich dann gar nicht mehr wieder?«

»Quatsch, deine Knubbelnase würde ich unter Tausenden herauskennen.«

»He!«, rufe ich und boxe ihn in die Seite.

»Und außerdem – kannst du dich an den Film *Highlander* erinnern? Da altert er auch nicht, nur sie. Und sie ist am Ende ganz zerbrechlich ...«

»*Es kann nur einen geben*, ich weiß. Du warst geradezu besessen von dem Film. Deswegen wolltest du ja später auch mal einen Pub in Schottland eröffnen. Hast du ja letztendlich auch.«

»Und du wolltest Schafe hüten. Möchtest du das immer noch? Ich hätte da ein paar gute Kontakte. Drüben im Dorf wohnt ein netter Schäfer, der sich über deine Hilfe freuen würde. Soll ich ihn fragen, ob er dich ausbildet?«

Man schmeißt nicht mit Essen, das haben mir meine

Eltern schon als Kind beigebracht. Trotzdem überlege ich einen Moment lang, das Brötchen, das Ben mir mit vielen anderen Leckereien auf einem großen Frühstückstablett ans Bett gebracht hat, als Flugobjekt zu benutzen. Aber ich halte mich zurück und falle in sein Gelächter mit ein.

Obwohl ich einen ordentlichen Kater habe, verspüre ich einen erstaunlich gesunden Appetit. Nur an das schlabberige, gräuliche Haferflocken-Zeugs wage ich mich nicht heran. Es erinnert mich an die Masse aus Zeitung, Wasser und Kleister, die ich als Kind angerührt habe, um daraus Papier zu schöpfen. Kritisch tauche ich den Löffel ein und kippe die Masse wieder zurück in die Schüssel.

»Sieht lecker aus«, sage ich Nase rümpfend.

»Was hast du denn? Mein Porridge ist der beste weit und breit.«

»Genauso gut wie dein *spicy hot guinness?*«

»Quatsch nicht, Mund auf!« Auffordernd hält Ben mir einen Löffel voll unter die Nase. »Probier doch wenigstens mal. Danach kannst du dir immer noch ein Urteil erlauben.«

Ich verziehe das Gesicht und koste vorsichtig.

»Und?«

Ich bin tatsächlich überrascht. »Schmeckt gar nicht mal so übel … Was ist da alles drin?«

»Haferflocken, Dinkelflocken, Milch, Sahne, geriebene Äpfel, Rosinen, Nüsse und eine geheime Zutat, die du erraten musst.«

Das Spiel haben wir früher oft gespielt. Ben hat gekocht, und ich musste die Gewürze herausschmecken.

Aber ich war nie wirklich gut darin. Ich habe sogar bei seiner sagenumwobenen Erdbeermarmelade mit Rosmarin und Chili versagt. Obwohl mir das Zeug fast die ganze Mundschleimhaut weggeätzt hat, habe ich die charakteristischen kleinen roten Schoten nicht erraten. Und den Rosmarin habe ich kurzerhand als Basilikum identifiziert. Aber wer kommt schon auf die Idee, so eine dermaßen verrückte Marmelade zu kochen?

»Zimt«, rate ich.

»Nein, das wäre zu einfach. Den würdest sogar du sofort schmecken.«

Ich versuche noch einen Löffel und noch einen. Als die Schüssel leer ist, habe ich das gewisse Extra immer noch nicht herausgefunden.

Ben grinst mich an. »Ich habe dich ausgetrickst«, sagt er und deutet auf die leere Schüssel.

»Ist wirklich lecker«, gebe ich zu. »Und was war jetzt drin?«

»Muskatnuss.«

»Muskatnuss? Die haben wir früher doch immer über unsere Stampfkartoffeln gerieben, weißt du noch?«

»Ja, am besten hat mir die Variante mit den gerösteten Cashews dazu geschmeckt.«

»Mir auch. Aber dein Brei hier ist auch nicht schlecht.«

Das leckere Zeug muss ich unbedingt mal für Hilde kochen, wenn ich wieder zu Hause bin. Das schmeckt ihr bestimmt. Vor allem wird es ihr Energie und Kraft geben, damit sie ganz schnell wieder auf die Beine kommt. Außerdem kann sie dann auch mal ein Rezept von mir lernen.

»Du darfst aber nicht zu viel davon nehmen, nur einen Hauch. Muskatnuss soll eine anregende und aphrodisierende Wirkung haben, du kannst es also ganz gezielt einsetzen«, sagt Ben augenzwinkernd.

»Von Männern habe ich erst einmal die Nase voll, das kannst du mir glauben. Vielleicht sollte ich mich doch mal am anderen Ufer umsehen …«

»Oh, das hört sich interessant an! Versprich mir, die Hochzeitsnacht mit deiner Angetrauten hier oben im Himmel abzuhalten, damit ich dabei sein kann.«

»Das hättest du wohl gerne! Kommt gar nicht in die Tüte. Schäm dich!«

Es ist wie früher, so als wäre Ben niemals weg gewesen. Wir lachen und genießen das Beisammensein, nur dass das Leben hier eben kein wirkliches Leben ist.

»Komm, lass uns spazieren gehen«, sage ich und schäl mich aus den Federn. Ganz plötzlich verspüre ich das Bedürfnis nach frischer Luft. »Das hilft bestimmt auch gegen meine Kopfschmerzen.«

Ben hat sich eine sehr schöne Lage für seinen Pub ausgesucht. Kaum tritt man aus dem Haus, kann man hören, wie das Meer unten an die felsigen Klippen peitscht. Die Landschaft drumherum wirkt im Gegensatz dazu sehr weich mit ihren sanften Hügeln und Feldern, die sich scheinbar endlos in die Ferne erstrecken. Ich mag Gegensätze. Wie sagte Hilde noch? *Gleich und Gleich gesellt sich gern, Gegensätze ziehen sich an.* Schottland gleicht der Freundschaft zwischen Ben und mir. Ben ist wie das tosende Wasser, das immer in Bewegung ist und laut auf sich aufmerksam macht. Und ich bin wie die grünen Hügel, die still und gleichmäßig die Landschaft prägen.

Wir gehen erst eine Weile auf einem kleinen Schlängelweg, der sich die Klippen entlangzieht. Als man einmal besonders weit aufs Meer hinausblicken kann, machen wir eine Pause. Ben stellt sich hinter mich und hält mich ganz fest in seinen Armen. Ich schließe die Augen und fühle, wie winzig kleine Tröpfchen Meerwasser mein Gesicht benetzen, wie sie sich mit meinen Tränen vermischen.

»Alles wird gut«, sagt Ben, als er spürt, dass ein Schluchzen meinen Körper beben lässt.

Seit ich hier bin, habe ich kaum mehr an Georg gedacht. Aber ganz plötzlich, durch den Körperkontakt mit Ben, fühle ich mich ihm so nah und dabei trotzdem so fern, dass es wehtut.

»Und jetzt erzählst du mir endlich, was dich so verdammt traurig macht, Marly. Hast du Liebeskummer? Komm, ich spür doch, dass dich irgendetwas total beschäftigt. Lass uns zurückgehen.«

Schon verrückt. Vor sechs Wochen hat Georg mich in seinen Armen gehalten, um mich wegen des Verlusts meines besten Freundes zu trösten, und jetzt ist es genau umgekehrt. Mit einer dampfenden Tasse Tee zwischen meinen Händen sitze ich mit Ben auf meinem Bett und erzähle ihm von Georg. Wie alles anfing und wie alles aufhörte.

Ben hört mir aufmerksam zu. Ab und an lächelt er oder stellt eine Zwischenfrage.

»Caruso hat eine Riesendogge gejagt, und Ruby will angeblich nichts damit zu tun gehabt haben?«, fragt er mit hochgezogenen Augenbrauen.

»Ja, so ist es. Aber es kommt noch besser …«

Ich erzähle weiter bis zu dem Moment, in dem ich Georg mit Rebecca in inniger Pose vor der Praxis gesehen habe.

»Den Rest kennst du ja. Dann fand ich deinen Brief und den Kübel voll Margeriten vor der Tür …«

»Ich wusste doch schon immer, dass du auf ältere, dickliche Männer stehst.«

»Er ist nicht dick-lich«, schniefe ich beleidigt.

»Du liebst ihn.«

»Ich habe gedacht, dass ich ihn liebe. Aber das ist vorbei.«

»Doch, du liebst ihn. Und weißt du, was ich an der ganzen Sache nicht begreifen kann, Marly?«

»Was?«

»Dass du keinen einzigen Gedanken daran verschwendest, um ihn zu kämpfen. Du ergibst dich einfach deinem Schicksal und leidest.«

»Was gibt es da noch zu kämpfen? Die Situation war eindeutig, Ben!«

»Du solltest ihn zur Rede stellen, wenn du zurück bist. Nur dann weißt du, was wirklich Sache ist. Du nimmst doch sonst auch kein Blatt vor den Mund und sagst immer, was du denkst. Das habe ich schon immer an dir bewundert. Und jetzt gibst du einfach so auf, ohne die Hintergründe zu kennen? «

»Und wenn schon. Vielleicht bereut er dann ja alles, beteuert, wie schön es mit mir war, und schwört, dass ihm so etwas nie wieder passieren wird. Die Leier kenne ich schon. Die hat mein Vater bei meiner Mutter damals auch abgezogen. Und jetzt hat er sie tatsächlich schon wieder enttäuscht. Du kannst dir nicht vorstellen, was für eine dreiste Nummer er mit ihr abgezogen hat. Und sie ist prompt schon wieder auf ihn reingefallen. Mir passiert das ganz bestimmt nicht.«

»Marly, Georg ist nicht dein Vater, und du bist nicht deine Mutter.«

»Ich weiß, aber ich komme einfach nicht gegen das Gefühl an. Irgendwie habe ich mich wieder wie mit siebzehn gefühlt, als ich meinen Vater mit der Nachbarin erwischt habe. Sie hatte auch dunkle, lange Haare. Es scheint so, als würde sich alles wiederholen.«

»Ich kann mir jedenfalls nicht vorstellen, dass du dich in einem Menschen so getäuscht hast, dem du bedingungslos dein Herz geschenkt hast. Fast könnte ich ja ein bisschen neidisch werden …«

»Echt?«

»Ja, ich gebe zu, ich bin eifersüchtig. Ich habe dich noch nie über einen Mann so reden hören wie über deinen Georg. Alle anderen waren bisher kleine Nummern gegen ihn.«

»Er ist nicht mehr *mein Georg*, wahrscheinlich war er es noch nie. Außerdem bist du hier derjenige, der eine andere Frau heiraten wollte.«

»Ehrlich gesagt, bin ich mir da auch gar nicht mehr so

sicher. Ich war zwar wirklich bis über beide Ohren in Nathalie verliebt. Sie war absolut das Ebenbild dessen, wie ich mir immer meine Traumfrau vorgestellt habe. Sie hat mich einfach umgehauen, fasziniert, in allen Bereichen. Sie war so lebendig. Aber dann, als ich hier oben angekommen war, habe ich festgestellt, dass ich viel häufiger an meine beste Freundin als an meine Verlobte denke. Ich weiß gar nicht mehr so ganz genau, was ich davon halten soll ...«

»Weißt du was? Ich habe unsere Traumpartner-Zettel wiedergefunden. Kannst du dich an die Nacht in der Scheune erinnern? Wir haben die Zettel geschrieben, als du vergessen hattest zu tanken. Ich meine natürlich, als die Tankanzeige deines Autos ganz plötzlich nicht mehr funktionierte.«

»Natürlich weiß ich das noch. Und die Tankanzeige war tatsächlich kaputt! Wir haben dieses hochprozentige Zeug getrunken, und du wolltest mir unter gar keinen Umständen verraten, was du auf deinen Zettel geschrieben hast. Du bist sogar richtig zickig geworden.«

»Stimmt doch gar nicht! Ich war höchstens betrunken. Aber ich weiß, was du darauf geschrieben hast. Und man könnte glatt annehmen, du kanntest Nathalie damals schon. Sie erfüllt alle Punkte – vorausgesetzt, sie kann kochen.«

»Kann sie, sehr gut sogar. Allerdings ist sie Vegetarierin.«

»Sie isst kein Fleisch?«

»Nichts, was irgendwann mal Augen hatte.«

Das ist gut. Das gefällt mir. Für Ben gibt es nichts Schöneres als ein großes, medium gebratenes Steak. Er mag Fleisch sogar roh, als Carpaccio zubereitet.

»Aber ihr wärt bestimmt trotzdem gemeinsam glücklich geworden. Sie ist wirklich nett.« Das sage ich nicht einfach so daher, ich meine es tatsächlich ernst. Bei dem einem Mal, als wir uns in ihrer Schule getroffen haben, war sie mir trotz allen Argwohns, den ich ihr gegenüber hatte, nicht unsympathisch erschienen.

Es ist unfair, dass die Liebe der beiden nie eine Chance bekommen hat. Sie hätten gut zusammengepasst, und ich hätte gewollt, dass Ben mit Nathalie glücklich wird. Ich hätte mit Sicherheit nicht so eine verrückte Manipulationsnummer abgezogen wie Julia Roberts in *Die Hochzeit meines besten Freundes*.

»Das ist schön, das du das so siehst«, sagt Ben.

»Weißt du, dein Wunsch ist hier oben empfangen worden, und irgendjemand hat dir Nathalie geschickt. Nur ich war damals so blöd und habe die Gelegenheit verpasst und habe mir was ganz Unwichtiges gewünscht ...«

Es ist gut, dass unsere Gesprächsthemen wieder leichter werden. Vielleicht ist doch was dran an dem Spruch, dass die Zeit alle Wunden heilt, zumindest was die Sache mit dem Liebeskummer betrifft. Wir plauschen noch eine Weile über unverfänglichere Themen.

Da sagt Ben: »Liane war übrigens heute Morgen hier und hat ein Geschenk für dich abgegeben. Ich wollte dich eigentlich heute Abend damit überraschen, wenn wir es uns auf der Couch gemütlich machen, aber wir können auch gleich mal einen Blick darauf werfen, wenn du magst. Es ist ein Filmzusammenschnitt unserer jährlichen Freitagstreffen. Ich habe es noch nicht geguckt und wollte das gerne mit dir gemeinsam machen.«

»Das ist ja spannend, zeig her!« Sofort sitze ich aufrecht im Bett. »Warum hast du das nicht gleich gesagt?«

»Ich wollte auf den richtigen Moment warten. Immerhin lächelst du jetzt wieder.«

»Gut abgepasst! Wo ist der Film?«

»Im Kinozimmer.«

»Du hast ernsthaft ein Kinozimmer?«

»Nur für mich und für gute Freunde. Ab und an veranstalten wir dort Fernsehabende. Komm …«

»Liane ist sehr nett«, sage ich anerkennend, als ich die DVD in Händen halte.

»Ja, das ist sie. Ich werde ihr nie vergessen, dass sie für uns das System betuppt hat.«

Ich habe Liane versprochen, Ben nicht darüber aufzuklären, dass hier im Himmel nicht geschachert wird. Und ich halte dicht. Auch meinem besten Freund gegenüber. Aber ich bin mir ziemlich sicher, dass sie irgendetwas im Schilde führt.

22 Ich war nicht Herr meiner Sinne

»Du hast damals ausgesehen wie ein kleiner Hippie.«

»Kunststück«, sage ich, »ich war achtzehn.« Gespannt verfolge ich auf dem großen Bildschirm, wie eine junge Frau am Bahngleis steht und aufgeregt winkt. Sie hat halblanges blondes Haar, und in einige Strähnen sind kleine, bunte Perlen geflochten. Auf dem rosafarbenen T-Shirt ist eine selbst aufgemalte Tasse zu erkennen. Darunter steht in kräftigen Buchstaben *make tea, not war!*

»Das war zu der Zeit, als die Amis in den Irak einmarschiert sind«, sagt Ben. »Erinnerst du dich? Damals warst du ganz wild auf Friedensdemos und hast deine politische Einstellung auf sämtliche Kleidungsstücke gekritzelt.«

»Klar, das weiß ich noch ganz genau. Aber es war nur eine einzige Demo, und du warst auch dabei. Doch anstatt dich für den Frieden einzusetzen, hast du dich in diese Natascha verliebt und nur blödes Zeug geredet, um ihr zu imponieren.«

»Stimmt, das war die Kleine, die mich mit ihren Räucherstäbchen fast in den Wahnsinn getrieben hat. Dass du das noch weißt! Mir wäre noch nicht einmal mehr ihr Name eingefallen.«

»Das weiß ich noch so genau, weil du in der Zeit ständig nach Patschuli oder Weihrauch gerochen hast.«

Aber auch die Namen der anderen Frauen, die in Bens Leben eine Rolle gespielt haben, kenne ich alle. Und das waren nicht wenige. Trotzdem kann ich mich an jede Einzelheit erinnern, die er mir über seine Mädels erzählt hat.

»Natascha hatte ein Piercing am linken Nasenflügel.«

»Stimmt, jetzt wo du es sagst… Du siehst auf jeden Fall süß aus, wie du da strahlend am Bahngleis stehst.«

»Ich habe mich mehr verändert als du«, stelle ich fest, als ein schlaksiger Typ mit rotem Haar aus dem Zug steigt.

Der junge Ben im Film sieht immer noch fast genauso aus wie der, der jetzt lang ausgestreckt neben mir auf der Couch liegt. Er dreht den Kopf zu mir.

»Du bist noch schöner geworden, Marly. Dein Gesicht hat jetzt viel mehr Ausdrucksstärke. Und du hast eine tolle Figur bekommen.«

»Danke«, sage ich und erröte leicht. Ben hat mir nie großartige Komplimente gemacht. Zumindest kann ich mich nicht daran erinnern, dass er mich jemals als schön bezeichnet hat. Das Gefühl, sich jetzt nach so vielen Jahren selbst wiederzusehen, ist schwer zu beschreiben. Es ist mehr als nur eine Filmaufnahme, die ich mir da gerade zusammen mit Ben anschaue. Es ist eine Reise in unsere gemeinsame Vergangenheit, die mich einerseits zum Lächeln bringt, andererseits aber auch zu Tränen rührt.

Ich war wahnsinnig aufgeregt, als ich am Bahnsteig auf Ben wartete. Er hatte schon damals das seltene Talent, immer dann zu spät zu kommen, wenn Pünktlichkeit wichtig war. Wir wohnten beide noch in Düsseldorf und hatten gerade unsere Abiprüfungen hinter uns gebracht, als wir an unserem ersten verabredeten Freitag, den Dreizehnten, etwas Besonderes erleben wollten. Also beschlossen wir, mit getrennten Zügen nach Amsterdam zu fahren. Ben hatte uns ein Hotelzimmer in der Innenstadt gebucht. Nicht einfach irgendeine Jugendherberge, sondern ein feudales Doppelzimmer mit allem Drum und Dran.

Plötzlich rauscht der Bildschirm und wird schwarz.

Bevor ich mich beschweren kann, tauchen bunte tanzende Buchstaben auf dem dunklen Hintergrund auf.

Freitag, der Dreizehnte
Besetzung: Marly, Ben und einige Gastrollen
Schnitt: Liane und Ruby

1. Treffen vor neun Jahren: Amsterdam
Es geht weiter. In der ersten Einstellung spazieren wir ganz selbstverständlich in einen Coffeeshop. Darin sieht es aus wie in einem gewöhnlichen Café mit ganz normalen Leuten, nur dass es eben sehr verqualmt ist. An einem Bistrotisch zieht eine Oma mit faltigem Gesicht an einem Joint und schließt dabei genussvoll die Augen. Als sie sie wieder öffnet, schenkt sie uns ein Lächeln.

»Komm«, sagt Ben und zieht mich zur Theke. Dort

kann man zwischen verschiedenen Sorten Gras wählen, die in gläsernen Schubladen präsentiert werden. »Was nehmen wir?«

»Amnesia Haze.« Überrascht drehen wir uns um. Der Tipp kam von der alten Frau.

Mit Material versorgt sitzen wir kurz darauf an ihrem Tisch. Sie zeigt uns, wie man die Dinger dreht – und auch raucht. Beim ersten Zug verschlucke ich mich fürchterlich, aber danach wird es besser.

Hier gibt es einen Schnitt, dann sieht man uns breit grinsend aus dem Coffeeshop kommen.

Das war das erste und letzte Mal, dass ich gekifft habe, das habe ich nach meinem anschließenden Auftritt in der Karaoke-Bar geschworen und mich immer daran gehalten. Dass Liane und Ruby diesen Filmausschnitt ebenfalls ausgesucht haben, war ja irgendwie klar. Irgendwie scheine ich dem hier nicht zu entkommen.

Gut, dass Ben nicht schon früher an diese Aufnahme gekommen ist, sonst hätte er mich bestimmt täglich damit aufgezogen. Ich sehe aber auch zum Schießen aus, wie ich auf der Bühne stehe und anstatt zu singen einfach nur meinen Zeigefinger anstarre. Und dann fange ich auch noch an, mich mit ihm zu streiten. Ich sage ihm, dass er gefälligst aufhören soll, mich so unverschämt anzuglotzen. Dabei bin ich diejenige, die ihn mit weit aufgerissenen Augen anstarrt, wie ich jetzt sehen kann. Aber es kommt noch schlimmer. Das Publikum buht mich nicht etwa aus, es applaudiert und treibt mich zu immer schrägeren Behauptungen. Fulminant beende ich meinen Auftritt vor dem holländischen Publikum, indem ich laut und sehr theatralisch rufe: »Ihr habt gut lachen, und was habe ich? Einen paranoiden Zeigefinger!« Schnitt.

»Ich war nicht Herr meiner Sinne!«, verteidige ich mich lachend, und auch Ben kriegt sich kaum noch ein.

»Soll ich dir eine Kopie davon machen?«, sagt er gluck-send. »Dann kannst du den Film irgendwann deinen Kindern zeigen – wenn sie alt genug dafür sind, das zu verkraften.«

Aber der Film ist noch nicht vorbei. In der nächsten Einstellung liege ich im Bett des Hotelzimmers. Ben sitzt neben mir und streichelt über meinen Kopf.

»Kann ich noch etwas für dich tun?«, fragt er.

»Oh ja, ein großes Glas eiskalte Milch wäre jetzt nicht schlecht.«

Nur kurz darauf sieht man, wie Ben die Straße entlang-läuft und von einer Kneipe in die nächste geht. Als er aus der dritten wieder herauskommt, balanciert er vorsichtig ein volles Glas Milch zwischen seinen Händen.

»Das wusste ich ja gar nicht«, stelle ich verblüfft fest.

»Tja, du warst ja auch so platt, dass du schon tief und fest geschlafen hast, als ich damals zurück ins Zimmer ge-kommen bin. Also habe ich die Milch selbst ausgetrun-ken.«

Am nächsten Morgen ging es mir wieder relativ gut. Mir war zwar etwas übel, aber zumindest hatte ich keine Kopfschmerzen mehr. Nach einer großen Tasse Kaffee, die Ben mir ans Bett gebracht hatte, und einer kalten Dusche konnte ich wieder einigermaßen klar denken. Ich

233

weiß noch, dass wir an diesem Tag planten, den Hippie-markt und Madame Tussauds Wachsfigurenkabinett zu besuchen.

Der Filmausschnitt endet jedoch mit der Szene, in der Ben für mich die Milch organisiert. Die Bilder verschwimmen zu einer grauen Einheit und rauschen ein Weilchen vor sich hin, bis wieder neue bunte Buchstaben auf dem Schirm erscheinen.

2. Treffen vor acht Jahren: Düsseldorf

Es ist dunkel, und ich stehe mit Ben an einer Straßenecke unter einer Laterne, die die Straße hell beleuchtet. Ich bin neunzehn Jahre alt. Meine bunten, geflochtenen Zöpf-chen sind verschwunden, meine Haare sind zu einem schlichten Pferdeschwanz gebunden, der hinten aus einer Baseballkappe herausragt. Ich trage Jeans, ein gestreiftes Shirt und eine graue Sweatshirtjacke mit Kapuze.

Ben trägt Jeans und ein schlichtes, schwarzes T-Shirt. Er sieht auch das Jahr darauf immer noch aus wie heute, der gleiche Stil, nur einfach jünger.

Ich habe zu dieser Zeit in Düsseldorf studiert, Ben in München. Dort hat er sich gleich im ersten Semester in eine Studentin mit dem wohlklingenden Namen Katharina von Pempelfort verliebt. Und Ben wollte ihr etwas ganz Besonderes schenken.

»Das war der Abend, an dem du deine Lady Pempelfort beeindrucken wolltest«, erkläre ich. »Mann, hatte ich einen Bammel …«

Gespannt schaue ich auf den Bildschirm und erlebe

noch einmal, wie Ben sich mit einer ganzen Ladung Werkzeug an dem Ortsschild zu schaffen macht. Pempelfort ist nämlich auch ein Stadtteil von Düsseldorf. Ich stehe Schmiere, die Hände tief in die Hosentaschen vergraben, und trete von einem Bein auf das andere.

»Marly«, sagt Ben, »du musst das Schild jetzt festhalten. Stell dich auf den Werkzeugkoffer, okay?«

Gesagt, getan ... Ich greife nach dem gelben Schild, Ben schraubt, unsere Beute fängt an zu wackeln – und ich auch. Kurz darauf falle ich mit einem Plumps auf den Boden und halte mir den linken Knöchel. Als ich versuche aufzustehen, zucke ich schmerzerfüllt zusammen.

Ben runzelt die Stirn. »Bestimmt verstaucht. Am besten, du bleibst hier, und ich hole das Auto.«

Unser Fluchtfahrzeug haben wir ein ganzes Stück weit weg geparkt, damit niemand die Nummer aufschreiben kann, falls wir beobachtet werden sollten. Ben rennt los, und als endlich ein Auto um die Ecke kommt, atme ich erleichtert auf. Aber es ist nicht Ben, sondern ein Polizeifahrzeug, aus dem zwei uniformierte Beamten aussteigen. »Na, junge Dame, was veranstalten wir denn hier?«, fragt der eine.

Dann wird der Film wieder ausgeblendet.

In der nächsten Einstellung sieht man mich auf dem Polizeirevier sitzen. Die beiden Polizisten fragen mich, wer mein Komplize gewesen sei, doch ich beharre darauf, dass ich das Schild alleine abmontiert habe – für meinen besten Freund, der zu feige gewesen sei, das Ding selbst für seine Herzensdame zu entwenden. Als einer der beiden mir droht, das könne eine Strafanzeige zur Folge haben, fange ich an zu heulen, weil mir in diesem Moment klar wird, dass ich meinen Job als Lehrerin auch Jahre später vergessen kann. Trotzdem erzähle ich nichts von Ben.

Die Aufnahme endet mit einer Szene, die ich bisher nicht kannte. Gebannt beobachte ich, wie sich die Polizisten im Nebenraum beraten.

»Lassen wir sie noch eine Weile zappeln.«

»Nein, ich glaube, das reicht.«

»Süß, die Kleine!«

»Ruf sie an, ihre Nummer hast du ja«…

»Boah, wie gemein!«, rufe ich aus. »Die haben mich absichtlich hingehalten, und ich bin fast gestorben vor Angst!«

»Und? Hat er dich angerufen?«, sagt Ben grinsend.

»Sei du froh, dass ich dicht gehalten habe!«

Das war das einzige Mal, dass ich in Konflikt mit dem Gesetz geraten bin. Das Peinliche an der Sache war, dass ich meine Mutter anrufen musste, um sie zu bitten, mich vom Revier abzuholen. Ben hätte ich ja schlecht herzitieren können.

»Ich weiß es noch genau, ich hatte damals große Angst um dich. Ich hab mein Auto verflucht, weil es nicht gleich angesprungen ist. Dann habe ich versucht, dich auf deinem Handy zu erreichen, aber es klingelte in meinem Auto – du hattest es dort liegen lassen. Als ich dann endlich losfahren konnte, warst du natürlich weg, und ich hab dich überall gesucht. Ich hab sogar überlegt, ob ich die Polizei anrufen soll.«

»Womit du ja gar nicht so falsch gelegen hast. Das wäre bestimmt interessant geworden.«

»Ich war auf jeden Fall heilfroh, als ich hinterher erfahren habe, dass es dir gut geht.«

»Na ja, unter dem verstauchten Knöchel habe ich noch ein Weilchen gelitten ... Wir haben wirklich ganz schön verrückte Dinge zusammen angestellt.«

Unser zweites Treffen habe ich also überwiegend auf einer Düsseldorfer Polizeistation und danach in der Röntgenstation eines Krankenhaus verbracht. Meine Mutter tauchte innerhalb einer Viertelstunde auf der Wache auf, nachdem ich sie angerufen hatte.

»Ganz die Mutter«, begrüßte sie die beiden Beamten. »Baut Mist und lässt sich prompt dabei erwischen.« Und dann hat sie die beiden rund gemacht, weil sie mich nicht gleich ins Krankenhaus gefahren haben, hat mich untergehakt und ist mit mir abgedampft.

Bis heute hat sie mir nicht verraten, was sie damit gemeint hat, *ganz die Mutter*. Aber ich weiß, dass sie immer zu mir gehalten hat und mich notfalls auch mit einer Feile aus dem Knast befreit hätte. Ich beschließe, dass ich, sobald ich wieder zu Hause bin, ihr sagen werde, wie froh ich bin, dass sie meine Mutter ist.

Aber jetzt liege ich hier eng an Ben gekuschelt, was ich sehr genieße. Wir hatten immer viel Körperkontakt. In den Filmausschnitten gehen wir oft Arm in Arm – oder Ben krabbelt irgendwie an mir rum. Man sieht, wie er mir den Nacken massiert, mit meinem Haar spielt oder in meinen Bauchspeck kneift und dabei grinst.

3. Treffen vor sieben Jahren: München

Es war ein warmer Frühsommertag, genau richtig für einen Besuch im Biergarten. Ich sehe mich, wie ich genießerisch einen herzhaften Schluck aus einer Mass Bier nehme. Doch dann werfe ich einen misstrauischen Blick auf die Weißwürste, die vor mir auf dem Teller liegen. »Die kann ich unmöglich aufessen, die schmecken fürchterlich! Und der komische süße Senf macht sie auch nicht genießbarer«, beschwere ich mich. Ben scheinen sie zu schmecken, und er bestellt mir ersatzweise eine Breze, die uns der Kellner kurz darauf an den Tisch bringt.

»Gibt es hier alles nur in Übergröße?«, staune ich.

»Ja, scheinbar schon. Und da wir gerade beim Thema sind … Ich bräuchte mal deinen weiblichen Rat.«

Kauend warte ich ab, was jetzt kommt.

»Ich weiß nicht, was ich mit Annikas Brüsten anstellen soll. Die sind so riesig, dass sie mir richtig Angst machen.«

Ich nehme gerade einen großen Schluck Bier und verschlucke mich.

»Und das, obwohl der Rest an ihr total schlank ist. Sie trägt BHs in fünfundsiebzig Doppel-F, falls dir das was sagen sollte. Und ich habe keinen Plan, wie ich die Dinger anpacken soll.«

»Das Beste wäre wohl, wir könnten das irgendwie ausgleichen. Ich habe nämlich gerade einen Kerl mit Größe XS im Bett.«

»An den erinnere ich mich«, ruft Ben neben mir auf der Couch dazwischen. »Das war doch das Karnickel!«

»Er hieß Richard«, antworte ich mit strengem Blick.

»Dann eben der Richard, der dich wie ein Karnickel rangenommen hat.«

»He!«, beschwere ich mich, wenn auch etwas halbherzig, denn Ben hat recht. Mein XS-Mann hat damals versucht, die fehlende Größe mit Schnelligkeit auszugleichen. Nicht, dass er zu schnell gekommen ist – nein, Richard hatte Ausdauer. Das Problem war nur der schnelle Takt, in dem er seine Bewegungen ausgeführt hat.

»Na ja, deine Dolly Buster war aber auch nicht ohne. War das nicht auch die, die dir so offensichtlich was vorspielt hat?«

»Das habe ich verdrängt!«

Und genau wie die 20-jährige Marly damals erheitert mich die ganze Diskussion. Es ist schön, noch einmal zu sehen, welche Tipps in Liebesangelegenheiten wir uns bei diesem Treffen gegeben haben. Am Ende und nach einer weiteren Mass Bier entschieden wir uns für die einzig wahre Radikallösung: nie mehr Doppel-F oder XS. Ich für meinen Fall hielt eine Mindestgröße von M jedoch für angebracht.

4. Treffen vor sechs Jahren: Düsseldorf
Es ist ein Freitag, der Dreizehnte im Oktober. Fast eineinhalb Jahre sind seit unserem letzten Treffen in München vergangen. Ich war also damals knapp einundzwanzig, Ben zweiundzwanzig. Zum ersten Mal kann man deutlich erkennen, dass auch er älter geworden ist. Er hat etwas von seiner Schlaksigkeit verloren und wirkt männlicher.

Wir sitzen im Kino und sehen uns *Der Teufel trägt Prada* an. Der Film war erst einen Tag vorher angelaufen, doch ich hatte rechtzeitig gute Plätze reserviert. Meinen Kopf habe ich an Bens Schulter gelehnt. Wir sitzen nebeneinander, genießen schweigend den Film und futtern eine große Portion Popcorn. Ab und an lachen wir – meistens dann, wenn die anderen still bleiben. Was Filme angeht, waren wir uns immer einig. Ich kenne keinen einzigen Streifen, der Ben gefällt, aber mir nicht. Und umgekehrt ist es genauso.

Nach dem Kino spazieren wir durch die Düsseldorfer Altstadt und trinken in einer Kneipe ein Altbier.

Hier wird der Film ausgeblendet. Meiner Erinnerung nach ist an diesem Abend auch nichts weiter Aufregendes passiert. Es war einfach ein sehr schönes, harmonisches Wiedersehen.

»Hast du Hunger?«, holt mich Ben in die Gegenwart zurück. »Soll ich uns vielleicht was zum Knabbern holen?«

»Einen noch, dann machen wir Pause.«

5. Treffen vor fünf Jahren: Berchtesgaden

Auf diesen Teil habe ich schon die ganze Zeit gewartet. Jetzt wollen wir doch mal sehen, ob ich mich wirklich in dieser umnebelten Nacht mit einer Kuh unterhalten habe.

Die Aufnahme beginnt in dem Moment, als das Auto mangels Benzin auf der Landstraße stehen bleibt. Wir beziehen die Scheune, trinken den hochprozentigen Schnaps,

üben Schlussmachen und schreiben die berühmten Traumpartner-Zettel. In Nahaufnahme!

Als mein Zettel den gesamten Bildschirm ausfüllt,
springe ich von der Couch auf: »Das ist unfair!«, rufe ich
empört. Doch es ist zu spät, Ben drückt auf den Pausen-
knopf und liest sich in aller Ruhe durch, wie ich mir meinen Traummann damals gewünscht habe.

»Soso, braune Haare und braune Augen. Hat ja gut
geklappt bisher!«, amüsiert er sich.

Das stimmt allerdings. Genau genommen hatte ich
noch keinen einzigen Freund, der diesem Bild entspricht.
Sie waren alle immer blond und hatten helle Augen.

Endlich lässt Ben den Film weiterlaufen. Aber es ist
nicht die Studentin Marly in Berchtesgaden, die ihre
Wünsche in den nächtlichen Himmel funkt, sondern ich
bin es vor nicht allzu langer Zeit. Ich sitze in meinem
Neusser Wohnzimmer auf dem Fußboden, um mich herum
verstreut Stücke aus der Erinnerungskiste, Wodkaflasche
und Multivitaminsaft, und brülle mit meinem Traum-
mann-Zettel in der Hand die Zimmerdecke an ...

»Das war aber jetzt wirklich gemein«, beschwere ich
mich, als der Film endlich zu Ende ist. »Irgendwie habe ich
in dem Moment tatsächlich gehofft, du schwebst auf einer
Wolke und schaust zu mir herunter. Ich konnte ja nicht
ahnen, wie abgedreht der Himmel ist und dass man sich
hier oben das normale Leben als Realityshow reinzieht.«

»Komm her«, sagt Ben zärtlich und zieht mich an sich
ran. »Lass uns eine Pause machen und später weiter-
gucken.«

Eine Weile liegen wir still nebeneinander und halten uns fest, dann küsst Ben zart meine Stirn und steht auf.

»Ich mach uns was zu essen«, sagt er und bleibt im Türrahmen noch einmal stehen. »Die erste Szene mit dem paranoiden Finger war eindeutig am besten.«

Ich greife nach einem Kissen und ziele damit auf Ben, aber er springt zur Seite und verschwindet lachend in der Küche.

Bisher habe ich mich immer über Leute lustig gemacht, die mit ihren teuren Videokameras alles aufnehmen, was ihnen in die Quere kommt. Aber jetzt denke ich anders darüber. Es war sehr schön, einen Blick in unsere gemeinsame Vergangenheit werfen zu können, auch wenn es nur ausgewählte Momente unserer Freitagstreffen waren. Ich würde zu gerne sehen, wie ich als Baby oder Kleinkind war. Meine Mutter hat zwar eine ganze Kiste voll Fotos von mir, aber bewegte Bilder wirken doch ganz anders.

Ich schaue mich in Bens Kinozimmer um. In einer Ecke des Raumes sind einige Stühle übereinandergestapelt. Ich würde zu gerne einmal dabei sein, wenn hier ein Fernsehabend unter Engeln stattfindet.

23 Charlie hatte leider keine Zeit

»Tust du mir einen Gefallen?«, fragt Ben.

»Klar, sehr gerne. Was kann ich machen?«

»Du könntest etwas frische Minze aus dem Garten holen. Sie wächst ganz hinten, neben den Sträuchern.«

»Was kochst du denn?«

»Lammfilets. Die schmecken ganz fantastisch mit einer frischen Minzsoße. Außerdem habe ich noch geräucherten Knurrhahn da und einen Auflauf aus Kartoffelbrei und Hackfleisch. Wir werden also auf jeden Fall satt werden.«

»Klingt lecker. Aber was bitte schön ist denn ein Knurrhahn?«

»Ein Meeresfisch. Ich habe ihn selbst geräuchert. In den Garten kommst du vorne rum durchs Tor. Es ist nur angelehnt.«

Der mit einem Mäuerchen umgrenzte Garten zieht sich bis an den Rand der Klippen, sodass man das Meer hier nicht nur hören, sondern auch riechen, schmecken und fühlen kann. Schnell habe ich die Minze gefunden und pflücke ein paar Stiele davon ab. Sofort breitet sich der frische Duft in meiner Nase aus und vermischt sich mit der Meeresbrise. Ergriffen schließe ich die Augen und atme tief ein.

Der Rhein ist nichts, verglichen mit dem Naturschauspiel, das hier stattfindet. Vorsichtig trete ich an die hintere Steinmauer und wage den Blick nach unten. Über der grauen See brechen sich die Wellen in einem fast gleichmäßigen Rhythmus.

»Einundzwanzig, zweiundzwanzig, dreiundzwanzig«, zähle ich laut.

»Hallo, Marly!«

Erschrocken zucke ich zusammen und drehe mich um. Am Gartentor stehen ein Mann und eine Frau. Sie winken mir zu.

»Entschuldigung, wir wollten dich nicht erschrecken. Mein Name ist Sarah. Meinen Bruder Gabriel hast du ja schon kennengelernt.«

Neugierig gehe ich auf die beiden zu. Die Frau habe ich noch nie gesehen, aber der Mann kommt mir tatsächlich bekannt vor.

»Ja«, stelle ich verblüfft fest, »du hast im Flugzeug neben mir gesessen. Du wolltest doch nach Glasgow.«

»Ja, und du nach Inverness. Wer hätte gedacht, dass wir aussteigen und beide am richtigen Ort ankommen. «

»Hast du deine Schwester also gefunden? Das ist schön. Ich bin auch am richtigen Ort gelandet.«

Dass die beiden Zwillinge sind, sieht man auf Anhieb. Sie haben die gleiche Gesichtsform und die gleichen dunklen Augen und Haare.

Gerade als ich fragen möchte, was die beiden ausgerechnet hier suchen, erscheint Ben in der Haustüre. »Marly? Alles in Ordnung?«

244

»Wir haben Besuch bekommen, Ben!«

»Das ist schön! Bring die Minze mit und dann herein in die gute Stube!«

Drinnen sagt Sarah: »Als Gabriel mir von dir erzählt hat und dass du auch in Schottland bist, habe ich mich ein bisschen umgehört. Und dann habe ich erfahren, dass ihr in John o'Groats steckt, und ich dachte, es sei vielleicht eine nette Idee, euch hier zu besuchen. Wir wollen aber nicht stören.«

»Ihr kommt genau richtig zum Essen. Setzt euch! Ich hol noch zwei Teller.« Ben war immer schon sehr gastfreundlich. Er mag Gesellschaft, der Pub ist also genau das Richtige für ihn.

»Ich helfe dir.« Schnell springe ich auf und laufe ihm hinterher. »Meinst du, das stimmt alles? Es könnte doch sein, dass in Gabriel einer von den Engeln steckt. Ruby hat erzählt, dass sich immer wieder auch Schutzengel an Bord befinden. Es ist doch merkwürdig, dass sie einfach so hier auftauchen. Findest du nicht?«

Ich kann mir wirklich nicht vorstellen, dass unsere kurze Bekanntschaft im Flugzeug einen Besuch der beiden hier rechtfertigt. Und wenn sie nicht einfach unangemeldet hier erschienen wären, hätte ich wahrscheinlich nie wieder an Gabriel gedacht.

»Nein, der Typ ist aus Fleisch und Blut, so wie du. Aber weißt du, was ich glaube?«, flüstert mir Ben zu. »Dein Wunsch ist endlich oben angekommen, und sie haben dir deinen Traummann gleich mit ins Flugzeug gesetzt. Du hast es nur noch nicht bemerkt.«

»Du spinnst ja!«

»Wenn du meinst. Aber er ist groß, hat dunkles Haar, schöne braune Augen …«

»Halt den Mund«, zische ich und versetze Ben einen Seitenhieb.

Aber als ich die Teller und das Besteck auf den Tisch lege, sehe ich mir Gabriel unauffällig etwas genauer an. Ben hat recht. Genauso habe ich mir meinen Traummann immer vorgestellt, zumindest optisch gesehen.

»Sag mal, Gabriel, fährst du zufällig ein Auto mit einer kaputten Tankanzeige?« Grinsend stellt Ben das Tablett mit dem Fleisch auf den Tisch.

»Nein, warum?«, fragt der verständnislos.

»Ach, nur so, weil Marly mal …«

»Das riecht aber lecker«, werfe ich laut dazwischen und sehe ihn böse an. »Holst du noch den Kartoffelauflauf oder soll ich gehen? Das Fleisch wird nämlich sonst kalt.«

»Nein, ich mach das schon.« An der Tür dreht sich Ben noch einmal um. Als ich ihm erneut einen warnenden Blick zuwerfe, lacht er auf und fragt scheinheilig: »Was möchtet ihr denn trinken?«

Ich bleibe bei Wasser. Ich trau dem Braten hier immer noch nicht ganz. Obwohl ich eingestehen muss, dass der Abend zusehends netter wird. Wir erzählen uns Geschichten aus der Vergangenheit, wobei Ben natürlich schon wieder die Sache mit dem paranoiden Zeigefinger zum Besten gibt. Ich berichte von Caruso, das interessiert Gabriel, denn er ist Tierarzt. Außerdem hat er einen Hund. Also fallen auch ihm ein paar nette Geschichten ein. Als Ben einen Drambuie zum Dessert anbietet, sage ich doch nicht Nein. Zumindest möchte ich mal einen kleinen Schluck von dem berühmten Whiskylikör probieren.

Er schmeckt ausgesprochen gut, wie ich nun feststelle. Genüsslich nippe ich an meinem Glas, da nimmt sich unsere gesellige Runde ernsterer Themen an.

»Ich möchte wirklich nicht indiskret sein«, tastet sich Sarah vor, »aber erzählst du uns, wie du gestorben bist, Ben?«

Gespannt blicke ich Ben an. Zum ersten Mal höre ich aus seinem Mund, was sich damals zugetragen hat. Bis zu dem Moment, in dem Ben mit dem LKW kollidiert, wurde mir damals die Geschichte erzählt. Und es scheint sich tatsächlich alles genauso zugetragen zu haben. Das jedoch, was sich danach ereignete, kann ich kaum glauben.

»Es gab einen lauten, ganz fürchterlichen Knall, und alles wurde schwarz. Aber auf einmal war Marly da. Sie streckte ihre Hand nach mir aus und zog mich aus dem Wagen. Ich habe erst gar nicht verstanden, was da gerade passiert ist. Erst als ich meinen leblosen Körper im Autowrack sah, dämmerte es mir.«

»Was?«, frage ich erstaunt. »Ich war auch da?«

»Weißt du noch, was Ruby erzählt hat? Dass er als Begleitengel in anderen Körpern gesteckt hat? Mein Begleitengel hatte mehr Glück. Ich habe dich ausgewählt, mich in den Himmel zu begleiten. Zumindest deine Hülle.«

Verstohlen wische ich mir eine Träne aus dem Auge, da

sagt Sarah: »Wollt ihr wissen, wer mich nach oben gebracht hat?«

»Robbie Williams!«, rät Gabriel wie aus der Pistole geschossen.

Sarah schüttelt lächelnd den Kopf.

»Dann Daniel Craig. Meine Schwester steht nämlich auf Typen mit Charakter.«

Ben geht analytischer an die Sache heran und stellt Sarah eine Gegenfrage: »Weiblich oder männlich?«

»Weiblich.«

»Ja. Aber da kommt ihr nie drauf!«

»Angela Merkel?«, frage ich.

»Was? Nein!«

»Na los, rück schon raus mit der Sprache.« Mittlerweile bin ich wirklich neugierig, um wen Sarah da so viel Aufhebens macht.

»Also, ich bin ebenfalls bei einem Autounfall gestorben. Irgend so ein Idiot hat die Richtung verwechselt und kam mir auf meiner Spur entgegen. Das war der erste und letzte Geisterfahrer, den ich getroffen habe«, sagte sie sarkastisch. »Ich bin ausgewichen und im Graben gelandet. Dummerweise hat mein Gurt geklemmt, und ich konnte mich ohne Hilfe nicht befreien. Und dann war da auf einmal Johnny Harpers korpulente Haushälterin Berta aus *Two and a half men*.«

»Nein!«, rufen Ben und ich gleichzeitig aus.

»Das stimmt nie im Leben! Du veräppelst uns. Jetzt sag schon, wer war es?«

»Doch, ich schwöre, dass sie es war! Und wisst ihr, was

sie zu mir gesagt hat? ›Beeil dich Schätzchen, ich bin hier, um dich abzuholen. Charlie hatte leider keine Zeit. Er hat gerade Wichtigeres zu tun. Du weißt schon ...‹«

»Das ist nicht wahr!«, pruste ich los. »Dein Gesicht hätte ich sehen wollen!«

Wir plaudern noch eine Weile zusammen, bis Ben sagt: »Es ist schon spät, ihr könnt hier übernachten, ich habe genügend Gästezimmer.«

»Ja, das ist eine gute Idee. Was habt ihr denn morgen vor?«, frage ich.

»Nichts Bestimmtes. Wir haben überhaupt keine Pläne gemacht und wollten einfach von Tag zu Tag spontan entscheiden. Und ihr?«

»Wir haben auch noch nichts vor – es sei denn, Marly bekommt ein Visum für den Nebenhimmel. Dann ist sie erst einmal weg.«

»Cool, wie kommt man denn da dran?«, fragt Gabriel. »Da würde ich auch nicht Nein sagen. Frag doch mal, ob ich mitkommen kann, nur so zum Spaß.«

»Ich weiß ja noch gar nicht, ob es klappt«, winke ich ab. »Ruby wollte mir morgen Bescheid geben. Kennst du ihn? Er hat mich am Flughafen abgeholt.«

»Nein, ich glaube nicht. Mich hat eine verdammt attraktive Blondine abgeholt. Beine bis zum Himmel, wenn ich es mal so ausdrücken darf.«

»Heißt sie Liane?«, frage ich nach.

»Genau, Liane.«

»Sieh einer an.« Ben grinst von einem Ohr zum anderen. »Da hatte wohl eine die Fäden in der Hand.«

249

»Wieso das denn?«, fragt Gabriel.

»Ach, nix!«, versuche ich schnell das Geplänkel zu be-
enden, bevor Ben seinen Gedanken noch weiter ausführt,
aber ich habe mir ganz umsonst Sorgen gemacht. Er fängt
nicht etwa wieder mit seinen Traummann-Vermutungen
an, sondern bringt das Gespräch in eine ganz andere
Richtung.

»Wann hast du eigentlich an der Lotterie teilgenommen?«, fragt er Sarah.

»Welche Lotterie?«

»Na, um die Einladung für deinen Bruder in den Himmel zu gewinnen.«

»Ich habe einen ganz normalen Antrag gestellt, weil
Gabriel sich die Schuld an meinem Tod gegeben hat. Er
hatte nämlich an dem Abend getrunken, und ich habe angeboten, ihn in der Kneipe abzuholen, weil er selbst nicht
mehr fahren konnte. – Ich wusste gar nicht, dass man die
himmlischen Fahrkarten auch gewinnen kann.«

»Du hast einfach einen Antrag gestellt? Hm …«

Wie sagte Liane doch gleich? Ben muss von alleine darauf kommen, dass der Himmel nicht bestechlich ist. So wie
er gerade aussieht, scheint er in diesem Moment schwer darüber nachzudenken. Er runzelt die Stirn und reibt mit dem
rechten Zeigefinger an seinem Nasenflügel. Das hat er früher auch schon immer so gemacht. Es ist ein Zeichen dafür,
dass er versucht, logische Zusammenhänge zu erstellen.

»Na ja, mit der Lotterie hat es jedenfalls auch geklappt.
Und ich musste den ganzen Papierkram für den Antrag
nicht erledigen.«

»Den konnte man online eingeben. Normalerweise dauert es allerdings Jahre, bis alles durch ist.«

»Da haben wir ja Glück gehabt.«

»Sieht ganz danach aus.«

Ganz egal, ob es Glück war oder von einer himmlischen Blondine beabsichtigt, ich bin froh, dass ich hier sein darf.

24 Irgendwie verhalten sich hier alle verdammt menschlich

»Marly, Ruby ist dran für dich.«

Ben hält mir das Telefon entgegen, als wir gemeinsam am Frühstückstisch sitzen und es uns schmecken lassen. Das schottische Frühstück soll ja allgemein sehr üppig ausfallen, aber Ben hat mal wieder den Vogel abgeschossen. Neben seinem leckeren Haferbrei gibt es Pancakes, Würstchen, gebeizten Lachs, geräucherte Forelle und frisches Brot. Der himmlische Duft des im Steinofen gebackenen Brotes hat mich heute Morgen schon früh aus den Federn gelockt. Im Schlafanzug habe ich mich die Treppe heruntergeschlichen und Ben eine Weile durch die einen Spalt breit geöffnete Küchentür beobachtet, wie er summend die Speisen zubereitete. Als er mich entdeckte, strahlte er übers ganze Gesicht, und mir ging das Herz auf. Ich weiß jetzt, dass es ihm hier oben gut geht. Er scheint wirklich glücklich zu sein. Eigentlich schade, dass er seinen Traum erst im Himmel verwirklicht hat. Er hätte schon viel früher einen Pub eröffnen sollen, einen irdischen sozusagen.

»Ja, Ruby?«, sage ich nun in den Telefonhörer und lausche, was er mir zu berichten hat. Hilde geht es schon viel besser. Als ich das erfahre, atme ich erleichtert auf. So kann ich mich auch über die Neuigkeiten freuen, die ich danach erfahre.

»Ja, mach ich. Ich freu mich, bis später!« Als ich auflege, schaue ich in gespannte Gesichter.

»Also, ich habe ein Visum bekommen!«, erkläre ich fröhlich. »Und du auch, Gabriel. Wir fahren zusammen.«

»Ich auch?«, fragt er ungläubig.

»Ich denke, dafür musst du dich bei Ben bedanken. So wie es aussieht, hat er Ruby gestern Abend noch bezirzt, damit du mich begleiten darfst. In einer Stunde geht es los. Wir sollen zu dem Paternoster an der Biegung der Straße kommen. Ich weiß, wo das ist. Da bin ich angekommen.«

Da Gabriel anscheinend seine Sprache verloren hat, meldet sich Sarah zu Wort. »Wow, das ist ja irre. Ich beneide euch, ehrlich.« Dann sieht sie Ben an. »Kann ich so lange hierbleiben?«

»Klar. Wir können für heute Abend ein paar Leute einladen und uns die Realityshow über die Familie Kuntz aus Hanau ansehen. In der letzten Folge hat die blonde Tochter beschlossen, Popstar zu werden, obwohl sie gar nicht singen kann. Und die Mutter hat ihren Mann auf Diät gesetzt, aber er futtert immer heimlich beim Nachbarn. – Hast du Lust? Wir müssten nur ein paar Snacks vorbereiten.«

»Ja, gern, hört sich gut an.«

Eigentlich würde ich auch gerne mit den Engeln fernsehen, aber vielleicht ergibt sich dazu ja noch eine Gelegenheit. In den Nebenhimmel komme ich aber wahrscheinlich so schnell nie wieder. Die Sache mit dem *Himmel auf Erden* ist an sich schon irgendwie schräg. Wir sitzen hier in John o'Groats, in Bens Pub, so als wären wir wirklich in Schottland. Alles wirkt echt und wie das normale Leben. Aber jetzt dürfen wir den richtigen Himmel besuchen, den, in dem die Engel wohnen.

Sarah und Ben begleiten uns bis zum Paternoster. Das Ding steht mitten in der Landschaft in einen Hügel eingelassen. Als ich hier angekommen bin, ist mir das gar nicht weiter aufgefallen. Ich war so mit den ganzen anderen Eindrücken beschäftigt, dass ich mich nicht einmal mehr umgedreht habe. Und jetzt stehe ich wieder hier und betrachte verblüfft unser Transportmittel.

Automatisch bin ich davon ausgegangen, dass wir damit weiter nach oben in den Himmel fahren, doch die Aufwärts-Kabinen sind alle mit einer dicken, weißen Kordel verschlossen.

»Nicht, dass wir noch in der Hölle landen!«, sage ich, denn ganz wohl ist mir bei der Sache wirklich nicht. Ich habe damit gerechnet, hier auf Ruby zu treffen, aber alle Kabinen sind leer. Eine nach der anderen gleitet nach unten, ohne dass ein Passagier darin zu sehen ist.

Ich bin froh, dass ich nicht alleine einsteigen muss.

»Komm, Marly«, fordert Gabriel mich auf und greift nach meiner Hand. Fast im Gleichschritt setzen wir den Fuß in die Kabine.

»Viel Spaß!«, ruft Sarah.

Ben kennt mich gut. Er sieht mir an, was gerade in mir vorgeht. »Hab keine Angst, Marly, es wird sicher sehr schön. Ruby wartet …« Den Rest höre ich nicht mehr.

An der Paternosterinnenwand blinken übereinander angeordnete Lämpchen. Ganz oben leuchtet ein Schild mit der Aufschrift *John o'Groats.*

Geräuschlos gleiten wir nach unten, und die schottische Landschaft verwandelt sich in einen milchigen Himmel.

»Genauso sah es aus, als ich aus dem Fenster des Flugzeugs gesehen habe. Weißt du noch? Du hast gesagt, es sei Nebel.«

Als ich bemerke, dass ich noch immer Gabriels Hand halte, lasse ich sie schnell los. Gabriel tritt ganz dicht an den Rand des Paternosters und streckt weit seinen Arm in das milchige Zeug.

»Pass auf!«, sage ich »Nicht, dass du rausfällst.«

»Ich bin vorsichtig.«

»Und?«

»Hm. Es fühlt sich an wie ganz normale Luft. Aber auch irgendwie nicht. Es gibt keinen Lufthauch, wenn ich den Arm hin und her bewege. So, als würde hier kein Lüftchen wehen.«

»Lass mich auch mal. Hältst du mich fest? Ich hab nämlich das seltene Talent, in den unmöglichsten Momenten zu stolpern oder auszurutschen.«

Gabriel hakt sich unter. Dann kremple ich meinen Ärmel hoch und strecke vorsichtig meinen Arm ein kleines bisschen nach draußen.

»Ich glaube, das ist nicht wie normale Luft. Meine Haut kribbelt ein bisschen davon.« Fasziniert betrachte ich meinen Arm. Die blonden kleinen Härchen darauf flimmern, als würden sie die Sonne reflektieren. Aber von der ist weit und breit nichts zu sehen.

»Guck mal, deine Haut schimmert jetzt auch«, sagt Gabriel, und ich ziehe den Arm schnell zurück. Hier im Paternoster sieht er wieder ganz normal aus. Erleichtert atme ich auf.

»Was meinst du, Marly? Wie sieht es wohl im richtigen Himmel aus?«

Die Frage überrascht mich. »Keine Ahnung. Ich hab ja bisher noch nicht einmal daran geglaubt, dass es ihn wirklich gibt. Vielleicht eine wunderschöne, bunte Landschaft mit fantastischen Pflanzen und Tieren? So ähnlich jedenfalls stelle ich es mir vor. Und du, hast du ein Bild im Kopf?«

»Ehrlich gesagt übersteigt es meine Vorstellungskraft. Vielleicht habe ich dafür auch einfach nicht genügend Fantasie. Aber es wäre mir letztendlich auch egal, wie es dort aussieht. Ich würde mir nur wünschen, später dort mit den mir wichtigen Menschen bis in alle Ewigkeit bleiben zu dürfen. Das wäre schön.«

Lächelnd nicke ich ihm zu. »Gleich wissen wir mehr. Wir können ja nicht ewig mit dem Ding weiter nach unten fahren.«

»Stimmt, wir stecken jetzt schon ganz schön lang hier drin.«

Kaum ausgesprochen, ertönt ein lauter Gong. Im selben Moment erlöschen die Lämpchen, und dort, wo eben noch John o'Groats zu lesen war, leuchtet jetzt *Sky of angels* auf.

Erwartungsvoll halte ich Ausschau nach Ruby, doch weit und breit ist nichts von ihm zu sehen.

»Und jetzt?«, frage ich zögerlich.

Gabriel hat schon einen Fuß aus dem Paternoster gesetzt und überprüft vorsichtig den Untergrund. »Fühlt sich so ähnlich an wie die Stufen der Rolltreppe am Flughafen. Man kann auf jeden Fall darauf stehen. Komm, Marly.«

Und kaum bin ich ausgestiegen, setzt sich der himmlische Fahrstuhl wieder in Bewegung.

Ich drehe mich in alle Richtungen. Überall um uns herum ist es weiß. Watteweiß.

»War wohl nix mit meiner bunten Pflanzenwelt! Sieht eher sehr steril aus hier. Weißer als weiß, würde ich mal behaupten.«

»Was hat Ruby denn vorhin genau am Telefon gesagt? Vielleicht hast du dich vertan, was die Zeit angeht.«

»Nein, er hat gesagt, dass wir in einer Stunde zum Paternoster kommen sollen.«

»Vielleicht haben wir ihn verpasst, und er wartet jetzt oben auf uns.«

»Nein, das glaube ich nicht. Irgendwie wundert es mich auch nicht, dass wir jetzt alleine hier stehen. Meinen Koffer hatte er ja auch zuerst vergessen.« Schon wieder ein unzuverlässiger Mensch beziehungsweise Engel, aber das kommt letztendlich aufs Gleiche raus. Ruby ist nicht da. Und damit ist er auch nicht besser als Ben.

»Ich wüsste nicht, in welche Richtung wir gehen sollten. Was meinst du?«

»Lass uns noch einen Moment warten, dann nehmen wir den Paternoster wieder nach oben.«

Ich setze mich im Schneidersitz auf den Boden, und Gabriel lässt sich neben mir nieder. Nachdenklich betrachte ich ihn von der Seite. An Bens Traummann-Theorie glaube ich nicht. Gabriel sieht zwar umwerfend gut aus, aber sein Äußeres bewirkt bei mir irgendwie nichts. Anscheinend stehe ich doch auf dickliche, ältere Männer. Sean Connery zum Beispiel. Der ist erst im Alter richtig attraktiv geworden. Oder Georg – ich bin mir sicher, dass er von Jahr zu Jahr besser aussehen wird.

»Was ist? Worüber denkst du nach?

»Über James Bond.«

»Aha, und was hast du wirklich gedacht?«

»Dass Ruby echt langsam mal hier auftauchen könnte.«

»Marly, was für ein Glück, da seid ihr ja!«, ertönt es plötzlich, und wir rappeln uns auf. Ruby steht vor uns.

»Na endlich!«, sage ich. Irgendwie habe ich plötzlich schlechte Laune. »Hast du uns vergessen?«

»Nein, wie kommst du denn darauf? Ich habe auf euch gewartet. Als ihr nicht gekommen seid, bin ich zu Ben gegangen. Der hat mir gesagt, dass ihr schon auf dem Weg seid.«

»Wir waren pünktlich da. Aber du nicht.«

»Ich weiß, ich hatte noch Probleme mit meinem Hund Percy, der mal wieder ausgebüxt ist. Ich habe Ben eine SMS geschickt, dass es zehn Minuten später werden wird.«

Wahrscheinlich hat Ben die Nachricht einfach überhört. Das ist mir früher auch oft so mit ihm gegangen. Ich
habe ihm geschrieben und mich dann gewundert, warum
er nicht antwortet. Deswegen habe ich ihn in der Regel
lieber angerufen. Dass so etwas auch im Himmel vorkommt, wundert mich allerdings doch. Irgendwie verhalten sich hier alle verdammt menschlich.

Jetzt mischt sich auch mein Reisebegleiter ins Gespräch
ein. »Hauptsache, du bist jetzt hier. Ich bin übrigens
Gabriel.«

»Ich weiß, der Tierarzt. Du kennst dich doch bestimmt
mit Hunden aus. Die letzte Zeit nämlich ...«

Ich verdrehe die Augen. Deswegen durfte Gabriel also
mit.

»Was hat sie?«, fragt Ruby.

»Ich glaube, sie hat mit James Bond gerechnet.«

»Mit James Bond? Na, das nenne ich ja mal weibliche
Intuition!«

25 Nimmt man im Himmel eigentlich zu?

Die weiße Wüste scheint kein Ende zu nehmen. Wir laufen bestimmt schon zehn Minuten einfach nur geradeaus. Die beiden Männer verstehen sich prächtig und unterhalten sich angeregt. Gabriel hat einen Hund, der irgendeine Mischung aus Pudel und Labrador ist, ein Labradudel sozusagen. Tilda würde wahrscheinlich kurzen Prozess mit ihm machen, vorausgesetzt, sie wäre nicht solch eine Schissbuxe. Also eher Caruso. Da Ruby stolzes Herrchen eines Mopses ist, haben sie sich viel zu erzählen. Ich könnte mich in das Gespräch einklinken und von Tilda erzählen, aber die gehört zu Georg. Und an den möchte ich momentan nicht denken. Trotzdem schleicht er sich immer wieder in meine Gedanken, und darüber ärgere ich mich.

Außerdem macht mir die allgegenwärtige Farblosigkeit zu schaffen. Am liebsten würde ich meinen Pinsel schwingen und hier mal ordentlich rumklecksen.

»Wann sind wir denn da?«, frage ich. Dabei fühle ich mich, als wäre ich wieder zehn Jahre alt und würde mit meinen Eltern an die Nordsee fahren, wo wir immer Urlaub gemacht haben. Prompt bekomme ich die gleiche

Auskunft von Ruby zu hören, die meine Mutter damals auch auf Lager hatte: »Wir sind gleich da, es ist nicht mehr weit.« Fehlt nur noch, dass er sagt: »Gleich kannst du das Meer sehen.« Aber das ist ja bei Ben. In Schottland ist es wenigstens schön. Ich hätte dort bleiben sollen, um jede einzelne Minute mit Ben zu genießen. Warum habe ich mich nur auf diesen blöden Trip eingelassen?

Gerade als ich zu einer Antwort ansetzen will, sehe ich in der Ferne eine Tür auftauchen, die einfach so mitten im endlosen Raum steht. Daneben steht ein Stuhl, auf dem ein Mann sitzt. Als er uns näher kommen sieht, steht er auf und winkt. Er ist ganz in Weiß gekleidet. Auch seine Haare einschließlich seines Bartes leuchten schneeweiß und heben sich kontrastreich von seiner gebräunten Haut ab.

»Das ist der Türsteher«, erklärt Ruby uns und begrüßt ihn mit den Worten: »Hallo Arnold, hier ist unser Besuch mit Visum für den Nebenhimmel.«

»Das glaube ich jetzt nicht«, bricht es aus mir heraus. Vor uns steht Sean Connery, zumindest sieht er ganz genauso aus. Mit seinen charismatischen Augen lächelt er uns an, und ganz kurz, wie es mir scheint, sieht er mir dabei direkt in mein Herz. Einen Moment lang bekomme ich tatsächlich so etwas wie weiche Knie.

Wir gehen durch die Tür, und ich drehe mich noch einmal zu ihm um und winke ihm wie ein Schulmädchen zu.

Ruby hat ihn Arnold genannt, das heißt, dass es sich nicht um den echten Sean Connery handeln kann. Das beruhigt mich. Denn alles andere würde bedeuten, er wäre gestorben.

»Wer hat denn die Hülle für den Türsteher ausgewählt?«, frage ich unseren Begleiter.

»Die hat er sich selbst ausgesucht«, erklärt Ruby. »Engel mit besonderen Aufgaben dürfen das. Vor einiger Zeit sah er noch aus wie Arnold Schwarzenegger, aber als er mitbekommen hat, was der unten angestellt hat, hat er sich zu einem Hüllenwechsel entschieden.«

»Ich habe immer gedacht, oben im Himmel schwirren alle als schimmernde Lichtwesen umher. Die Energie besteht einzig und allein aus Liebe, und man befindet sich in einem ewig andauernden Strudel von Glückseligkeit.«

»Wir befinden uns ja auch im Nebenhimmel und nicht in deinem persönlichen Himmel. Was du später daraus machst, bleibt ganz allein dir überlassen. Es liegt rein an deiner Vorstellung.«

»Es tut mir leid, aber mir macht das milchige Weiß wirklich zu schaffen«, sage ich. Und die Sache mit Georg. Sie verfolgt mich sogar bis in den Himmel hinein. Immer wieder muss ich an ihn denken.

»Ich weiß. Aber wir sind gleich da. Nur noch eine ganz kurze Fahrt im Paternoster. Weniger als eine Minute, versprochen.«

Und dann ist es tatsächlich so weit.

Im Nebenhimmel sieht es genauso aus wie auf der Erde, nur dass der Himmel etwas heller scheint. Und irgendwie beruhigt mich das. Ich fühle mich auf einmal sicher, wie in einer mir vertrauten Welt.

Die Engel wohnen in Häusern, die sie sich ganz nach ihrem Geschmack einrichten. Bis vor Kurzem hat Ruby noch in einem Einfamilienhaus gewohnt, aber seit Percy auch bei ihm im Himmel ist, lebt er auf einem umgebauten Bauernhof in einer Art WG gemeinsam mit anderen Schutzengeln.

»Wir sind oft unten auf der Erde unterwegs«, sagt Ruby. »Das ist manchmal recht einsam, weil wir mit unseren Schützlingen nicht kommunizieren können. Und es ist richtiggehend frustrierend, wenn man mitbekommt, wie sie sich immer weiter in ihr eigenes Verderben hineinkatapultieren.«

»Das glaube ich gerne. Da geht es mir als Lehrerin ein Stück weit genauso. Natürlich nicht so extrem, ich bekomme ja nicht alles mit.«

»Und das ist vielleicht auch gut so. Wenn du all das sehen könntest, was wir unten erleben, wäre die Grenze deiner Belastbarkeit schnell erreicht. Manche Dinge kann man kaum ertragen, auch als Engel nicht. Umso wichtiger ist es, hier oben jemanden zum Reden zu haben.«

Wir stehen in der großen Gemeinschaftsküche der Schutzengel-WG, die komplett im Landhausstil eingerichtet ist. In der Mitte befindet sich ein mächtiger, altertümlicher Gasherd, über dem ein Eisengitter mit vielen Kupfertöpfen in den unterschiedlichsten Größen hängt. Es ist hell und freundlich hier, alles wirkt einladend, fast sonnig. Besonders angetan hat es mir aber der lange

Eichentisch. Auf den beiden dazugehörigen schlichten Holzbänken liegen mehrere dicke Sitzkissen, die sehr einladend aussehen.

»Setzt euch doch«, sagt Ruby. »Möchtet ihr Kaffee?«

»Sehr gerne«, antworten wir gleichzeitig, und er macht sich am Herd zu schaffen.

»Mir gefällt es hier«, sagt Gabriel. »Es ist fast so wie bei mir zu Hause, nur größer und freundlicher. Ich wohne auch in einer WG.«

Ich weiß noch nicht sehr viel über Gabriel. Wir haben zwar kurz im Flieger miteinander gesprochen und den gestrigen Abend miteinander verbracht, aber Sarah war diejenige, die am meisten erzählt hat. Doch ich weiß, dass er seine Zwillingsschwester verloren hat und sich die Schuld dafür gibt. Ich kann gut nachempfinden, wie er sich damit fühlen muss. Immerhin habe ich mir auch immer wieder vorgeworfen, Ben könnte vielleicht noch leben, wenn ich mich an diesem Tag anders verhalten hätte. Ben war mein bester Freund und mehr als das. Gabriel jedoch hat einen Menschen verloren, mit dem er vom ersten Atemzug an verbunden war. Bestimmt haben die beiden sich sehr geliebt – und viel miteinander erlebt.

»Wo wohnst du eigentlich?«, frage ich ihn.

»In Waldfeucht. Das liegt in der Nähe von Heinsberg, wenn dir das was sagt.«

»Heinsberg kenne ich. Das ist nicht weit weg von Düsseldorf und liegt ganz nah an der Grenze zu den Niederlanden, oder?«

»Ja, genau. Es dürften ungefähr fünfundsiebzig Kilometer bis zu dir sein, je nachdem in welchem Stadtteil du in Düsseldorf wohnst.«

»Ich wohne aber in Neuss.« Das habe ich anscheinend noch nicht wirklich verinnerlicht, sonst hätte ich es gleich gesagt.

»Dann ist es sogar noch näher.«

»Und du lebst in einer WG?«

»Ja, mit drei Mitbewohnern in einem Haus, zwei Männer und eine Frau. Aber es ist bei Weitem nicht so feudal wie dieses hier.«

»WG-Erfahrung habe ich bisher nicht gesammelt. Ich habe erst mit meiner Mutter gewohnt und nun seit Kurzem alleine.«

»Und fühlst du dich wohl so alleine? Ich kann mir das momentan überhaupt nicht vorstellen. Bei mir führte letztes Jahr eins zum anderen. Erst hat meine Freundin sich von mir getrennt, dann hat Sarah den tödlichen Unfall gehabt. Wäre ich momentan alleine, würde ich wahrscheinlich jeden Abend in Selbstmitleid ertrinken. Und im Hochprozentigen.«

»Ich habe auch schon die eine oder andere Wodka-Orgie hinter mir und fühlte mich anfangs auch gar nicht wohl so alleine. Aber dann habe ich meine Nachbarin kennengelernt, Hilde. Sie ist übrigens Rubys Schützling, wusstest du das? Jedenfalls ist seitdem das Leben erträglicher geworden – und freundlicher.« Und auf einmal war Georg da, und es wurde unverhofft sogar richtig schön, aber daran möchte ich momentan gar nicht denken. Ich fühle mich gut, sehr gut sogar, fast leicht. Ob das am Himmelsklima liegt?

»Mir helfen meine Freunde auch. Sie leisten ganze Arbeit und sind immer für mich da. Aber auf Dauer ist mir das zu anstrengend.«

»Sag Bescheid, wenn du umziehst, dann helfe ich dir. Ich bin richtig gut darin, Wände zu tapezieren. Und streichen kann ich auch.«

»Danke für das Angebot. Lass uns später Handynummern austauschen.«

»Gerne!« Bei der Gelegenheit fällt mir ein, dass Ruby mir noch mein Handy zurückgeben muss.

»Kaffee!« Ruby setzt ein Tablett vor uns auf den Eichentisch, auf dem nicht nur drei dampfende Tassen Kaffee stehen. Es ist voll beladen mit Plätzchen und Kuchen. Am meisten lacht mich ein riesengroßes Stück Käsetorte mit Mohn an. Aber auch der Streuselkuchen mit Kirschen sieht sehr lecker aus. Ich kann mich nicht entscheiden.

»Machen wir halbe-halbe?«, fragt Gabriel.

»Das ist eine sehr gute Idee!« Ich greife beherzt zu.

»Himmlisch«, stelle ich kurz darauf fest. »Darf ich später auch bei euch einziehen?«

»Jederzeit – wenn der Himmelsboss dich zum Schutzengel ausbilden lässt. Die Arbeit als Begleitengel würde ich dir allerdings nicht empfehlen, das ist wirklich hart. Aber momentan bist du ja noch quicklebendig. Und das wird auch noch eine ganze Weile so bleiben, da bin ich mir sicher.«

»Der Himmelsboss?«, fragt Gabriel kauend. »Sprichst du etwa von Gott?«

So direkt hätte ich es nicht gefragt, deswegen bin ich froh, dass Gabriel den Part übernommen hat. Gespannt warte ich auf Rubys Antwort.

»Hier nennen wir ihn Himmelsboss, aber er tritt nur sehr selten in Erscheinung. Ich persönlich hatte bisher erst einmal Kontakt zu ihm.«

Über Gott habe ich mir bisher gar keine Gedanken gemacht. Aber irgendjemand muss den ganzen Laden hier oben ja schmeißen.

Kurz überlege ich nachzufragen, wie er aussieht, entscheide mich aber dagegen. Bestimmte Dinge will ich lieber nicht wissen. Und die Sache mit dem Himmelsboss gehört dazu. Das möchte ich lieber ganz allein mit mir selbst und meinem Herzen ausmachen. Gabriel scheint es ähnlich zu sehen. Auch er schweigt und hängt seinen Gedanken nach.

»Und?«, unterbricht Ruby die Stille. »Wie sieht es auch? Wollt ihr euch hier oben ein wenig umsehen?«

»Ja, gerne. Aber sag mal, könntest du mir mein Handy zurückgeben?«

»Natürlich, das habe ich ganz vergessen.«

Als Ruby mir kurz darauf das Telefon auf den Tisch legt, frage ich: »Hat es geklappt? Hast du die Nachricht losgeschickt?«

»Ja, kein Problem.«

»Und habe ich vielleicht irgendwelche Nachrichten erhalten? Wenn du unten warst, muss ich ja Empfang gehabt haben.«

»Zwei, aber ich habe sie natürlich nicht geöffnet.«

»Nur zwei?«

»Nach irdischer Uhrzeit warst du gerade erst in Schottland angekommen. Und der Flug dauerte nur zwei Stunden. Ich bin auch gleich wieder zurück. Es kann also sein, dass du zwischenzeitlich noch mehr Nachrichten bekommen hast.«

»Okay. Danke, Ruby.«

»Gern gemacht.« Ruby steht auf. »Ich gehe mal nach Percy schauen. Den habe ich beim Nachbarn deponiert, da er gerne für ordentlich Trubel sorgt, wenn ich nicht hier bin. Möchtet ihr noch irgendwas? Ich bin auch gleich wieder da.«

»Nein, danke, ich bin pappsatt.« Seitdem ich im Himmel bin, futtere ich die ganze Zeit.

»Sag mal, Ruby, nimmt man im Himmel eigentlich zu?«

»Nein, keine Sorge«, sagt er grinsend und verschwindet.

Wenn ich Nachrichten erhalten habe, müssten sie jetzt eigentlich hier oben auch für mich lesbar sein. Die eine ist bestimmt von Rici. Ob die andere von Georg ist? Irgendwie traue ich mich nicht nachzuschauen.

»Kannst du mir einen Gefallen tun?«, frage ich Gabriel. »Sieh doch bitte mal nach, wer mir die SMS geschickt hat, ja?«

»Also, eine ist von Rici. Hier, ich öffne sie ...«, sagt er und reicht mir das Handy.

Boah, bin ich froh, dass es dir gut geht am äußersten Zipfel von Schottland. Hildes Zustand ist stabil, was ein gutes Zeichen ist. Hab Georg gefragt. Ich denke an dich und hab dich lieb.

»Und die andere?« Ich gebe ihm das Handy zurück.

»Von einem Georg, soll ich sie auch öffnen?«

»Nein«, sage ich bestimmt.

Ich fühle mich leicht und gut. Und das soll auch so bleiben.

26 Wer hat schon mal in einer Schutzengel-WG übernachtet?

»Und das hier ist die irdische Bibliothek. Hier findet ihr jedes nur erdenkliche Buch, angefangen von den ersten Schriften bis hin zu *Harry Potter* und anderen zeitgenössischen Werken.«

Ich habe als Kind schon immer gerne gelesen und war sozusagen Stammkunde in der Stadtbibliothek. Ich habe mir die Bücher dort nicht nur kiloweise ausgeliehen, sondern sie teilweise gleich vor Ort geradezu verschlungen. Und zwar immer dann, wenn ich beim Testlesen der ersten Seiten hängen geblieben bin und mich nicht mehr losreißen konnte. Meine Mutter hat oft in der Bibliothek angerufen, um zu fragen, in welchem Buch ich mal wieder stecken geblieben bin. Aus den Telefonaten mit der Bibliothekarin hat sich mit der Zeit eine Freundschaft zwischen den beiden Frauen entwickelt. Karin war zu der Zeit die Stadtbibliothekarin.

Mein absolutes Lieblingsbuch war damals *Die unendliche Geschichte*. Ich war unsterblich in den jungen Krieger Atreju verliebt. Doch dann wollte meine Mutter mir eine Freude machen und hat mir zu meinem zwölften Geburtstag den Videofilm dazu geschenkt. Ich war maßlos enttäuscht, weil ich mir alles ganz anders vorgestellt hatte. Ich habe mir daraufhin nie wieder einen Film angesehen, wenn ich vorher das Buch gelesen habe und davon begeistert war.

Vielleicht habe ich deswegen auch immer noch ein mulmiges Gefühl im Bauch, weil ich den Himmel jetzt schon begutachten darf. Auf der anderen Seite interessiert es mich brennend, was ich hier noch alles zu sehen bekommen werde.

Die Bibliothek ist auf jeden Fall mehr als beeindruckend. Die Regale reichen bis unter die hohe Decke und sind vollgepackt mit wahren Schätzen der Literaturgeschichte. Von J. K. Rowling bis hin zu Goethe ist hier alles vorhanden. Gabriel scheint sich vielmehr für die Funktionalität des Regalsystems zu interessieren.

»Darf ich mal?«, fragt er, und als Ruby nickt, zieht Gabriel einen der Hebel, die an der Wand befestigt sind. Geräuschlos versinkt das Regal im Boden und macht dem darüber Platz.

»Wow!«

»Anders würde man die Massen an bedrucktem oder handbeschriebenem Papier gar nicht bewältigt kriegen«, sagt Ruby.

»Und moderne Archivierungsmethoden?«

»Davon hält hier oben niemand was. In der irdischen Bibliothek gibt es nur die Originale.«

Während die Männer über die Technik reden, habe ich nur Augen für die Bücher. Ehrfürchtig streiche ich mit den Fingern über eine Reihe besonders alter Werke. »Ich würde wahrscheinlich jeden Tag von morgens bis abends hier sitzen und in den Büchern stöbern.«

»Du könntest sie dir aber auch ausleihen und in Ruhe zu Hause lesen.«

»Nein, hier gefällt es mir. Ich würde sie hier lesen, und zwar eins nach dem anderen, bis ich sie alle durchhabe. Unendlich viel Zeit dafür hätte ich dann ja.«

»Die würdest du auch brauchen«, sagt Ruby. »Im Nebenraum befindet sich nämlich noch die himmlische Bibliothek. Darin finden sich neben den Werken der himmlischen Schriftsteller auch Engelskunde und eine ganze Reihe anderer Lehrbücher.«

»Was sind denn himmlische Schriftsteller?«, frage ich.

»Die, die schon zu Lebzeiten geschrieben haben und es im Himmel nicht lassen können. Und die, die immer davon geträumt haben und sich hier verwirklichen. Und dann gibt es noch die Schutzengel-Lektüre der Engel, die ihre Erlebnisse auf der Erde beschreiben. Die ist teilweise recht lustig.«

»Welcher der zu Lebzeiten bekannten Schriftsteller schreibt denn noch? Goethe vielleicht?«

»Nein«, sagt Ruby, »der hat keine Lust mehr.«

»Und Michael Ende?« Der Gedanke gefällt mir, denn womöglich spinnt er den Faden der *Unendlichen Geschichte* weiter.

»Der schreibt tatsächlich noch.«

»Echt? Und was? Ich meine … dürfen wir mal in diese Bibliothek gehen und nachschauen?«

»Wir können gerne nach nebenan gehen, aber du darfst

leider die Werke nicht lesen, die hier oben im Himmel verfasst werden.«

»Ach, das ist aber schade. Aber sehen würde ich die himmlische Bibliothek schon gerne mal.«

»Na gut, dann kommt mal hier entlang ...«

Wir laufen einen Gang entlang, und ich bemerke meine zunehmend gute Laune.

»Wahnsinn, oder?«, frage ich Gabriel und bohre meinen Zeigefinger in seine rechte Seite.

»Hey!«

»Pssst«, macht Ruby. »Wir sind da.«

Die Bücher stehen auch hier in zahlreichen Regalen, die nach dem gleichen Paternoster-Prinzip funktionieren. Möglichst unauffällig nähere ich mich den Bücherrücken, um einen Blick auf einen Autorennamen werfen zu können.

»Die Bücher, für die du dich interessierst, stehen weiter hinten, Marly. Du musst dich also gar nicht so verrenken.«

»Sind sie nach Genre, Alphabet oder Erscheinungsjahr geordnet?« Typisch, dass Gabriel das wissen möchte. Männer interessieren sich brennend für Regalsysteme oder Sortiermethoden. Dass hier unbegreiflich wertvolle Schätze stehen, scheint ihm gar nicht bewusst zu sein.

»Lehrbücher, Erlebnisberichte und himmlische Autoren stehen getrennt, sind aber dann jeweils alphabetisch geordnet. Hier vorne findet man Berichte und Lehrbücher, ab etwa dem zehnten Regal stehen die neuen Werke der himmlischen Autoren.«

Andächtig gehe ich den langen Gang entlang und zähle

dabei die Regale. Vor dem zehnten drehe ich mich um und sehe Ruby fragend an.

Als er den Kopf schüttelt, seufze ich ergeben auf und gehe brav zurück.

»Tut mir leid, Marly«, sagt Ruby und tätschelt mir den Arm. »Gehen wir weiter? Es gibt neben den Bibliotheken noch zwei Filmarchive.«

Neugierig horche ich auf.

»Stammen daher auch die Aufnahmen aus meinem Leben?«

»Ja, die hab ich mit Liane hier geschnitten.«

»Und dürfen wir da zur Abwechslung auch mal was anschauen?«

»Das werden wir gleich sehen.«

Damit habe ich nicht gerechnet. Ich bin davon ausgegangen, dass hier im Archiv ein ähnliches System angewandt wird wie in der Bibliothek und die Filme in Regalen aufbewahrt stehen. Aber das Gegenteil ist der Fall. Hier läuft alles hochmodern ab. Die ganze Halle ist mit Bildschirmen ausgestattet, vor denen jeweils ein Sessel steht. Einige davon sind besetzt.

»Darf ich?«, frage ich, und als Ruby nickt, nehme ich auf einem freien Sessel Platz. Gabriel bleibt hinter mir und guckt mir über die Schulter.

In die Armlehne des Sessels ist ein großes Display eingelassen, das stark an ein iPad erinnert.

»Hier wurde vor Kurzem auf ein neues System umgestellt«, erklärt Ruby.

»Sag bloß, Steve Jobs ist hier oben?«, fragt Gabriel.

»Nein, dem geht es wie Goethe. Er hat genug von seinem irdischen Job und beschäftigt sich lieber mit anderen Dingen. Aber es gibt auch noch weitere helle Köpfe im Himmel.«

»Und wie funktioniert das jetzt alles? Ist doch egal, wer das hier erfunden hat«, sage ich.

»Du gibst deinen Namen, deinen Geburtstag und dein Passwort ein. In eurem Fall heißt es einfach *Gast*. Der Administrator hat extra einen Account für Besucher angelegt. Dann erscheint ein Feld, in dem du gefragt wirst, wen du sehen möchtest. Gibt es mehrere Personen, die den gleichen Vornamen tragen, kannst du nach Geburtsdatum oder aktueller Adresse selektieren. Gehört die Person zu deinem persönlichen Umfeld, wird nach der PIN gefragt. Aber die hast du nicht. Man muss sie beim Administrator anfordern.«

»Gehöre ich selbst auch zu meinem persönlichen Umfeld?«, frage ich.

»Das hat sie jetzt nicht wirklich gefragt, oder?« Ruby grinst Gabriel an.

»Ich fürchte doch.«

»Ihr seid doof!«, fahre ich dazwischen. »Was ist denn so witzig an der Frage? Du hast *Um*feld gesagt, Ruby. Das bedeutet, was um mich herum ist. Also nicht *ich* selbst.«

»Klingt irgendwie verdammt nach Frauenlogik«, stellt Gabriel fest.

»Okay, dann drücke ich mich anders aus. Du bist tabu.

Und alle, die was mit dir zu tun haben, auch. Tut mir leid, Marly.«

»Aber du könntest dich doch anmelden und dir ein paar Momente aus meinem Umfeld anschauen. Bekommt doch niemand mit, wenn ich dir dabei ein wenig über die Schulter gucke. Hier sind alle schwer beschäftigt. Außerdem habt ihr mir doch sowieso schon den Filmzusammenschnitt geschenkt. Bitte, Ruby, irgendwas ganz Unverfängliches.«

»Gepfuscht wird nicht, Marly. Aber ich kann gerne mal den Administrator fragen, ob er eine Ausnahme macht. Ich bin gleich wieder da, wartet hier.«

»Bist du gar nicht neugierig?«, frage ich Gabriel.

»Ehrlich gesagt nicht. An der Vergangenheit kann man sowieso nichts ändern. Mich würde vielmehr ein Blick in die Zukunft interessieren.«

»Damit könntest du mich nicht locken. Ich möchte gar nicht wissen, was demnächst noch alles passiert. Nicht, dass ich dann gleich freiwillig hier oben bleibe, weil es unten ganz schlimm wird.«

»Du solltest nicht immer so pessimistisch sein, Marly. Dein Leben wird bestimmt noch weitergehen. Oder meinst du, sie hätten dich eingeladen, wenn du sowieso in der nächsten Zeit hier eingefahren wärst?«

»So meinte ich das nicht ...«

»Okay, dann mach mal Platz.« Das lasse ich mir nicht zweimal sagen. Ruby sitzt ein paar Sekunden später auf dem Sessel und gibt seinen Namen sowie das Geburtsdatum ein: *Rubens Ramirez, 04.07.1973.*

»Bist du Spanier?«, frage ich neugierig.

»Hast du etwa gelünkert? Dreh dich sofort um, Marly, sonst gebe ich mein Passwort nicht ein, und wir blasen die ganze Sache ab.«

»Ist ja schon gut.« Ich weiß gar nicht, warum Ruby so einen Aufstand macht. Ich bin wahrscheinlich so schnell sowieso nicht wieder da.

»Okay, ich bin soweit. Was möchtest du denn sehen? Es muss allerdings etwas sein, wo du auch drin vorkommst.«

»Ich würde gerne eine Aufnahme aus meiner Kindheit sehen.«

»Datum und Uhrzeit?«

Ich war ein süßes Kind. Und zu dem Zeitpunkt gerade vier Jahre alt und mit meinen Eltern im Urlaub auf Fuerteventura. Ganz versonnen hocke ich mit Eimer und Schaufel im Sand und grabe an einem Loch. Meine Eltern liegen neben mir auf einer großen Decke. Meine Mutter, sie liest gerade ein Buch, ist bildhübsch – und sehr jung. Sie war dreiundzwanzig, als sie mich geboren hat. Zum Zeitpunkt der Aufnahme war sie also so alt wie ich heute. Mein Vater ist zwei Jahre älter als meine Mutter und sieht in seinem engen Höschen richtig knackig aus. Er hat das gleiche blonde Haar wie ich, die vollen Lippen – und auch meine Knubbelnase habe ich ihm zu verdanken.

»Mama«, fragt das kleine Mädchen, das eindeutig ich bin, »gehst du mit mir Wasser holen?«

»Gleich, Schatz, wenn ich das Kapitel fertiggelesen habe.«

So lange möchte ich anscheinend nicht warten. Ich schnappe mir den Eimer und laufe runter ans Meer. Dort lasse ich Wasser in meinen Eimer laufen. Die große Welle, die auf mich zurollt, nehme ich nicht wahr. Mich interessiert nur der Eimer, der sich langsam füllt. Und dann ist plötzlich mein Vater da. Er schnappt mich und zieht mich nach oben. Kurz darauf schwappt die Welle an Land und spült meinen Eimer davon. Mein Vater trägt mich zu meiner Mutter auf die Decke, die von all dem überhaupt nichts mitbekommen hat. Dann sprintet er zurück ans Meer. Kurz darauf taucht er strahlend mit dem Eimer wieder auf, läuft zu meinem gebuddelten Loch, schüttet das Wasser hinein und sagt: »Komm, kleine Marly, ich helfe dir.«

Dass mein Vater mich immer liebevoll *kleine Marly* genannt hat, hatte ich ganz vergessen.

»Wie schön!«, sage ich gerührt.

»Möchtest du noch mehr sehen?«

»Gerne, aber das ist doch bestimmt langweilig für euch.«

»Du kannst dir die Filme ja auch alleine anschauen. Ich wähle einfach einen etwas längeren Zeitraum in deiner Kindheit aus. Dann kannst du in aller Ruhe vor- und zurückspulen. Und vielleicht hat unser Tierarzt ja Lust, sich Percy mal genauer anzuschauen?«

»Gerne«, sagt Gabriel, und ich nicke erfreut.

»Findest du den Weg alleine zurück, oder sollen wir dich später abholen, Marly?«

»Das war ja nicht schwer. Einfach nur die Straße hoch, und dann links. Das finde ich.«

»Rechts«, korrigiert Ruby mich.

»Geht schon, ihr beiden. Wenn ich mich verlaufe, frage ich nach dem Weg. Hier gibt es bestimmt genügend Engel, die mir helfen werden. Du bist doch ganz sicher bekannt hier, oder?«

»Natürlich, hier oben kennt jeder jeden.«

»Sag mal, wann müssen wir eigentlich am Paternoster sein? Nicht, dass wir nicht mehr wegkommen.«

»Keine Sorge, ihr werdet morgen Früh um zehn abgeholt.«

»Morgen erst?«, frage ich erstaunt.

»Es hat sich da eine kleine Änderung ergeben. Ich hoffe, dass ist in Ordnung für euch. Ihr könnt bei mir in der WG schlafen. Die Betten sind momentan alle frei.«

»Und was sagt Ben dazu? Oder weiß er es noch gar nicht?«

»Er hat sich für euch gefreut. Und Sarah auch.«

Gabriel scheint ganz zufrieden. »Hört sich doch gut an. Wer hat schon mal in einer Schutzengel-WG übernachtet? Das wird uns unten niemand glauben.«

Doch, denke ich, Rici. Ich freue mich schon auf ihr erstauntes Gesicht.

»Ganz egal, wie oft du es auch behaupten wirst: Das wird dir unten eh niemand glauben!«

27 Ist das eine himmlische Neuzüchtung?

Gabriel sitzt auf dem Küchenfußboden und spielt ausgelassen mit Rubys Mops. Als er mich kommen hört, schaut er auf.

»Und? Wie war es noch? Hast du dir noch ein paar schöne Filmchen angesehen?«, fragt er.

»Ja, eine ganze Menge. Ein buntes Potpourri durch meine Kindheit.«

Mir war gar nicht bewusst, wie liebevoll sich mein Vater um mich gekümmert hat. Er war zwar oft nicht da, weil er arbeiten musste, hat aber seine Freizeit offensichtlich gerne mit mir verbracht. Außerdem war es schön zu sehen, wie glücklich meine Eltern damals waren. Ich beginne, meinen Vater mit ganz anderen Augen zu sehen. Bestimmt war das auch wieder ein von Ruby kalkulierter Plan.

»Marly, hast du dich nicht verlaufen?«, fragt er, als er wie auf Kommando die Küche betritt.

»Hat übrigens funktioniert, Ruby«, antworte ich.

»Was denn?«

»Ach tu doch nicht so! Ich meine die Sache mit meinem Vater. Weil er so liebevoll mit mir umgegangen ist.«

»Ach das? Das freut mich.«

»Und wie war es bei euch Männern?«

»Sehr interessant.« Der Mops läuft mittlerweile schwanzwedelnd hinter Gabriel her, was auch Ruby verblüfft wahrnimmt. »Besondere Kraultechnik«, erklärt Gabriel. »Macht alle Hunde schwach.«

Besondere Kraultechniken funktionieren auch bei Frauen. Ich denke zwangsläufig an Georgs magische Hände. Aber den Gedanken schüttele ich schnell wieder ab.

»Und was machen wir jetzt?«, frage ich.

»Wolltest du nicht Lorenzo besuchen?«

»Na, dann nichts wie los«, sage ich.

Lorenzo hat sich, wie Ben, für den *Himmel auf Erden* entschieden. Die Fahrt im Paternoster dauert bei Weitem nicht so lange wie die Hinfahrt, was mich sehr überrascht.

»Befindet sich Lorenzos Garten näher am Himmel als John o'Groats?«

»Nein«, sagt Ruby, »die Entfernungen sind alle gleich. Es liegt an dir. Du bist jetzt auch gefühlsmäßig im Himmel angekommen. Das verkürzt die Reisezeit beträchtlich.«

»Deswegen fühle ich mich auch so leicht und entspannt? Weil ich *angekommen* bin?«

»Ja. Du hast es akzeptiert. Du denkst nicht mehr, dass du träumst.«

Wir stehen in einem Garten, in meinem Garten, befinden uns aber im Himmel. Das Haus jedoch, in dem ich unten auf der Erde in Neuss wohne, hat sich hier oben gewaltig verändert.

Lorenzo steht auf der Terrasse, die er an meine Küche gebaut hat und von der aus man einen direkten Zugang in den Garten hat.

»*Buon giorno*!«, ruft er uns fröhlich entgegen.

Ich erkenne Lorenzo sofort. Er sieht genauso aus wie auf dem Foto, das Hilde mir gezeigt hat. Dass ich die Gelegenheit bekomme, ihren verstorbenen Mann zu treffen, rührt mich zu Tränen. Verstohlen wische ich sie weg.

»Schön, dass du hier bist.« Lorenzo zieht mich in seine Arme. »Ich freue mich so, dass ich dich kennenlernen darf.«

Ich erwidere gerührt die Umarmung und sage: »So eine Terrasse hätte ich in meinem irdischen Garten auch gerne.«

»Dann solltest du mal mit deinem Vermieter reden«, sagt Lorenzo.

»Ach, der soll erst einmal vernünftige Heizungen einbauen!« Ich erzähle Lorenzo, wie Hilde mich und meine Wohnung vor dem Schlimmsten bewahrt hat. Auch dass sie mir mit dem Garten hilft und ich ohne sie ordentlich aufgeschmissen wäre, berichte ich Lorenzo.

»Meine Hilde, die Gute! Ich bin so froh, dass du dich um sie kümmerst! Möchtest du sehen, was ich hier aus unserem Garten gemacht habe?«

»Natürlich!«

Der Apfelbaum hängt voll mit prallen Äpfeln, und die Blüten des Holunderbusches haben sich in kleine, saftige Beeren verwandelt. Der Rasen ist nicht nur gleichmäßig gestutzt, das dichte Gras leuchtet auch in einem saftigen Grün. Fast wirkt es wie ein Teppich. Und es fühlt sich auch ähnlich weich an, bemerke ich, als wir auf das Gewächshaus zugehen. Irgendwie scheint es größer zu sein als mein Glasatelier. Überhaupt wirkt der Garten, wie wenn er unendlich gewachsen wäre. Es gibt keinen Zaun, der die Fläche begrenzt. Dort, wo bei mir die kleinen Johannisbeersträucher wachsen, stehen bei Lorenzo große Bäume und Pflanzen, die ich so noch nie zuvor gesehen habe.

Neugierig gehe ich auf einen Baum zu, an dem grüne, herzförmige Früchte hängen. Sie sehen beinahe aus wie rundliche, genoppte Tannenzapfen.

»Ist das eine himmlische Neuzüchtung?«, frage ich und deute auf eine der Früchte.

»Nein, das ist ein Zimtapfel. Der wächst auch auf der Erde. Aber nur in tropischen und subtropischen Gebieten. Ich habe ihn während eines Asienurlaubs mit Hilde kennengelernt und nie den wundervollen, süßlichen Geschmack vergessen. Möchtest du mal probieren?«, fragt Lorenzo, pflückt eine Frucht und bricht sie entzwei. »Man isst das weiße Fruchtfleisch.«

»Schmeckt wie Erdbeereis mit Schlagsahne«, stelle ich verzückt fest. »Und die anderen Früchte?«

»Mango und Papaya kennst du bestimmt. Ich kann dir aber auch noch Schlangenfrucht, Jackfrucht und andere

Sorten zeigen.« Während Ruby sich dezent im Hintergrund hält, deutet Lorenzo voller Freude auf verschiedene Bäume.

Hildes große Liebe ist nicht sehr groß und von der Statur her eher drahtig. Viele Haare hat er nicht mehr auf dem Kopf, und die wenigen, die er noch besitzt, sind grau und sehr kurz rasiert. Ein bisschen erinnert er mich an den netten italienischen Eisverkäufer aus meiner Kindheit. An heißen Sommertagen kam Pino jeden Tag mit seinem Eiswagen in unsere Siedlung gebraust und versorgte uns Kinder mit den leckersten Eiskreationen. Sein Himbeereis war der Hit!

»Man müsste mal versuchen, Eis aus den Zimtäpfeln zu machen«, sage ich.

»Ist schon passiert. Möchtest du probieren?«

Nur wenige Augenblicke später sitzen wir auf der gemütlichen Terrasse und löffeln schweigend das leckere Eis. Alles ist still, nur ab und an hört man eine Biene summen oder einen Vogel zwitschern.

»Was meinst du, Lorenzo, soll ich Hilde erzählen, dass ich dich im Himmel getroffen habe? Und wird sie mir das überhaupt glauben?«, frage ich.

»Ja, das wird sie. Spätestens, wenn du ihr erzählst, wo sie ihren Ehering wiederfinden kann.«

»Woher weißt du das? Wir haben den ganzen Garten umgepflügt, ihn aber nicht gefunden. Hilde war sehr unglücklich deswegen. Und sie spielt andauernd mit dem Daumen an ihrem Finger herum, weil sie sich immer noch nicht daran gewöhnt hat, dass der Ring weg ist. Sie hat den ganzen Garten auf den Kopf gestellt. Und ich gleich noch mal, nachdem sie mir davon erzählt hat.«

»Er ist nicht im Garten, denn Hilde hat den Ring ausnahmsweise vor der Gartenarbeit ausgezogen. Das macht sie sonst nie, deswegen hat sie es bestimmt vergessen. Sie hat ihn auf die kleine Kommode in der Diele gelegt. Und dann ist der Ring runtergefallen und in einem kleinen Spalt in der Bodenleiste verschwunden.«

»Lorenzo, wenn ich Hilde das erzähle, flippt sie aus vor Freude!« Aber dann kommt mir ein unschöner Gedanke. »Was mache ich, wenn Hilde gar nicht mehr leben möchte, weil sie lieber sofort zu dir in den Himmel will? Du weißt, dass sie wegen einer schweren Blutvergiftung im Koma liegt?«

»Ja, aber das wird niemals passieren. Hilde hat eine große Lebensfreude und viel Geduld. Und das habe ich an ihr besonders geliebt. – Du erinnerst mich übrigens ein wenig an sie. Ihr seid euch vom Wesen her nicht unähnlich.«

»Vielleicht verstehen wir uns deswegen so gut. Hilde hat mir sehr geholfen die letzten Monate, und dafür bin ich ihr sehr dankbar.«

»Du hast ihr auch geholfen, Marly. Du hast Schwung in ihr Leben gebracht, ihr eine Aufgabe gegeben. Sie hat immer sehr darunter gelitten, keine Kinder zu haben. Es tut ihr gut, dass sie sich um dich kümmern darf. Und du hast ihr den Garten zurückgegeben. Er hat ihr gefehlt.«

»Jetzt muss sie nur ganz schnell wieder gesund werden.

Vielleicht hilft es ihr ja, wenn ich erzähle, dass ich weiß, wo der Ring steckt. Wo genau ist die Stelle denn? Hast du den Film da?«

»Nein, ich habe ihn im Archiv gesehen.«

»Du warst im Nebenhimmel? Aber ich dachte, der sei für Menschen tabu, die sich für den *Himmel auf Erden* entschieden haben. Außerdem gehört Hilde zu deinem persönlichen Umfeld.«

»Ich wurde zu einer Infoveranstaltung in den Neben-himmel eingeladen, weil ich für die Schutzengelausbil-dung in Betracht kam. Ich nahm daran teil, entschied mich allerdings dagegen. Einer der Schutzengel war aber so nett, mir seine Zugangsdaten anzuvertrauen. Und so habe ich mich nachts heimlich an einen der PCs gesetzt. Das Archiv wird glücklicherweise niemals abgeschlos-sen.«

»Ach wirklich? Und weißt du zufällig die Zugangs-daten noch?«

»Ja, aber die kann ich dir leider nicht verraten. Das wäre sehr unfair Liane gegenüber.«

»Liane?«

»Ja, sie war früher Schutzengel.«

»Das weiß ich. Lorenzo, wann war die Infoveranstal-tung?«

»Das ist jetzt so ungefähr sechs Wochen her. Warum fragst du?«

»Ach, nicht so wichtig … Ich bin jedenfalls sehr froh, dass ich heute die Gelegenheit hatte, dich hier zu besu-chen.«

Schon wieder Liane! Hätte ich nicht mit eigenen Augen die vielen anderen Schutzengel in der Bibliothek gesehen, könnte man fast meinen, im Himmel gäbe es nur sie – und natürlich Ruby. Zumindest stecken die beiden unter einer Decke.

28 Und wenn wir erwischt werden?

»Marly? Marly!«

»Was ist …« Verschlafen reibe ich mir meine Augen. Es dauert einen Moment, bis ich begreife, wo ich mich befinde. Ich bin zu Besuch im Nebenhimmel, übernachte in Rubys Schutzengel-WG, und zwar in Lianes Bett. Die ist irgendwo unterwegs und hat mir netterweise ihr Zimmer zur Verfügung gestellt. Und jetzt steht Gabriel vor mir und rüttelt mitten in der Nacht an meiner Schulter.

»Du musst mir helfen, Marly. Jetzt ist meine Stunde gekommen! Ruby hat mir vorhin ganz stolz einen total verrückten Automaten präsentiert, mit dem man angeblich herausfinden kann, wie groß der Seelenverwandtschaftsgrad zwischen zwei Menschen ist.«

»Wie bitte?«

»Als du dir vorhin im Archiv deine Filme angesehen hast, bin ich mit Ruby noch durchs Gebäude gelaufen. Dabei hat er mir noch ein paar ganz interessante Sachen gezeigt. Mit dem Soulmater kannst du zum Beispiel herausfinden, wer für dich bestimmt ist. Es ist aber auch möglich, nach bestimmten Personen zu suchen und sie auf den

Übereinstimmungsgrad zu überprüfen. Ich muss auf jeden Fall noch mal rüber in die Bibliothek, die Maschine befragen. Kommst du mit?«

Sofort bin ich hellwach. Normalerweise würde ich jetzt fragen, ob Gabriel vielleicht Amnesia Haze gekifft hat, aber wir sind ja hier im Himmel. Und hier ist anscheinend alles möglich.

»Du willst also wissen, wo deine Traumfrau steckt, oder besser gesagt, wer sie ist?«

»Nein, ich habe da eine ganz bestimmte Frau im Sinn. – Was ist nun?«

»Du meinst aber nicht etwa mich damit, oder?«, frage ich stirnrunzelnd, denn Ben kommt mir wieder mit seiner Theorie in den Sinn.

»Dich? Wie kommst du denn darauf?«

»Danke! Bin ich so schlimm?«

»So habe ich das doch nicht gemeint, Marly. Du siehst echt toll aus, aber …«

»Lass gut sein«, unterbreche ich ihn. »Ehrlich gesagt beruhigt mich das ungemein … Und du meinst, wir können da einfach so reinmarschieren, um mal eben nachzuschauen?«

»Na ja, so einfach vielleicht nicht. Ich weiß aber, dass das Gebäude auch nachts geöffnet ist.«

»Das hat Lorenzo auch erzählt«, sage ich. »Und wie soll ich dir helfen?«

»Du könntest Schmiere stehen.«

Na super, genau darauf habe ich gewartet! In Gedanken sehe ich schon ein himmlisches Polizeiauto auf mich zu-

fahren. Und dann muss meine Mutter mich wieder abholen – aus dem Himmel! Bei der Vorstellung muss ich
kichern.

»Und wenn wir erwischt werden?«

»Werden wir nicht!« Gabriel klingt wirklich überzeu-
gend, fast so gut wie Ben damals.

»Das sagst du jetzt nur so.«

»Dafür stehe ich Schmiere, wenn du dir noch einen
Film im Archiv anschauen willst. Zu mir hat Ruby nämlich nicht gesagt, dass ich mich umdrehen soll.«

»Was? Kennst du etwa sein Passwort?«, rufe ich überrascht aus.

»Ja, ich habe ganz genau aufgepasst, was er eingetippt
hat. Das Passwort heißt *Mopsi*. Seinen vollständigen
Namen und den Geburtstag haben wir ja beide gesehen.
Ich bin übrigens davon überzeugt, dass er mich absichtlich hat zuschauen lassen. Er hat ganz sicher nichts dagegen, wenn du dir noch einen Film ansiehst. – Was ist denn
nun, kommst du mit?«

»Ja, ich zieh mich nur schnell an.« Liane hat Ruby angerufen und mir ausrichten lassen, ich dürfe mir was zum
Schlafen aus ihrem Schrank nehmen. Davon habe ich Ge-
brauch gemacht. Aber in dem Seidennegligé möchte ich
jetzt ungern durch die Straßen laufen – und darin erwischt
werden schon gar nicht.

Als ich aus dem Bett springe, sagt Gabriel: »Ich glaube,
das mit der Traumfrau überleg ich mir noch mal« und
mustert mich ungeniert von oben bis unten.

»Dreh dich sofort um!«

Kurze Zeit später sind wir mitten in der Nacht auf himmlischen Straßen unterwegs. Ruby ist nicht wach geworden, davon haben wir uns mit einem kurzen Blick in sein Zimmer vergewissert. Er schläft tief und fest. Und den Mops hat Gabriel auch ganz schnell beruhigt – bevor er anfangen konnte zu bellen. Tiere hat er anscheinend gut im Griff.

»Komisch, dass es im Nebenhimmel Tag und Nacht gibt. Es wäre doch viel praktischer, wenn es immer hell wäre und man hier oben überhaupt keinen Schlaf mehr bräuchte«, sage ich.

»Ist ja witzig, dass du das auch denkst. Darüber habe ich vorhin schon mit Ruby gesprochen. Er meint, viele Engel hätten Depressionen von dem ewig gleichen hellen Licht bekommen. Also hat der Himmelsboss wieder die Tageszeiten eingeführt. Es wundert mich nur, dass man weder Sonne noch Mond sieht. Das fehlt mir irgendwie.«

»Stimmt.« Das ist mir bisher gar nicht aufgefallen. Es gibt tatsächlich keinen Mond und keine Sterne. Die Nacht sieht aus wie die milchige, weiße Suppe des Tages, nur eben in Schwarz.

»Ein Schwarzes Loch, das aus sich selbst heraus leuchtet«, sinniere ich leise vor mich hin. Denn immerhin können wir alles erkennen, obwohl weit und breit keine Lichtquelle auszumachen ist.

»Wie bitte?«

»Schon gut. Guck mal, wir sind da.«

Das barock anmutende, majestätische Gebäude liegt plötzlich vor uns. Heute Morgen ist mir gar nicht aufgefallen, wie schön und beeindruckend es ist. Irgendwie hemmt mich das in meinem Vorsatz, dort rumzuspionieren. Da greift Gabriel nach meiner Hand.

»Danke, dass du mitgekommen bist. Alleine hätte ich mich nicht getraut.«

Damit hat Gabriel genau die richtigen Worte gewählt, um mich von meinen Zweifeln zu befreien. So ganz sicher bin ich mir mit Ruby nämlich nicht. Auf der anderen Seite hat Lorenzo auch schon mal hier spioniert. Und im Himmel hat alles seinen Sinn, sagt Liane zumindest immer.

»Über wen möchtest du dich denn eigentlich informieren?«, frage ich.

»Über Muriel. Sie ist meine Mitbewohnerin. Ich fühl mich in ihrer Nähe einfach nur gut. Und was ist mit dir? Soll ich für dich auch was nachschauen?«

Ich überlege kurz. »Nein, lieber nicht im Moment.« Die Sache mit Georg hat mir verdammt wehgetan. Ich habe erst einmal genug von Männern.

Meine Oma hat immer gesagt, dass es gerade die kleinen Tragödien sind, die den Menschen ausmachen. Sie prägen unseren Charakter – und sie machen uns stärker. Liebeskummer gehört eindeutig dazu. Ich werde über Georg hinwegkommen und mich irgendwann neu verlieben. Und ich möchte dann unbelastet und unvoreingenommen an die Sache rangehen.

»Okay. Komm …« Gabriel öffnet die schwere Tür, die mit einem leisen Knarren aufgeht.

Dann schleichen wir durch die hohen Gänge des altertümlichen Gebäudes. Es ist hier drin wesentlich dunkler als draußen, aber schnell haben unsere Augen sich daran gewöhnt.

»Man kommt in das Zimmer durch die irdische Bibliothek.« Zu gerne würde ich einen Abstecher in die himmlische Sammlung wagen. Vielleicht haben wir nachher ja noch Zeit dafür. Erst einmal geht es jetzt darum, Gabriel zu seinem Glück zu verhelfen. Bisher ist er ja noch nicht richtig zum Zug gekommen. Ob ich später doch nicht Schutzengel werde und eher in Amors Dienste trete? Ich habe ganz bestimmt mehr Feingefühl beim Auswählen der infrage kommenden Partner. Und einen Automaten bräuchte ich für diesen Zweck auch nicht.

»Beeil dich bitte«, sage ich mit gedämpfter Stimme, bevor Gabriel hinter einer Tür verschwindet.

Mit klopfenden Herzen und einem mulmigen Gefühl im Bauch stehe ich Wache und lausche. Zum Glück bleibt alles ruhig. Weit und breit ist nichts zu hören, bis plötzlich ein lautes Pling und dann kurz aufeinanderfolgende helle Töne die Stille durchbrechen.

Entsetzt reiße ich die Tür auf. »Spinnst du?«

Gabriel steht vor einer großen Maschine, an der gleich mehrere Lampen auf einmal aufleuchten.

»Tut mir leid, ich wusste nicht, dass das solch einen Lärm verursacht. Ich bin aber schon fertig. Ich mache nur das Ding noch aus. Einen kleinen Moment noch.«

»Und?«, frage ich, als wir uns wieder auf dem Rückweg

befinden. »Hast du herausgefunden, was du wissen wolltest?«

»Ja, zwischen Muriel und mir besteht eine fast siebenundneunzigprozentige Übereinstimmung. Das ist so gut wie perfekt.«

»Das freut mich für dich, ehrlich. Das heißt also, ihr seid füreinander bestimmt. Und jetzt? »

»Jetzt muss ich sie nur noch davon überzeugen, dass ich auch ihr Traummann bin.«

»Du hättest einen Ausdruck machen können. Als Beweis sozusagen.« Auf einmal spüre ich einen Anflug von Neid in mir aufkeimen. Gabriel hat seine Traumfrau also gefunden. Wahrscheinlich hat Amor höchstpersönlich dafür gesorgt, dass dabei nichts schiefgeht. Nur bei mir hat er die Sache verbockt. Ob ich nicht doch noch einen Blick auf die himmlische Voraussagung meiner zukünftigen Partner werfe?

»Ich brauche keinen Beweis. Eigentlich habe ich es auch die ganze Zeit gewusst. Ich wollte es nur nicht wahrhaben. Und du? Magst du jetzt noch deinen Film sehen?«, reißt Gabriel mich aus meinen Gedanken.

»Unbedingt.«

»Okay, dann bleibe ich an der Tür stehen. Vergiss aber nicht, die Kopfhörer in den Bildschirm einzustöpseln.«

»Mach ich.«

Schnell habe ich Rubys Daten eingegeben. Allerdings bringe ich es nicht übers Herz, einen Filmausschnitt zu starten, in dem ich selbst *keine* Rolle spiele. Obwohl es mir in den Fingern kitzelt, genau das aufzurufen: Ich habe Georg und Rebecca morgens vor der Praxis beim Küssen erwischt – doch hat er den Abend davor tatsächlich mit Mick verbracht, so wie er es gesagt hat? Ich müsste nur auf das richtige Knöpfchen drücken, dann wüsste ich, was sich tatsächlich abgespielt hat. Wenn ich nicht doch so etwas wie ein Gewissen hätte …

Die Aufnahmen, in denen ich die Hauptrolle spiele, kann ich hingegen meiner Meinung nach bedenkenlos anschauen, also entscheide ich mich für die Sequenz, als Ben und ich unsere Wunschzettel nächtens in der Berchtesgadener Scheune geschrieben haben. Denn das ist auch etwas, wo ich nach Aufklärung strebe.

Noch einmal sehe ich Ben, wie er seine Wünsche nach oben funkt und ich dabei die Augen verdrehe. Dann geht Ben zum Auto, um einen Schlafsack zu holen, den er für Notfälle wie diesen im Kofferraum deponiert hat. Der Reißverschluss lässt sich nach allen Seiten öffnen, so dass daraus eine richtige Decke entsteht. Er bettet sie sorgfältig über uns, und wir schauen schweigend in die Sterne. Dann drehe ich mich plötzlich zur Seite, seufze tief und murmele: »Ich liebe dich, Ben. Weißt du das eigentlich?«

»Ich dich auch, Marly«, sagt Ben und küsst zärtlich meinen Mund. Und was mache ich? Ich schlafe ein!

»Das darf doch nicht wahr sein!«, schimpfe ich laut und spule die Aufnahme noch einmal zurück. Aber es ist leider nichts daran zu ändern. Ich habe es ihm gesagt, war aber leider so betrunken, dass ich Bens Liebeserklärung und den darauf folgenden Kuss einfach verschlafen habe. Diesmal lasse ich die Aufnahme weiterlaufen. Ben schält sich vorsichtig unter der Decke hervor und geht ein Stück über die Wiese. Dort breitet er die Arme aus und schaut in den Himmel. Dann dreht er sich einmal um sich selbst, fällt hin und bleibt im Gras sitzen. Als ich die Kuh gemütlich auf Ben zutraben sehe, halte ich den Atem an. Rosalie! Ben hat sich mit ihr unterhalten, nicht ich. »Na, du altes Mädchen«, sagt er und streckt den Arm aus. »Kannst du mir nicht einen Rat geben, wie man sich in solch einem verzwickten Fall am besten entscheidet? Ich möchte meine beste Freundin nicht verlieren …«

»Marly!.« Erschrocken drehe ich mich um. Eine junge Frau mit blonden kurzen Haaren kommt mit federnden Schritten auf mich zu.

»Hallo, mein Schatz!«

Wie bitte? Ich habe die Frau noch nie gesehen! Sie trägt Jeans, ein schlichtes T-Shirt und Turnschuhe. Aber irgendetwas an ihr kommt mir bekannt vor. Ich mustere sie noch einmal eingehend, da fällt es mir auf: Sie sieht meiner Mutter in jungen Jahren verdammt ähnlich!

»Oma? Bist du es?«

Sie ist es. Ich falle ihr in die Arme.

»Ich mochte Ben immer sehr gern, das weißt du ja«, sagt sie. »Er hatte einfach nur viel zu viel Angst, dich wegen einer Liebesgeschichte für immer zu verlieren. Der Unterschied zwischen Freundschaft und Liebe ist die Verletzbarkeit. Und er wollte dir nicht wehtun.«

»Ja, das habe ich eben gesehen. Und es ist schön, das

zu wissen... Aber sag mal, was machst du denn hier? Und wie siehst du überhaupt aus?« Ich kann immer noch nicht fassen, dass die sportliche Frau meine Oma ist. Dadurch gerät die Sache mit Ben irgendwie in den Hintergrund.

»Ruby hat uns gesagt, dass wir dich wahrscheinlich hier finden. Dein Opa unterhält sich gerade draußen mit Gabriel.«

»Opa?«

»Ja, er freut sich unwahrscheinlich darauf, dich kennenzulernen.«

»Und Ruby? War es geplant, dass wir...«

»Marly, du bist hier nicht auf der Erde.«

»Versteh einer den Himmel! Das hätte er auch einfacher haben können!«

»Das kannst du mit ihm klären. Komm, mach den Rechner aus, und wir gehen nach draußen.«

Es ist komisch. Da meine Großeltern so jung sind, fühle ich mich gar nicht wie ihre Enkeltochter. Vielmehr habe ich das Gefühl, bisher unbekannte ältere Geschwister vor mir stehen zu haben. Mein Opa sieht auf jeden Fall toll aus, und die Begegnung mit ihm verläuft sehr herzlich. Er ist groß, gut gebaut, hat dunkles, volles Haar. Ich verstehe, dass meine Oma sich damals sofort in ihn verliebt hat.

»Warum seid ihr hier im Nebenhimmel?«, frage ich. Ich bin davon ausgegangen, dass die beiden miteinander ihre Zeit glücklich irgendwo im *Himmel auf Erden* verbringen.

297

»Wir sind Schutzengel, und wir wohnen hier«, sagt mein Opa und lächelt mich an. »Deine Oma hat gerade erst ihre Ausbildung abgeschlossen. Als sie gehört hat, dass ich als Schutzengel in Krisengebieten unterwegs bin, wollte sie mir unbedingt helfen. Jetzt arbeiten wir sozusagen zusammmen.«

29 Das Leben geht weiter, auch im Himmel

»Danke für alles.« Ich falle noch einmal in Rubys Arme. »Werden wir uns wiedersehen?«

»Ja«, sagt er, »ganz sicher.«

»Hier im Himmel? Oder besuchst du uns auf der Erde?«

»Das weiß ich noch nicht, Marly.«

»Ach, komm schon, du weißt es doch sicher. Bestimmt hast du gemeinsam mit Liane schon einen ganz ausgefeilten Plan ausgetüftelt, wie alles weitergehen soll.«

»Wir können nichts austüfteln, nur ein bisschen anschubsen, sozusagen himmlische Impulse setzen.«

»Wirst du wieder in Caruso stecken? Sag mal, hast du mir eigentlich die Mäuse vor die Tür gelegt oder war es der echte Kater?«

»Das verrate ich dir nicht, aber du wirst es schon noch herausfinden.«

»Ach du...«, sage ich und kneife Ruby in die Backe. Ich kann mich gar nicht von ihm trennen. Mittlerweile gefällt es mir im Nebenhimmel richtig gut: Meine Großeltern sind hier, Ruby und Liane. Und natürlich Ben. Ihn könnte ich jederzeit auch besuchen. Ich müsste nur in den Paternoster steigen und wäre innerhalb von Minuten bei ihm.

Gestern Nacht habe ich mich noch lange mit meiner Oma über Ben unterhalten.

Ich weiß jetzt, dass Menschen, die sehnsüchtig auf jemanden warten – oder jene, die eine unausgesprochene Liebe in sich tragen –, häufig im *Himmel auf Erden* feststecken. Solange, bis der geliebte Mensch eintrifft oder man loslässt. Erst dann ist man frei, um den nächsten Schritt zu tun und sich neu zu orientieren.

Ben muss mich also freigeben – und ich ihn. Aber erst einmal werde ich mit ihm wie ausgemacht von John o'Groats bis nach Land's End reisen. Unsere gemeinsame Abschlussreise. Und darauf freue ich mich sehr.

Um Punkt zehn Uhr steigen Gabriel und ich in die Kabine des Paternosters. Wir müssen keinen Zwischenstopp bei Arnold einlegen und landen direkt in John o'Groats. Arm in Arm laufe ich mit Gabriel die Straße entlang auf Bens Pub zu. Es kommt mir völlig natürlich vor und fühlt sich ganz kameradschaftlich an. Wer hätte gedacht, dass ich ausgerechnet im Himmel einen neuen irdischen Freund finden würde?

Von Ben und Sarah ist noch nichts zu sehen. Aber dann hören wir ein glasklares, sehr melodisches Lachen, und als wir ins Haus treten, läuft Sarah an uns vorbei, Ben hinter ihr her. »Na warte, du kleines Luder«, ruft er, ohne von uns Notiz zu nehmen, »das zahle ich dir heim!« Dann holt er aus und schmeißt ein Kissen in Sarahs Richtung.

Erstaunt sehen Gabriel und ich uns an.

Sarah und Ben?

Ich lausche tief in mich hinein. Das wäre schön, denke ich spontan. Für die beiden, aber auch für mich. Ich wüsste, dass Ben hier oben nicht einsam ist. Das Leben geht weiter, auch im Himmel.

Völlig erhitzt und fröhlicher Stimmung kommen die beiden auf uns zu.

»Wir haben mit dem Frühstück auf euch gewartet«, sagt Ben und strahlt uns an.

Sarah hakt sich bei Gabriel unter. »Und, wie war es?« »Ihr müsst uns alles in sämtlichen Einzelheiten erzählen!«

Kurz darauf sitzen wir am Frühstückstisch und erzählen abwechselnd von unseren Erlebnissen. Als ich von meinen Großeltern spreche, grinst Ben.

»Ich habe dir extra nichts von ihrem Aussehen erzählt. Ich wollte, dass es eine Überraschung für dich wird. Deine Oma sieht toll aus, nicht wahr? Sie erinnert mich total an deine Mutter. Aber dein Opa ist auch nicht von schlechten Eltern!«

»Weißt du eigentlich etwas von meinen Urgroßeltern?« »Nein, leider nicht.«

Schade, dass ich nicht auf den Gedanken gekommen bin, nach ihnen zu fragen. Aber irgendwann werde ich sie bestimmt kennenlernen ...«

Nach dem Frühstück verabschieden sich unsere Gäste. Ich weiß, dass ich zumindest Gabriel sehr bald wiedersehen werde. Ich bin auch schon ganz gespannt, was aus der Sache mit Muriel wird.

Dann bin ich endlich mit Ben alleine und nutze die Gunst der Stunde.

»Im Filmarchiv habe ich mir nicht nur Aufnahmen meiner Kindheit angesehen. Es war auch ein Ausschnitt aus unserem Berchtesgadenausflug dabei. *Du* hast dich mit der Kuh Rosalie unterhalten, nicht ich!«

Ben grinst mich an. »Die Kuh war nicht sehr gesprächig an dem Abend.«

»Ich auch nicht«, sage ich mit einem Anflug von Traurigkeit. »Ich habe einen der wichtigsten Momente in meinem Leben einfach verschlafen.«

»Ja, das hast du in der Tat.«

»Du hast mir gesagt, dass du mich liebst.«

»Ja, als du mir deine Liebe offenbart hast. Ich glaube, ich habe dich immer geliebt, Marly. Schon von dem Moment an, in dem du mich in der Schule gefragt hast, warum ich immer in schwarzer Kleidung herumlaufe.«

»Von da an? Du übertreibst!«

»Nur ein bisschen«, sagt Ben. »Schade, dass wir nichts daraus gemacht haben.«

»Das glaube ich gar nicht. Es kommt nicht darauf an, das Leben mit Jahren zu füllen, sondern die Jahre mit Leben. Das hat meine Oma mir gestern gesagt, und ich glaube, dass sie recht hat ... Lass uns die restlichen Filmausschnitte anschauen, die unserer Freitagstreffen. Dann siehst du, was ich meine.«

Wir liegen wieder auf der Couch vor dem großen Bildschirm. Die Gefühle in mir fahren Achterbahn. Ich habe Ben damals geliebt, und heute empfinde ich ähnlich. Trotzdem habe ich mich in Georg verliebt und Ben sich in Nathalie. Außerdem wird Ben hier oben im Himmel bleiben, vielleicht an der Seite von Sarah, und ich reise bald wieder ab ...

Als die bunten Buchstaben über die Scheibe purzeln, atme ich tief ein und warte gespannt auf die Bilder.

6. Treffen vor vier Jahren: Düsseldorf

Wir sitzen auf hohen Hockern in einem Düsseldorfer Sushi-Restaurant. Ich bin dreiundzwanzig Jahre alt.

Ben greift nach einer der kleinen Schüsseln, die auf einem Fließband an uns vorbeilaufen. »Das musst du unbedingt versuchen, Marly, das ist mit Butterfisch. Der ist ganz zart.«

»Vergiss es, ich esse keinen rohen Fisch«, sage ich bestimmt. »Es könnte bald mal wieder was Vegetarisches kommen, sonst verhungere ich noch. Die mit Ei und Sesam gefüllten Reisröllchen habe ich gegessen. Und natürlich die mit Gemüse. Auch an das eigenartige Algenblatt, in das die Dinger gewickelt sind, habe ich mich gewöhnt, aber rohen Fisch? Niemals!«

»Musst du ja auch nicht. Aber schade ist es trotzdem ... Warte, ich bin gleich wieder da«, sagt Ben und springt vom Hocker. Nur wenig später kommt er grinsend zurück. »Ich habe mit dem Koch geflirtet.«

Es dauert nicht lange, da sehe ich Tempura, gebackene

Garnelen und kleine Frühlingsrollen auf dem Laufband ankommen.

»Greif zu, sonst schnappt sie dir noch jemand weg.«

Ich befolge den Rat und deponiere die kleinen Schüsseln direkt vor meiner Nase. Gerade als ich nach einer der leckeren Garnelen greifen will, klingelt mein Handy. »Rici, was... was ist los?«, sage ich und kurz darauf zu Ben: »Wir müssen los, die Fruchtblase ist geplatzt.«

Hier gibt es einen Schnitt, der Film wird ausgeblendet.

In der nächsten Szene sitzen wir im Wartezimmer der Geburtsklinik. Nervös wippe ich mit dem Fuß auf und ab. Da kommt Christoph ins Wartezimmer gestürmt. »Emma ist da, sie ist kerngesund!«, sagt er freudestrahlend. »Und Rici geht es Gott sei Dank auch gut.«

Vor Freude weinend falle ich in Bens Arme...

»Siehst du, wie schön das mit uns beiden war«, sage ich zu Ben auf der Couch, »und immer noch ist? Du hast mein Leben bereichert. Es war gut, so wie es war, genau richtig. Verstehst du, was ich meine?«

»Ja«, sagt Ben und streicht mir eine Strähne aus dem Gesicht. »Schau, es geht weiter...«

7. *Treffen vor drei Jahren: Genf*
Der nächste Streifen zeigt Ben in seinem Genfer Appartement. Er sitzt hinter seinem Schreibtisch und knetet aus Latexmasse ein Schwarzes Loch für mich. Ben arbeitete damals für ein Jahr an einem besonders komplizierten Auftrag, sodass er kaum Zeit für mich hatte. Wir haben

304

sehr selten telefoniert. Umso mehr habe ich mich gefreut, dass unser Treffen trotzdem stattgefunden hat.

Als ich sehe, wie er sich abmüht, muss ich lachen.

»Weißt du, gestern habe ich mir ernsthaft Gedanken darüber gemacht, ob es auch ein Weißes Loch gibt. Und das nennt man dann Himmel. Das milchige Zeug, durch das ich mit Gabriel und Ruby gelaufen bin, war echt sonderbar.«

Der Film endet mit der Einstellung, in der ich gedankenverloren im Flugzeug nach Düsseldorf sitze und die vielen bunten Smarties nasche, die er mir als Nervennahrung für die Heimreise mitgegeben hat.

8. Treffen vor zwei Jahren: Düsseldorf

»Jetzt kommt unser letztes Treffen«, sage ich traurig und streichle Bens Hand.

Wir sitzen im Kino, eng aneinandergekuschelt und Popcorn aus einer Riesentüte futternd. Es läuft *Robin Hood*. Danach sieht man mich zu Hause, das Telefon klingelt, und Ben zieht mich mit Russell Crowe und meiner angeblichen Vorliebe für dickliche, ältere Männer auf…

»Als ich Georg kennenlernte, habe ich ganz oft an dich gedacht. Ich habe mich gefragt, was du von ihm halten würdest.«

»Hast du ein Foto von ihm?«

»Nein … ja, auf dem Handy.«

»Zeig her.«

Georg blickt mit verwuschelten Haaren in die Linse. Dieses Detail bemerkt Ben sofort. »Hast du das etwa im Bett geschossen?«, fragt er. »Dabei oder danach?«

305

»Na hör mal«, sage ich, aber dann gebe ich klein bei. »Danach.«

Ben schüttelt grinsend den Kopf. »Marly, Marly …«

Es passt mir gar nicht, dass Georg wieder zum Gespräch wird. Ben wird mich in seiner direkten Art bestimmt löchern, wie es im Bett zwischen uns gelaufen ist. Aber ich täusche mich, denn er schweigt, als der Film nach einer kurzen Pause weitergeht.

9. Treffen vor einem Jahr: Düsseldorf

Bei diesem Filmausschnitt halte ich unwillkürlich den Atem an. Man sieht mich unruhig in der Wohnung hin und her laufen und zum dritten Mal umziehen, weil ich besonders schön aussehen wollte.

Ben grinst neben mir auf der Couch und sagt: »Dein Outfit zwischen den Umziehaktionen hat mir am besten gefallen. In den Hotpants siehst du zum Anbeißen aus.«

Die Bemerkung lenkt mich ein bisschen von der eigentlichen Filmhandlung ab, und ich muss lächeln. Aber dann sehe ich plötzlich Bens Autowrack – und wie ich meine Hand nach Ben ausstrecke, um ihn nach oben in den Himmel zu bringen. Ich weiß, dass das im Film nicht ich bin, sondern dass es sein Begleitengel ist. Aber genau das wirft mich völlig aus der Bahn. Ben hat mich ausgewählt! Als er im Film nach meiner Hand greift, spüre ich, wie er auch jetzt danach greift. Er zieht mich ganz nah an sich heran und sagt: »Du bist mein Engel, Marly.« Dann küsst er mir die Tränen aus dem Gesicht.

10. Treffen heute: Im Himmel mit Ben

Ich sitze im Flugzeug und schaue aus dem Bullaugenfenster, fahre die Rolltreppe hoch und steige in den Paternoster. Es sind immer nur sehr kurze Ausschnitte, die schnell hintereinander über den Bildschirm flimmern. Die Szenen wirken wie angerissen, aber das macht nichts, denn sie sind ja noch ganz frisch. Nur die Sequenz, in der ich Ben winkend vor seinem Haus ausmache, wird länger eingespielt. Und leider auch unsere wirklich grauenhafte Gesangseinlage beim Grönemeyer-Auftritt. Danach erscheinen zeitgleiche Aufnahmen in Abfolge:

Während ich mit Ruby und Gabriel durch das milchige Weiß des Himmels laufe, trinken Ben und Sarah Kaffee. Während wir im Nebenhimmel die Bibliothek besichtigen, zeigt Ben Sarah den Garten. Und als Gabriel und ich uns nachts durch die himmlischen Straßen schleichen, läuft immer noch die Realityshow über die Familie Kuntz im Fernsehen.

Als ich im Filmarchiv meine Oma treffe, und Ben Sarah näher kommt, sage ich: »Ich möchte, dass du glücklich wirst.«

»Das wünsche ich dir auch, Marly, von ganzem Herzen.«

»Und jetzt freue ich mich auf unsere Tour nach Land's End. Das wird mich *wirklich* glücklich machen.« Dabei kuschele ich mich noch enger an Ben heran. So schlafen wir irgendwann ein.

Als ich am nächsten Morgen aufwache, kann ich meinen Kopf nicht mehr nach links drehen.

»Was ist los?«, fragt Ben neben mir.

»Ach, ich habe irgendwie falsch gelegen. Ist aber halb so schlimm«, sage ich und winke ab. Georgs magische Hände wären jetzt nicht schlecht, natürlich rein beruflich gesehen.

Wir frühstücken, packen unsere Sachen und tragen die Koffer nach draußen. »Ich schaue noch mal nach, ob alle Fenster geschlossen sind«, sagt Ben.

Ich höre das Meer, laufe in den Garten und gehe ganz nah ran an den Abgrund. Unten toben die Wellen ungewöhnlich heftig. Sie zerreißen geradezu an den Klippen, die tief hinein in die See ragen.

Ich fühle mich wie magisch angezogen von dem Wasser, bewege mich vorsichtig noch ein kleines Stück näher an den Abgrund heran. Ich lehne mich an die Mauer, und als etwas von der Erde bröckelt und nach unten rutscht, schaue ich den fliegenden Steinchen fasziniert hinterher.

Ben ist hier im Himmel, und auch meine lieben Großeltern … Was, wenn ich nach unten ins tosende Wasser stürze? Kann man im Himmel sterben und dann für immer dort bleiben?

Ich atme tief ein und aus, dann denke ich an Rici und Emma, an meine Mutter und an meinen Vater und an den kleinen Lukas, an Hilde – und an Georg. Vorsichtig bewege ich mich wieder ein Stückchen vom Abgrund weg. Als ich Schritte hinter mir höre, drehe ich mich um.

Ich kann es nicht glauben.

»Georg?«

»Marlene«, sagt Georg sanft, »gib mir deine Hand.«

Wie in Trance strecke ich meinen Arm aus, Georg ergreift ihn und zieht mich ganz nah an sich heran, weg von der Mauer.

»Du hast mir eine Heidenangst eingejagt, Marlene, als ich dich so nah am Abgrund stehen sehen habe.«

»Wo ist Ben?«, frage ich verunsichert und sehe über seine Schulter zum Haus. Ich kann ihn nicht entdecken.

»Du musst Ben loslassen. Und er dich. Sonst steckt er für immer im *Himmel auf Erden* fest«, hat meine Oma gesagt.

Unglücklich schluchze ich auf. Aus unserer Reise wird nichts werden. Und was macht Georg überhaupt hier? Das gibt es doch alles gar nicht.

»Ben ist nicht hier, Marlene. Aber ich bin hier. Ich habe dich gesucht. Als Rici mir erzählt hat, dass du Hals über Kopf nach Schottland geflogen bist, weil Ben dich eingeladen hat, bin ich fast gestorben vor Angst um dich. – Sie hat mir auch gesagt, dass du mich mit Rebecca vor der Praxis gesehen hast.«

»Ja, das habe ich…« Meine Blicke wandern immer wieder zum Haus. Ich nehme Georg gar nicht richtig wahr. Bis er meine Arme greift und mich leicht schüttelt.

»Marlene«, sagt er, »hör mir bitte zu!«

Es ist die Art, wie er meinen Namen ausspricht. Das hat immer etwas bei mir ausgelöst. Ich sehe Georg direkt in die Augen.

»Rebecca war bei mir, um mir mitzuteilen, dass sie wieder heiraten wird. Sie hat sich mit einem Italiener verlobt,

Marlene, und ich habe ihr Glück gewünscht – und sie zum Abschied geküsst. Es hatte nichts zu bedeuten.«

In guten Liebesfilmen merkt die Heldin erst in allerletzter Minute, dass sie den Mann liebt. Sie bedroht einen Taxifahrer, besticht das Sicherheitspersonal des Flughafens, kapert den Flieger und schnappt sich das Mikrofon des Piloten. Dann sagt sie laut und deutlich: »Ich liebe dich.«

In meinem Leben läuft so etwas anders. Der Mann meiner Träume reist mir bis ans Ende der Welt hinterher. Er bringt Himmel und Erde dazu zu verschmelzen. Er sieht mir vor schottischer Meereskulisse tief in die Augen und sagt: »Ich liebe dich, Marlene.« Und dann küsst er mich.

30 Ich war wirklich oben

Ich schütte etwas Guinness in ein Schüsselchen und schiebe es dem Kater vor die Nase. Als er genüsslich das braune Bier zu trinken beginnt, lasse ich mich auf die Knie nieder. »Hallo Ruby, schön dich zu sehen!«

Ich hätte es nicht gedacht, aber es ist ganz einfach herauszufinden, ob der echte Kater in meinem Garten umherschleicht oder ob der Schutzengel in dem Tier steckt. Caruso würde nie Guinness zu sich nehmen. Damit könnte ich ihn durch die ganze Wohnung jagen. Ruby hingegen liebt es. Genau wie die Gummibärchen, die ich gerade auf dem Couchtisch verteile. Im Fernsehen läuft *Highlander*.

Ich liege einträchtig mit dem Kater auf der Couch und sehe mir an, wie Connor MacLeod zu seiner Burg läuft.

»Das ist Eilean Donan Castle. Da war ich mit Georg auf unserer Reise nach Land's End. Wusstest du, dass dort auch *Rob Roy* mit Liam Neeson und *Verliebt in die Braut* gedreht wurde?«

Vor vier Wochen habe ich dem Himmel einen Besuch abgestattet. Ich war wirklich oben. Ich weiß das so sicher, weil ich Hildes Ehering wiedergefunden habe. In der Fußbodenleiste ihrer Diele, ganz so, wie es Lorenzo prophezeit hatte. Als ich Hilde erzählt habe, dass Lorenzo in seinem himmlischen Garten Zimtäpfel züchtet und daraus Eis herstellt, das nach Erdbeeren mit Sahne schmeckt, hat sie den Kopf geschüttelt und verträumt gesagt: »Ja, das ist mein Lorenzo!«

Meine Mutter spricht wieder mit meinem Vater, und ich bin mir ziemlich sicher, dass sie bald wieder schwach wird, weil sie ihm einfach nicht widerstehen kann. Oder mein kleiner Halbbruder wird doch noch ihr Herz erweichen. Er ist aber auch wirklich süß.

Rici fängt wie geplant im Oktober zu studieren an. Wir hoffen beide, dass Luke und Emma sich irgendwann ineinander verlieben werden und wir dann irgendwie miteinander verwandt sind. Ich wäre dann quasi die Halbschwester ihres Schwiegersohns, so hat sie es mir erklärt. Mit den Verwandtschaftsgraden habe ich es immer noch nicht so. Aber ich habe mithilfe meiner Eltern einen Stammbau erstellt, der ein paar Generationen zurückgeht. Dabei kam tatsächlich heraus, dass eine meiner Ururgroßmütter Opernsängerin in Wien war. Von ihr habe ich leider definitiv nichts geerbt. Vielleicht werde ich sie irgendwann mal kennenlernen, wenn ich dem Himmel wieder einen Besuch abstatte …

Ich versuche jeden Tag mit Leben zu füllen, so wie meine Oma mir das empfohlen hat. Dazu gehört auch ein gemütlicher Fernsehabend mit einem verwöhnten Kater, der meine Gummibärchen genüsslich auffrisst.

Georg hat mich gefragt, ob ich mit ihm zusammenziehen möchte. Das hat mich zugegebenermaßen überrascht.

»Ich liebe dich«, habe ich gesagt, »aber ich bin doch erst vor Kurzem hier eingezogen. Und außerdem habe ich noch nie mit einem Mann zusammengelebt.«

»Das ist gut, Marlene, dann bist du noch nicht verkorkst in dieser Hinsicht«, hat er geantwortet. Ich liebe Georg wirklich. Ich liebe die Art, wie er meinen Namen ausspricht, mich berührt und wie er mich dabei ansieht. Ich muss ihm unbedingt sagen, dass seine Augen in bestimmten Situationen auch eine Nuance dunkler werden. Dennoch habe ich ihn um noch etwas Zeit gebeten, zumindest was die Sache mit dem Zusammenziehen betrifft. Ich will das Alleinleben noch etwas auskosten, denn es ist noch nicht lange her, da bin ich erst von daheim ausgezogen. Ich habe meine erste feste Stelle in der Schule angetreten und bin gleich Klassenlehrerin einer fünften Klasse geworden. Das Leben ist schön ...

Georg ist mir bis nach Schottland gefolgt, weil ich weder auf seine noch auf Ricis Nachrichten geantwortet habe. In der einen SMS an Rici, die Ruby für mich abgeschickt hat, habe ich lediglich geschrieben, ich sei gut in Inverness angekommen.

Bei Rici hingegen kam aber eine Nachricht mit meiner genauen Adresse in John o'Groats an. Von wegen, Ruby könne die kleinen Tasten nicht drücken! Also hat Rici Georg verraten, wo ich mich befinde – und er hat sich ins nächste Flugzeug gesetzt. Sein Himmel war während des Fluges allerdings die ganze Zeit blau. So hat er es mir zumindest erzählt. Und das ist auch gut so, denn ich habe im ersten Moment gefürchtet, Georg sei auch gestorben, als er so plötzlich im Garten vor mir stand. Aber er ist quicklebendig – und hat die Reise mit mir an Bens Stelle angetreten. Wir sind bis nach Land's End gefahren, immer an der Küste entlang. Zweimal hatte ich diese Fahrt mit Ben zusammen geplant, aber nun war es gut, wie es gekommen ist. Georg und ich hatten eine wunderbare Zeit und herrliche Eindrücke unterwegs gesammelt. Dann hat Georg mich mit nach Hause genommen, ins irdische Neuss. Ich bin sofort mit dem Ersatzschlüssel in Hildes Wohnung und habe nach dem verschwundenen Ehering gesucht. Dann bin ich damit ins Krankenhaus gefahren. Hilde hat während des künstlichen Komas Kraft gesammelt, und sie haben sie endlich wieder ins Leben zurückgeholt. Die Ärzte haben in Aussicht gestellt, dass ihr keine Folgeschäden bleiben werden. Ich habe ihr den Ring in die Hand gelegt, ihre Finger zur Faust darum geschlossen und sie festgehalten. »Hilde, ich habe Lorenzo im Himmel getroffen. Er hat mir gezeigt, wo du deinen Ring verloren hast.« Hilde hat geweint – so wie ich auch – und gesagt, dass sie sich schon so darauf freue, ihn wiederzusehen, aber sie sich wohl beide noch ein bisschen gedulden müssten.

Morgen fahre ich in Gabriels WG nach Waldfeucht, und dort werde ich Muriel kennenlernen. Wie er sie für sich gewinnen konnte? Er hat ihr die Wahrheit erzählt über den Soulmater im Himmel, und wie er sich nachts in das Gebäude geschlichen hat. Die Geschichte hat Muriel schwer beeindruckt, auch wenn sie die ganze Zeit über ungläubig geschmunzelt hat.

Wer glaubt einem schon, dass es im Himmel fast genauso zugeht wie auf der Erde? Dass menschliche Bedürfnisse eine ebenso große Rolle spielen wie unter Lebenden? Es wird in jedem Fall spannend sein, noch mal mit ihm über alles zu reden.

Und Ben? Es gibt keinen Tag, an dem ich nicht an ihn denke. Ich hätte mich gerne noch von ihm verabschiedet und war deswegen zuerst auch traurig. Aber ich muss dankbar sein, dass wir uns noch einmal sehen konnten und unsere zehn Treffen am Freitag, den 13., noch einmal rückwirkend zusammen erleben durften. Dabei habe ich Ben losgelassen. Seinen Platz in meinem Herzen wird er bis in alle Ewigkeit behalten.

Ich bin mir sicher, dass Ruby dafür sorgen wird, dass Ben den Filmausschnitt meines Auftritts zu sehen bekommt, den ich gleich hinlegen werde.

Ich hole mir eine Banane aus der Küche, die ich mir zweckentfremdet als Mikrofon vor den Mund halte. »Das ist für dich, Ben.«

Dann singe ich, voller Inbrunst und aus vollem Herzen: »*It's a beautiful day, don't let it get away, beautiful day* ...«

Jährliche Treffen am Freitag, den 13.

1. Treffen vor neun Jahren
In Amsterdam mit Ben. Die Geschichte mit dem paranoiden Zeigefinger

2. Treffen vor acht Jahren
In Düsseldorf mit Ben. Pempelfort beinahe geklaut

3. Treffen vor sieben Jahren
In München mit Ben. Nachhilfe in Sachen Liebe

4. Treffen vor sechs Jahren
In Düsseldorf mit Ben. *Der Teufel trägt Prada*

5. Treffen vor fünf Jahren
In Berchtesgaden mit Ben. Unterhaltung mit Kuh Rosalie

6. Treffen vor vier Jahren
In Düsseldorf mit Ben. Roher Fisch und Emmas Erscheinen

7. Treffen vor drei Jahren
In Genf mit Ben. Schwarze Löcher

8. Treffen vor zwei Jahren
In Düsseldorf mit Ben. Ich stehe nicht auf dickliche, ältere
Männer!

9. Treffen
In Düsseldorf ohne Ben.

10. Treffen
Im Himmel mit Ben.

GROSSES GEWINNSPIEL
MIT ATTRAKTIVEN BUCHPAKETEN

Gewinnen Sie! Machen Sie mit! Im Internet unter www.heyne.de/Frauen-Bestseller

Teilnahmeschluss ist der 31. Oktober 2013

Viel Glück wünscht
Ihnen Ihr
Wilhelm Heyne Verlag

Eine Teilnahme ist nur online unter www.heyne.de/Frauen-Bestseller möglich. An der Verlosung nehmen ausschließlich persönlich eingesandte Antworten teil. Mehrfacheinträge (manuell oder automatisiert) sind nicht zugelassen. Der Rechtsweg ist ausgeschlossen.

Abonnieren Sie unseren neuen monatlichen Newsletter mit den aktuellen Tipps für schönste und spannendste Unterhaltung mit Herz unter www.randomhouse.de/newsletter

HEYNE ‹